OBRAS DE FRANZ KAFKA

1. CARTA A MEU PAI
2. A METAMORFOSE
3. AMÉRICA
4. CONTOS ESCOLHIDOS
5. A MURALHA DA CHINA
6. CARTAS A MILENA
7. A COLÔNIA PENAL
8. O PROCESSO
9. O CASTELO
10. DIÁRIOS

A COLÔNIA PENAL

Obras de
FRANZ KAFKA

Vol. 7

Tradução e Prefácio de
TORRIERI GUIMARÃES

Capa de
CLÁUDIO MARTINS

EDITORA ITATIAIA LTDA
Belo Horizonte
Rua São Geraldo, 67 - Floresta - Cep.: 30150-070 — Tel.: (31) 212-4600
Fax.: (31) 224-5151

FRANZ KAFKA

A COLÔNIA PENAL

EDITORA ITATIAIA
Belo Horizonte

2000

Direitos de Propriedade Literária adquiridos pela
EDITORA ITATIAIA LTDA
Belo Horizonte

Impresso no Brasil
Printed in Brazil

ÍNDICE:

A SENTENÇA

Narração	3
Aeroplanos em Bréscia	15

CONTEMPLAÇÃO

Meninos em Um Caminho de Campo	27
Desmascaramento de Um Embaidor	31
O Passeio Repentino	33
Resoluções	34
A Excursão à Montanha	35
Infelicidade de Solteiro	36
O Comerciante	37
Contemplação Distraída à Janela	39
Caminho para Casa	40
Transeuntes	41
Companheiros de Viagem	42
Vestidos	43
A Recusa	44
Para que os Cavalheiros Meditem	45
A Janela para a Rua	46
O Desejo de Ser Pele-Vermelha	47
As Árvores	48
Infelicidade	49

UM MÉDICO RURAL — Relatos Breves

Um Novo Advogado	57
Um Médico Rural	59
Na Galeria	66
Um Velho Manuscrito	68
Diante da Lei	71
Chacais e Árabes	73
Uma Visita à Mina	78
O Povoado Mais Próximo	81
Uma Mensagem Imperial	82

Preocupações de Um Chefe de Família 84
Onze Filhos 86
Um Fratricídio 91
Um Sonho 94
Informação para Uma Academia 97
Na Colônia Penal 107

UM ARTISTA DA FOME

Uma Mulherzinha 139
Um Artista da Fome 147
Um Artista do Trapézio 158
A Metamorfose 161
Josefina, a Cantora ou A Cidade dos Ratos 214

APÊNDICE

Capítulo Primeiro do Livro Ricardo e Samuel
Nota Preliminar 233
A Primeira Viagem Longa em Trem 235

Três Críticas
Uma Novela da Juventude 251
Sobre as Anedotas de Kleist 253
Hyperion 254

Prefácio

> "A supremacia do negativo, provavelmente exaltada pela "luta", torna iminente uma decisão entre a loucura e a segurança."
>
> F. KAFKA "Diários"

A surpreendente personalidade literária de Kafka continua a impressionar os meios culturais brasileiros, nos quais vem penetrando paulatinamente, graças à edição de suas obras completas, que esta Editora se propôs, e de cuja tradução nos deu a incumbência, para honra nossa.

Entretanto, uma análise crítica percuciente, isenta de preciosismos tão comuns quando se deseja escrever muito para se esconder o pouco que se sabe, ainda não se fez a respeito de Kafka. De nossa parte, nos prefácios que escrevemos para as suas diferentes obras, procuramos estabelecer as linhas mestras da existência de Kafka e as ramificações principais, que foram as suas ligações com a família, com a sociedade em geral, e com a sociedade restrita de seus amigos e seus amores. Partindo dessas premissas, e escudados sempre em suas próprias declarações e confissões, fomos descobrindo a presença de Kafka e dos elementos que compunham a sua existência em cada um de seus personagens, assim como a cada instante sentimos o travo de sua insuperável angústia nas entrelinhas de suas narrativas, para muitos simplesmente absurdas.

Corre o risco, porém, o grande escritor judeu, de que o seu gênio seja superado pelo de seus críticos, que preferem explorar a absurdidade de seus temas, para tachá-lo de "inclassificável". Ou isso revela a pouca leitura dos livros de Kafka por parte desses críticos ou, o que é mais provável, o primarismo de suas concepções literárias, presos que ainda estão ao ranço de classificações já superadas. Absurdo mesmo, no sentido chulo da palavra, seria pretender que o genial autor de "Metamorfose" fosse romântico, ou realista, ou naturalista — simplesmente porque o verdadeiro criador está acima de qualquer classificação temporal e não porque precise, necessariamente, enquadrar-se em alguma para ser entendido.

Outro risco a que está sujeito é o de tornar-se um escritor "da moda", isto é, comentado, criticado, defendido e atacado por uma multidão de ociosos que se julgam com dons de crítica porque vivem com o nariz para o ar e os olhos perdidos nas nuvens de sua sonolência mórbida. De tal maneira podem se multiplicar as opiniões a respeito de Kafka, que será muito difícil a quem quiser compreendê-lo, pura e simplesmente como figura humana dotada de qualidades superiores de inteligência e raciocínio, desentranhá-lo da mixórdia em que o poderão enredar. A idéia de que, quanto mais se falar de Kafka melhor para sua difusão entre nós, não pode ser aprovada *in totum*, porque é preciso falar dele com propriedade, com o conhecimento que a leitura atenta de suas obras nos fornece, e não simplesmente discutir idéias alheias a respeito dele e construir pirâmides de palavras para esconder a insignificância de pensamentos afastados da verdade.

Estas considerações iniciais pareceram-nos imprescindíveis agora que jornais e revistas especializados começam a levar até ao grande público as impressões primeiras dos leitores de Kafka. Até há pouco tempo era ele praticamente desconhecido entre nós e apenas alguns privilegiados conhecedores do alemão, uma diminuta elite de intelectuais, podia degustá-lo no silêncio de suas bibliotecas. Agora ele sai à procura de todas as inteligências, deixa aquela "torre de cristal" em que o pedantismo de alguns pretendia encerrá-lo, e apresenta-se como um novo sol que poderá fazer germinar e frutificar conceitos e visões novas de um mundo que nos parece absurdo, irreal, porque pela primeira vez visto de dentro para fora.

Uma das grandes qualidades de Kafka é, realmente, captar aquelas sutilíssimas sensações que passam despercebidas a todos nós e transformá-las em obcecantes delírios. O comportamento humano em face de situações exaustivamente vividas, de problemas já resolvidos, mas que se apresentam a cada um de nós, em seu tempo próprio, a inutilidade, assim, de todos os esforços do homem, que se deixa envolver pelo turbilhão de forças desconhecidas, opondo fraca resistência e, sobretudo, o isolamento de cada um de nós, que se faz mais angustioso à medida que penetramos no labirinto da existência, são alguns aspectos das preocupações filosóficas de Kafka. Assim como ele parte de dentro de si mesmo, alheio a todas as filosofias de seu tempo, inquieto pesquisador de todas as idéias, ridículas ou sublimes, às quais acrescentava sempre o vigor de seu próprio gênio, também para compreendê-lo é necessário partir de dentro de suas obras, para fora, porque nenhum escritor está tão intimamente identificado com tudo quanto escreveu quanto ele. Cada um de seus livros é um trecho de sua biografia para quem souber lê-los; biografia assim fragmentada, como foi também toda a sua existência pessoal, mas não composta de fatos e sim de puros sentimentos, de íntimas frustrações, de insatisfeitas buscas, de amargura temperada a humor acre.

A fragmentação de suas obras já a explicamos com base em sua vida e em suas confissões nos "Diários"; em "Carta a meu Pai", ele faz a análise do terrível duelo que marcou toda a sua obra, a eterna oposição pai-filho, a influência do ambiente do lar, visto com olhos de criança-prodígio, que assimilava as tênues nuances da oposição de temperamentos em luta, em cuja alma ficaram as criações de todas as incompreensões, das faltas não compreendidas, do fel sorvido sem culpa. Não alongaremos as nossas impressões sobre o verdadeiro significado das obras de Kafka, que podem ser encontradas nos prefácios a "O Processo", ao "Castelo", em "Cartas a Milena", etc.

Na análise que faremos de "A Colônia Penal" os conceitos já expendidos outrora podem repetir-se; mas antes que nos acusem de superestimar a influência da vida familiar nas obras de Kafka, passamos a palavra ao próprio autor, que, a propósito do relato que abre esse livro, escrevia em 23 de setembro de 1912:

"Escrevi este relato, *A Sentença*, de um jato só, durante a noite do dia 22 para 23, das dez da noite até as seis da manhã... A terrível tensão e a alegria, à medida que o relato se desenvolvia diante de mim, como quem avança sobre a face da água. Várias vezes, durante a noite, carreguei todo o meu peso sobre as espáduas. Como tudo se pode dizer; como para tudo, mesmo as ocorrências mais estranhas, há preparada uma fogueira enorme, onde perecem e renascem."

Kafka prossegue, nesse dia, descrevendo a alegria que lhe causava a sua criação, o desejo de que todos a vissem, tanto que diz à criada, espreguiçando-se à frente dela, para obrigá-la a notá-lo: "Estive escrevendo até agora", e depois faz a leitura às irmãs, no quarto delas. Contudo, quais são as relações da história que escreveu com sua vida? Aqui está o que ele nos conta a 11 de fevereiro de 1913, por ocasião das correções das provas tipográficas:

"Por motivo da correção das provas de "A Sentença", anotarei todas as vinculações que cheguei a discernir no referido relato, tais como as vejo agora. (As suas íntimas lutas iam para o papel com a pureza e força com que ele as sentia, a tal ponto que mais tarde, analisando-as, podia surpreender-se com a terrível dose de realidade que elas continham, como ele nos segue contando). — Isto é necessário, porque o relato surgiu de mim como um verdadeiro parto, coberto de sujeira e de barro; e somente minha mão é capaz de alcançar o corpo e nisso se compraz.

"O amigo é o vínculo entre o pai e o filho; é a máxima vinculação comum. (— Lembrar-se das brigas de Kafka com o pai por causa de um seu amigo —). Sentado junto à sua janela, Georg esquadrinha a sós, voluptuosamente, este vínculo comum, acredita possuir dentro de si a seu pai, e está conforme com tudo, exceto uma ligeira melancolia reflexiva. O desenvolvimento do relato mostra-nos como o pai se baseia nesse vínculo comum, o amigo, para elevar-se como antagonista diante de Georg, fortalecido por outros pequenos vínculos comuns, quer dizer, o afeto e a devoção pela mãe, a fidelidade à sua lembrança, e a freguesia da casa comercial que em outros tempos fora obtida pelo pai. Georg não tem nada; a noiva, que no relato apenas vive em relação ao amigo, quer dizer, ao vínculo comum com o pai, e que, como ainda não se realizou o casamento, não pode entrar no círculo familiar que encerra o pai e o filho, é facilmente descartada pelo pai. O que têm em comum repousa somente sobre o pai; Georg apenas pode senti-lo como estranho, que se tornou independente, algo que ele nunca protegeu suficientemente, exposto às vagas revoluções russas; e somente porque já não possui nada, exceto a visão de seu pai, a condenação que o afasta definitivamente do mesmo pode parecer-lhe tão terrível". (E aqui o mais importante dessa análise do próprio autor, que corrobora inteiramente a nossa antiga opinião). "Georg tem o mesmo número de letras que Franz. Em Bendemann, o "mann" é uma ênfase acrescentada a "Bende", com vistas a todas as possibilidades ainda imprevistas do relato. Mas também Bende tem tantas letras como Kafka, e a vogal *e* repete-se no mesmo lugar que a vogal *a* de Kafka. Frieda tem também tantas letras como F., e a mesma inicial. Brandenfeld tem a mesma inicial que B., e na palavra "feld" (campo) também há certa relação de significados. Talvez a recordação de Berlim tenha exercido alguma influência, e o Max Brandenburg tenha contribuído com alguma sugestão."

Também os amigos e parentes, que conheciam bem a Kafka e as peculiaridades de sua vida em família, descobriram logo todas as implicações da história. No dia 12 de fevereiro Kafka registra em seu diário:

"Depois de minha leitura do conto em casa de Weltsch, ontem, o pai de Weltsch saiu; quando voltou, após um instante, elogiou sobretudo as descrições gráficas do relato. Com a mão estendida disse: "Vejo a esse pai diante de meus olhos", olhando ao mesmo tempo diretamente para a cadeira vazia, onde se tinha sentado durante a leitura.

"Minha irmã disse: "É nossa casa". Assombrou-me que se equivocasse desse modo na disposição da casa, e retruquei-lhe:" "Nesse caso, realmente, papai teria que viver no banheiro".

Deixaremos ao leitor, que certamente irá ler todas as obras do genial escritor checo, o prazer de tirar as suas próprias conclusões. Lembraremos, apenas, que na época em que escrevia esse conto, Kafka estava quase noivo de F. B. e a oposição do pai, e as suas próprias contradições a respeito do casamento, se seria feliz ou não, o surdo temor da entrega passiva de todo seu ser a uma situação inteiramente nova, traziam-lhe fundas preocupações.

"A Colônia Penal" é, assim, um livro onde estão reunidos relatos, contos, descrições de viagens, histórias curtas, e onde o gênio de Kafka se faz sentir em cada parágrafo. A narrativa que dá título ao livro, por exemplo, é uma visão profética impressionante pela crueza, pela alta dose latente de realidade futura (se assim podemos expressar-nos) que ela contém. Lendo-a, um arrepio percorre a nossa espinha, porque de imediato relacionamos as torturas a que os condenados estavam sujeitos na incrível máquina de execução que ali se descreve com as infamantes, injustas e cruéis perseguições ao povo judeu durante o bestial reinado do nazismo. Ali temos a prepotência dos chefes, a ausência de qualquer princípio de justiça, nenhum julgamento por tribunais — a condenação pura e simples, a prevalência da lei marcial. O embotamento do espírito do homem que executa as sentenças, o seu apego a princípios completamente destorcidos e inumanos de justiça, a sua idolatria ao espírito de partido e de organização — são o retrato fiel, feito com antecipação de muitos anos, dos carrascos nazistas, da nefasta filosofia cujas raízes remanescem em muitos pontos do mundo. Por isso se diz que Kafka foi, também, um profeta de sua raça, que ele estimou sem ser por ela compreendido, como acontece sempre com os profetas.

Devemos salientar, ainda, nesse livro, a sua novela "A Metamorfose", onde o próprio Kafka, transformado em barata, se oferece em holocausto de humildade, para fazer-se compreender e amar pela sua família, tornando-se o alvo da repugnância de todos para que de algum modo pudessem sentir a sua presença e a sua atuação entre eles — o que jamais conseguiria, porque a oposição entre a sua existência e a deles é insuperável —, assim como aquele outro sublime judeu esteve entre nós e ofereceu-se em holocausto pelos nossos pecados, fazendo-se alvo das chacotas, do desprezo e das lanças dos que beneficiara. Em "Metamorfose" temos Kafka de corpo inteiro; a próprio figura do pai ali está, forte, prepotente, cheio da manhas, sempre disposto a mostrar ao filho a sua força, o seu poder; temos a mãe, débil criatura, oscilando entre pai e filho, repartindo o seu amor entre eles, porém presa a vínculos mais fortes de tradição; e a figura suave de Ottla, a irmã preferida de Kafka, que o compreendia e auxiliava em tudo, com quem ele gostava de partilhar os seus sentimentos;

porém, a vida se escoa, novas obrigações surgem, é preciso que tomemos uma decisão, um rumo, um objetivo, cada qual tem a sua existência a cuidar — e assim ele estará sozinho com os seus problemas e sentirá, funda e amarga, a sua solidão. Solidão de um homem de gênio, que os seus não recebem, que aborrece a sociedade, e que se insula em seus sonhos. Quem conhece a vida de Kafka sente, em cada trecho da "Metamorfose", a descrição velada de sua angústia no ambiente familiar. Kafka sentia-se, também, na época em que escrevia esse trabalho, os primeiros sintomas da doença que o levaria ao túmulo onze anos depois. Repetiam-se as dores de cabeça, com muita freqüência, seu corpo enfraquecia-se, e ele sentia-se um ser impuro entre os seus. Ali estão, ainda, a sua inapetência, a ojeriza pela vida em sociedade, a fuga constante às obrigações pré-determinadas, aquela enervante rotina do mundo que tanto contrastava com a exuberância de seu mundo interior sempre renovado e palpitante.

"A Colônia Penal", ao lado de "O Processo" e "O Castelo", é um dos trabalhos mais estupendos do gênio de Kafka. Os leitores encontrarão nele a síntese de toda uma existência inteiramente dedicada à análise percuciente da alma, da sua participação afetiva e efetiva nos acontecimentos humanos, dando a contribuição do pensamento criador que vivifica a matéria.

Com a leitura desta obra, encontrarão os estudiosos do fenômeno kafqueano novos subsídios para a elucidação de pontos obscuros de sua personalidade, assim como os elementos necessários para rebaterem certas teses esdrúxulas, que o arrivismo de muitos e a sensaboria de alguns estão levantando em torno desta figura singular de escritor.

De nossa parte, permanecemos fiel à idéia já expendida de que é preciso olhar sempre de dentro para fora de Kafka, compreendendo que ele a si mesmo analisou, para compreender-se e compreender a todos nós. É assim o inverso da Esfinge. Ele não impõe a sua pergunta, sabendo a resposta. A si mesmo formula infinitas questões, tortura-se na busca da respostas, e a si mesmo se destrói. Viveu a vida interior, a do espírito atuante sobre a matéria, oscilou entre a loucura e a realidade, e sempre acreditou que aquela era a real medida desta.

Por isso, é Criador no sentido absoluto da palavra; criador de mundos absurdos, a que deu forma, nos quais vivemos sem os compreender, mundos de idéias, sentimentos, temores e angústias, que espremem o amargor de nosso espírito e o prepara para o holocausto, como oferenda votiva a um Absurdo mais alto, que também sentimos sem compreender.

TORRIERI GUIMARÃES

A SENTENÇA

Para F.

NARRAÇÃO

Era uma manhã de domingo, em plena primavera. Georg Bendemann, jovem comerciante, estava sentado em seu dormitório, no primeiro andar de uma dessas casas baixas e mal construídas que se elevavam ao longo do rio, que mal se distinguiam umas das outras pela altura e pela cor. Acabava de escrever uma carta a um amigo de infância que se achava no estrangeiro; fechou-a distraída e languidamente, e apoiando os cotovelos sobre a escrivaninha, contemplou pela janela o rio, a ponte e as colinas da outra margem, com sua pálida vegetação.

Pensava em seu amigo, que alguns anos antes, inconformado com as perspectivas que sua pátria lhe oferecia, tinha ido para a Rússia. Agora possuía uma casa comercial em São Petersburgo, que no início prosperara bastante, mas que desde algum tempo parecia decair, conforme se deduzia das queixas que seu amigo, nas visitas cada vez mais espaçadas formulava insistentemente. Portanto, seus esforços no estrangeiro eram inúteis; a exótica barba longa não havia conseguido transformar totalmente seu rosto tão familiar desde a infância, cuja tez amarelenta parecia revelar alguma enfermidade latente. Conforme ele dizia, não tinha maiores relações com a colônia de compatriotas naquela cidade, nem tampouco amizades entre as famílias do lugar, de modo que seu destino parecia ser um definitivo celibato.

Que se podia escrever a uma pessoa assim, que evidentemente tinha errado de caminho, e de quem se podia ter pena, mas não ajudar? Aconselhar-lhe porventura que retornasse à sua pátria, que se transplantasse novamente, que tornasse a reunir suas antigas amizades — nada podia impedir-lhe isso — e se confiasse em geral à benevolência de seus amigos? Mas isso somente teria significado dizer-lhe, e quanto mais amável mais ofensivamente, que todos os seus esforços tinham sido vãos, que já era tempo de se dar por vencido, que devia repatriar-se e permitir que o olhassem eternamente como a um repatriado, com os olhos abertos de espanto; que somente seus amigos eram sensatos, que ele era simplesmente uma criança adulta e que lhe convinha ater-se ao conselho de seus amigos mais afortunados porque não tinham saído do país. E era porventura tão óbvio que todos esses sofrimentos que se queria infligir-lhe seriam proveitosos? Talvez nem sequer desejava voltar — ele mesmo dizia que já não estava ao corrente do estado dos negócios em sua pátria —, e portanto ficaria no estrangeiro apesar de tudo, amargurado pelos conselhos, e cada vez mais afastado de seus amigos. Em troca, se seguisse esses conselhos, e ao chegar aqui se encontrava pior do que antes — naturalmente, não por malícia, porém pela força das circunstâncias —, não se sentia à vontade nem com seus amigos nem sem eles, e em troca se considerava humilhado, descobria de repente que carecia tanto de pátria como de amigos, não seria melhor depois de tudo permanecer no estrangeiro, como agora? Considerando todas essas circunstâncias, podia-se realmente dar por acertado que lhe convinha voltar ao país?

Por estes motivos, se alguém desejava manter com ele uma relação epistolar, não podia enviar-lhe notícias locais, nem sequer as que se podem comunicar sem medo às mais distanciadas amizades. Já fazia três anos que o amigo não vinha ao país, e desculpava-se laboriosamente alegando a incerteza da situação política na Rússia, que ao que parecia não permitia nem a mais breve ausência de um pequeno comerciante, enquanto centenas de milhares de russos passeavam tranquilamente pelo mundo. Contudo, durante o transcurso desses três anos as coisas tinham mudado muito para Georg. Fazia mais ou menos dois anos que a mãe de Georg morrera, e desde esse tempo ele vivia com seu pai; por certo, o amigo inteirou-se da notícia, e fez sentir suas condolências por meio de uma carta, com tal secura, que se tinha forçosamente de deduzir que a tristeza provocada por semelhante perda era completamente incompreensível no estrangeiro. Mas desde essa época, Georg tinha-se aplicado com maior decisão aos seus negócios, assim como a tudo o mais. Talvez a circunstância de que seu pai, enquanto sua mãe viveu, apenas permitia que as coisas fossem feitas como ele entendia, tinha-lhe pedido uma verdadeira e eficaz atividade. Mas depois da referida morte, embora ainda se ocupasse um pouco dos negócios, o pai tinha se tornado menos tirânico. Talvez — e isto era o mais provável — um golpe de sorte o tinha auxiliado; mas era evidente que durante esses dois anos os negócios tinham melhorado inesperadamente; tinham-se visto obrigados a duplicar o pessoal, a féria tinha-se quintuplicado, e indubitavelmente o futuro lhe reservava novos êxitos.

Mas seu amigo nada sabia destas transformações. Em outros tempos, talvez pela última vez em sua carta de condolência, procurara persuadir a Georg para que fosse à Rússia, e tinha-lhe descrito pormenorizadamente as perspectivas comerciais que São Petersburgo lhe oferecia. As cifras eram infinitesimais em comparação com o volume atual dos negócios de Georg. Mas este não havia sentido desejos de revelar seus progressos a seu amigo, e fazê-lo agora teria parecido realmente estranho.

Portanto, Georg limitava-se em todos os casos a pôr seu amigo ao par de acontecimentos sem importância, os que se podem recordar em tranqüila manhã de domingo, e que o acaso traz à mente. Apenas queria que a imagem que durante esse longo intervalo seu amigo tinha formado para si da cidade natal, e com a qual vivia na lembrança, não se modificasse. E assim aconteceu que Georg lhe anunciou três vezes seguidas, em três cartas bastante separadas entre si, o compromisso de um homem sem importância com uma jovem igualmente sem importância, até que o amigo, contra todas as previsões de Georg, começou a interessar-se por esse notável acontecimento.

Georg preferia escrever-lhe estas coisas, em vez de confessar-lhe que ele mesmo estava comprometido desde há alguns meses com a senhorita Frieda Brandenfeld, uma jovem de família acomodada. Com freqüência falava de seu amigo com sua noiva, e da curiosa relação epistolar que os unia.

— Então não virá ao nosso casamento — dizia ela —, e contudo eu tenho o direito de conhecer a todos os teus amigos.

— Não quero importuná-lo — respondia Georg —; entenda-me bem, ele provavelmente viria, pelo menos assim eu o creio, mas se sentiria forçado e incômodo, talvez me tivesse inveja, e certamente sentir-se-ia descontente e incapaz de fazer nada para mitigar seu descontentamento, e depois deveria retornar sozinho à Rússia. Sozinho, compreendes o que isso significa?

— Sim, mas, não se inteirará por outros meios de nosso casamento?

— Não posso impedi-lo, mas considerando a vida que leva, é improvável.

— Se tinhas amigos assim, Georg, não devias comprometer-te comigo.

— Bem, a culpa disso é tão tua quanto minha; mas agora não quisera por nada mudar de decisão.

E quando ela, respirando agitadamente sob seus beijos, acrescentou:

— De qualquer maneira, me preocupa — ele pensou que realmente não perderia nada se confessasse tudo a seu amigo.

"Assim sou, e assim me escolheu — pensou — não posso dedicar-me a criar uma imagem minha que pareça mais apropriada que eu para sua amizade."

E efetivamente, a longa carta que acabava de escrever nessa manhã de domingo informava a seu amigo o êxito de seu compromisso, com as seguintes palavras: "Reservei para o final a melhor notícia. Estou comprometido com a senhorita Frieda Brandenfeld, uma jovem de família acomodada, que veio viver nesta cidade muito depois de tua partida, e a quem portanto não podes conhecer. Logo terei oportunidade de dar-te mais pormenores sobre minha noiva; hoje limito-me a dizer-te que sou muito feliz, e que a única mudança que isto provocará em nossa relação de sempre é que, se até agora tiveste um amigo como todos, agora tens um amigo feliz. Além disso, encontrarás em minha noiva, que te saúda afetuosamente, e que logo te escreverá pessoalmente, uma verdadeira amiga, o que sempre é algo para um rapaz solteiro. Sei que muitos motivos te impedem de vir visitar-nos, mas, não te parece que meu casamento é a ocasião mais apropriada para pôr de lado todos esses obstáculos? De qualquer modo, seja como for, faze como melhor te pareça, de acordo unicamente com teus interesses."

Com esta carta na mão, Georg permaneceu longo tempo sentado diante de sua escrivaninha, olhando para a janela. Mal respondera com um sorriso distraído o cumprimento de um conhecido que passava pela rua. Finalmente meteu a carta no bolso, e saiu da sala; atravessou um corredor curto até chegar à peça que seu pai ocupava, onde não entrara durante meses. Na realidade isto não era necessário, porque via seu pai todos os dias na sua casa comercial, e além disso ao meio-dia comiam juntos em um restaurante; de noite, cada qual fazia o que desejava, mas geralmente permaneciam um instante na sala comum, com seus respectivos diários, a menos que Georg, como com freqüência acontecia, saísse com seus amigos, ou, sobretudo nos últimos tempos, fosse visitar sua noiva.

Georg assombrou-se com o fato de que o quarto de seu pai fosse tão escuro, mesmo em uma manhã de sol; tanta sombra dava a alta parede que limitava o patiozinho. O pai estava sentado junto à janela, em um canto adornado com várias recordações da falecida mãe, e lia o jornal, segurando-o um pouco de lado diante dos olhos, para compensar certo defeito visual. Sobre a mesa estavam os restos do desjejum, do qual parecia não ter aproveitado muito.

— Ah, Georg! — disse o pai, e aproximou-se para recebê-lo.

Ao andar, sua pesada camisola abriu-se, e o amplo véu ondulou sussurrante em torno do ancião. "Meu pai é ainda um gigante" — pensou Georg.

— Aqui está insuportavelmente escuro — disse depois.
— Sim, está bastante escuro — respondeu o pai.
— E tens a janela fechada, apesar disso?
— Prefiro-o assim.
— Lá fora faz bastante calor — disse Georg, como se continuasse sua observação anterior, e sentou-se.

O pai recolheu os pratos do desjejum, colocou-os sobre uma cômoda.

— Apenas queria dizer-te — prosseguiu Georg, que seguia com o olhar os movimentos de seu pai, como se estivesse ausente — que resolvi enviar a São Petersburgo a notícia de meu compromisso.

Tirou do bolso uma extremidade da carta, e depois tornou a guardá-la.

— A São Petersburgo? — perguntou o pai.
— Sim, ao meu amigo — disse Georg, procurando o olhar de seu pai.
"No comércio é outro homem — pensou —; com que solidez está aqui sentado, com os braços cruzados sobre o peito."
— Sim. Ao teu amigo — disse o pai com ênfase.
— Hás de recordar, pai, que no início eu quis esconder-lhe meu compromisso. Por consideração para com ele; esse era o único motivo. Bem sabes que é uma pessoa um tanto melindrosa. Pensei que podia vir a saber por outras fontes a respeito de meu compromisso, ainda que considerando sua vida solitária isso não é muito provável; eu não podia evitá-lo, mas de mim diretamente não o teria sabido nunca.
— E contudo agora mudaste outra vez de idéia? — perguntou o pai, depondo seu enorme periódico sobre o parapeito da janela, e sobre o periódico os óculos, que cobriu com a mão.
— Sim, agora mudei de idéia. Se é realmente amigo meu, pensei, então a felicidade de meu compromisso há de ser também uma felicidade para ele. E portanto não me demorei em comunicar-lhe. Mas antes de a carta, quis dizê-lo a ti.
— Georg — disse o pai, abrindo sua boca desdentada —, ouve-me. Vens a mim para falar-me deste assunto. Isso indubitavelmente te honra. Mas não serve para nada, desgraçadamente não serve para nada, se não me dizes além disso toda a verdade. Não quero fazer vir à luz questões que não vêm ao caso. Mas desde a morte de nossa querida mãe, aconteceram certas coisas realmente desagradáveis. Talvez chegue alguma vez o momento de mencioná-las, e talvez muito mais depressa do que pensemos. No negócio há muitas coisas que escapam ao meu conhecimento, embora não quer dizer que mas ocultem (não pretendo insinuar agora que mas ocultam); já não sou tão capaz como antes, falha-me a memória, não posso estar ao corrente de tudo. Em primeiro lugar, isto deve-se ao ineludível processo natural, e em segundo lugar, a morte de nossa querida mãezinha foi para mim um golpe muito mais forte que para ti. Mas prefiro não me afastar deste assunto, desta carta; portanto, Georg, rogo-te que não me enganes. É uma trivialidade, não vale nem a pena mencioná-la; por isso mesmo, não me

enganes. Existe realmente esse amigo teu em São Petersburgo?
Georg pôs-se de pé, desconcertado.
— Deixemos em paz meu amigo. Mil amigos não substituiriam meu pai. Sabes o que penso? Que não cuidas bastante de ti. A velhice exige certas considerações. És para mim indispensável na casa comercial, sabes disso perfeitamente, mas se o negócio é prejudicial para tua saúde, amanhã mesmo fecho-o para sempre. E isso não nos convém. Não podes continuar vivendo como vives. Devemos introduzir uma mudança radical em teus hábitos. Ficas aqui sentado na obscuridade, quando na sala há tanta luz. Mas experimentas o desjejum, em lugar de te alimentares como é preciso. Ficas junto à janela fechada, quando o ar lhe faria tanto bem. Não, pai! Chamarei ao médico, e seguiremos suas indicações. Mudaremos de quarto, passarás ao quarto da frente, e eu virei a este. Não perceberás a troca, porque mudaremos também todas tuas coisas. Mas há tempo para tudo isso; por ora, descansa um pouco na cama, certamente precisas de repouso. Vem, ajudar-te-ei a tirares a roupa, verás como posso. Ou se preferes ir já para o quarto da frente, podes deitar por enquanto em minha cama. Seria o mais sensato.

Georg estava junto ao seu pai, que deixara cair sobre o peito a cabeça, de revoltos cabelos brancos.

— Georg — disse o pai, em voz baixa, sem se mover.

Georg ajoelhou-se imediatamente junto ao seu pai; ao olhar seu rosto fatigado, comprovou que as dilatadas pupilas o contemplavam de través.

— Não tens nenhum amigo em São Petersburgo. Sempre foste um brincalhão, e também comigo quiseste brincar. Como poderias realmente ter um amigo ali? Não posso acreditar nisso.

— Faze um esforço de memória — disse Georg, levantando o pai da cadeira, e tirando-lhe a camisola, enquanto o ancião se mantinha debilmente em pé —, logo fará três anos que meu amigo veio visitar-nos. Lembro ainda que não lhe tinhas muita simpatia. Pelo menos duas vezes ocultei de ti a presença dele, ainda que na realidade se encontrava comigo em meu quarto. Tua antipatia por ele era para mim perfeitamente compreensível, já que meu amigo tem suas peculiaridades. Mas depois te portaste bastante bem com ele. Sentia-me tão orgulhoso de que o ouvisses, que estivesses de acordo com ele e lhe fizesses perguntas. Se pensares um pouco, recordarás isso. Contava-nos as mais incríveis histórias da revolução russa. Por exemplo, quando viu durante uma viagem de negócios a Kiev um sacerdote em um balcão, em meio de um tumulto, que cortou uma cruz sangrenta na palma da própria mão, e depois ergueu a mão e falou à multidão. Tu mesmo contaste algumas vezes essa história.

Enquanto isso, Georg conseguira sentar novamente a seu pai, e tirar-lhe com toda a delicadeza as calças de lã que usava por cima das ceroulas, assim como as meias. Ao contemplar o duvidoso estado de limpeza da roupa interior, censurou-se seu descuido. Era indubitavelmente um de seus deveres cuidar que seu pai não precisasse de mudas de roupas interior. Ainda não decidira com sua futura esposa o que fariam com seu pai, porque tacitamente tinham dado por assentado que o pai continuaria vivendo sozinho no antigo apartamento. Mas agora decidiu de súbito que seu pai viveria com eles em sua futura casa. Considerando-o mais atentamente, até era possível que os cuidados que pensava prodigalizar a seu pai chegassem muito tarde.

Levou em seus braços o pai até a cama. Sentiu uma sensação terrível ao perceber que, durante o breve trajeto até a cama, o pai brincava com a cadeia do relógio que cruzava seu peito. Nem sequer podia deitá-lo, tão firmemente se tinha apegado à cadeia.

Mas, quando o ancião se deitou, tudo pareceu arrumado. Ele mesmo cobriu-se, e ergueu as cobertas muito mais para cima dos ombros, o que não era habitual nele. Depois olhou para Georg, com olhos quase amistosos.

— Não é verdade que agora começas a te recordares dele? — perguntou Georg, com um movimento carinhoso de cabeça.

— Estou bem coberto? — perguntou o pai, como se não pudesse ver se tinha os pés devidamente tapados.

— Já te sentes melhor, na cama — disse Georg, e acomodou-lhe a coberta.

— Estou bem coberto? — perguntou novamente o pai; parecia extraordinariamente interessado na resposta.

— Não te preocupes, estás bem coberto.

— Não! — exclamou o pai, interrompendo-o.

Atirou as cobertas com tal força que em um instante se esparramaram totalmente, e pôs-se em pé na cama. Com uma só mão apoiou-se ligeiramente no teto baixo.

— Quiseras cobrir-me, sei disso, meu pequeno rebento, mas ainda não estou coberto. E ainda que sejam minhas últimas forças, para ti são suficientes, demasiadas quase. Conheço muito bem o teu amigo. Teria sido para mim um filho predileto. Por isso mesmo tu o traíste, ano após ano. Por que, se não fosse assim? Acreditas que não chorei nunca por ele? Por isso te fechas em teu escritório, ninguém pode entrar, o Chefe está ocupado; para escrever tuas falsas cartas à Rússia. Mas por sorte um pai não precisa aprender a ler os pensamentos de seu filho. Quando acreditaste que o tinhas enterrado, que o tinhas enterrado tanto que podias sentar o teu traseiro sobre êle, e que ele já não se moveria, então, meu senhor filho resolve casar-se.

Georg contemplou a horrível imagem conjurada por seu pai. O amigo de São Petersburgo, a quem seu pai repentinamente conhecia tão bem, impressionou sua imaginação como nunca. Viu-o perdido na vasta Rússia. Viu-o diante da porta do empório vazio e saqueado. Entre os escombros dos balcões, das mercadorias destroçadas, dos bicos rotos de gás, viu-o perfeitamente. Por que teria ido para tão longe?

— Mas ouve-me — gritou o pai; Georg, quase enlouquecido, aproximou-se da cama para inteirar-se definitivamente de tudo, mas se deteve na metade do caminho.

— Porque ela ergueu a saia — começou a dizer o pai com voz aflautada —, porque ela ergueu a saia assim, a imunda porca — e como ilustração ergueu a camisa, tão alto que podia ver-se na coxa sua ferida de guerra —, porque ela levantou a saia assim e assim e assim, te entregaste totalmente; e para gozar em paz com ela manchaste a memória de nossa mãe, atraiçoaste ao amigo, e estendeste no leito ao teu pai, para que não se possa mover. Mas, pode ou não pode mover-se?

E ergueu-se, sem apoiar-se em nada, e ergueu as pernas. Resplandescia de perspicácia.

Georg permanecia em um canto, o mais distante possível de seu pai. Em outra época, tinha decidido firmemente observar tudo com atenção, para que nada pudesse atacá-lo indiretamente, fosse por trás, ou de cima. Recordou essa esquecida decisão, e tornou a esquecê-la, como quando se passa um fio curto pelo buraco de um agulha.

— Mas teu amigo não foi atraiçoado, contudo! — exclamou o pai, atirando estocadas com o indicador, para maior ênfase —. Eu era seu representante aqui!

— Comediante! — não pôde deixar de exclamar Georg; imediatamente compreendeu seu erro, e já demasiado tarde mordeu a língua, com os olhos arregalados, até sentir que os joelhos fraquejavam de dor.

— Sim, é claro que representei uma comédia! Comédia! Excelente palavra! Que outro consolo lhe restava ao pobre pai viúvo? Dize-me, e procura ser pelo menos durante o instante da resposta o que alguma vez foste, meu filho vivo, que outra coisa podia fazer eu, em meu quarto dos fundos, perseguido por um pessoal desleal, velho até os ossos? E meu filho passeava jubilosamente pelo mundo, concluía negócios que eu havia previamente preparado, não cabia em si de satisfação, e apresentava-se diante de seu pai com uma expressão impenetrável de homem importante. Acreditas que eu não te quereria, eu, de quem tu quiseste afastar-te?

"Agora inclinar-se-á para diante — pensou Georg —; se caísse e quebrasse os ossos." Estas palavras sibilavam através de sua mente.

O pai inclinou-se para diante, mas não caiu. Ao ver que Georg não se aproximava, como esperara, tornou a erguer-se:

— Fica onde estás, não preciso de ti. Acreditas que ainda tens força suficiente para aproximares-te, e que ficas atrás apenas porque assim o queres. Tem cuidado para não te enganares. Continuo sendo o mais forte. Eu sozinho, talvez tivesse que me relegar ao esquecimento, mas tua mãe transmitiu-me até tal ponto a sua força, que estabeleci uma estreita relação com teu amigo, e tenho metidos a todos os teus clientes neste bolso.

"Até na camisola tem bolsos" pensou Georg, e acreditou que com essa simples observação bastava para ridicularizá-lo diante do mundo inteiro. Pensou-o apenas um momento, e depois continuou esquecendo tudo.

— Pendura-te pelo braço de tua noiva, e atreve-te a apresentar-te diante de mim. Arrancá-la-ei de teu lado, não imaginas como!

Georg fez uma careta de incredulidade. O pai limitou-se a confirmar, confirmando a veracidade de suas palavras, para o canto onde estava Georg.

— Que graça me causaste hoje, quando vieste e me perguntaste se podias anunciar teu compromisso ao teu amigo! Ele já sabe tudo, estúpido menino, já sabe tudo! Eu escrevi-lhe, porque te esqueceste de tirar-me os meus instrumentos de escrever. Por isso não vem desde há tantos anos, porque sabe tudo o que acontece cem vezes melhor do que tu; com a mão esquerda rasga as tuas cartas sem as ler, enquanto com a direita abre as minhas.

Entusiasmado, agitou o braço sobre a cabeça.

— Sabe tudo mil vezes melhor! — gritou.

— Dez mil vezes! — disse Georg para rir-se de seu pai, mas antes de sair de sua boca as palavras converteram-se em uma nefasta certeza.

— Há muitos anos espero que venhas com essa pergunta. Acreditas porventura que me importa alguma outra coisa no mundo? Acreditas porventura que leio jornais? Toma! — e atirou-lhe um periódico que inexplicavelmente tinha trazido para a cama.

Era um jornal velho, de nome totalmente desconhecido para Georg.

— Quanto tempo demoraste em abrir os olhos! A pobre mãe morreu antes de ver esse dia de júbilo; teu amigo está morrendo na Rússia, já faz tres anos estava amarelo como um cadáver, e eu, já vês como estou. Para isso tens olhos.

— Então, espreitavas-me constantemente? — exclamou Georg.

Compassivo, sem lhe dar importância, disse o pai:

— Certo que há muito querias dizer-me isso. Mas já não importa.

E depois com voz mais alta:

— E agora sabes que existem outras coisas no mundo, porque até agora somente soubeste as que se referiam a ti. É certo que eras um menino inocente, mas muito mais certo é que também foste um ser diabólico. E portanto, ouve-me: agora te condeno a morrer afogado.

Georg sentiu-se expulso do quarto; ressoava ainda em seus ouvidos o golpe com que seu pai deixou-se cair sobre a cama. Na escada, sobre cujos degraus passou como sobre um plano inclinado, tropeçou com a criada, que subia para fazer a limpeza matutina do apartamento.

— Jesus! — gritou esta, e cobriu o rosto com o avental, mas Georg já havia desaparecido. Saiu correndo, e cruzou a rua, para a água. Já estava aferrado à balaustrada, como um faminto à sua comida. Saltou por cima, como correspondia ao excelente atleta que para orgulho de seus pais havia sido nos seus anos juvenis. Segurou-se um momento ainda com mãos cada vez mais fracas; espiou entre as colunas da balaustrada a chegada de um ônibus, cujo ruído cobriria facilmente o barulho de sua queda, exclamou em voz baixa: "Queridos pais, apesar de tudo sempre os amei", e deixou-se cair.

Nesse momento uma interminável fila de veículos passava pela ponte.

AEROPLANOS EM BRÉSCIA

La Sentinella Brèsciana de 9 de setembro de 1909 anuncia encantada o seguinte: Temos em Bréscia uma multidão nunca vista, nem sequer nas temporadas das grandes corridas automobilísticas; os hóspedes de Veneza, Liguria, Piemonte, Toscana, Roma e até Nápoles, as grandes personalidades de França, Inglaterra e América amontoam-se em nossas praças, em nossos hotéis, em todos os cantos das casas particulares; todos os preços aumentam excelentemente; os meios de transporte não chegam para levar a multidão ao *circuito aéreo;* as provisões do aeródromo não bastam para mais de duas mil pessoas; muitos milhares devem renunciar a obtê-las; seria necessária a força militar para proteger os bufês; nos lugares baratos instalam-se durante todo o dia cinqüenta mil pessoas.

Quando meus dois amigos e eu lemos esta notícia, sentimos coragem e medo ao mesmo tempo. Coragem: pois com semelhante multidão tudo costuma acontecer de maneira lindamente democrática, e onde não há lugar, não há necessidade de procurá-lo. Medo: medo pela organização italiana de tais empresas, medo das comissões que nos esperarão, medo das estradas de ferro às quais a **Sentinella** costuma atribuir atrasos de quatro horas. Todas as espectativas são falsas, todas as recordações da Itália misturam-se em casa de alguma maneira, confundem-se, não se pode confiar nelas.

Enquanto vamos entrando no buraco negro da estação ferroviária de Bréscia, onde os homens gritam como se o chão ardesse sob seus pés, animamo-nos um ao outro seriamente a permanecer unidos aconteça o que acontecer. Não entramos porventura com certa predisposição hostil?

Descemos; um carro que mal se sustenta sobre suas quatro rodas recolhe-nos; o condutor está de muito bom humor; cruzamos as ruas quase desertas até o Palácio da Comissão, no qual se passa por alto nossa malignidade, como se não existisse; inteiramo-nos de tudo o necessário. O albergue que nos é indicado parece-nos à primeira vista o mais sujo que jamais tenhamos contemplado, mas antes logo deixa de parecer tão desagradável. Uma sujeira que, enfim, está ali e da qual não se torna a falar; uma sujeira que já não se transforma, que se tornou vernácula, que em certo sentido torna mais sólida e terrestre a vida humana; uma sujeira da qual o hoteleiro nos sai apressado ao encontro, orgulhoso de si, piedoso conosco, movendo os cotovelos e jogando com as mãos (onde cada um dos dedos é um cumprimento) novas e novas sombras sobre o seu rosto, entre contínuas reverências, que reconhecemos de novo no aeródromo, por exemplo, em Gabriele D'Annunzio; para dizer a verdade, quem poderia ter ainda algo contra esta sujeira?

O aeródromo está em Montechiari; chega-se com o trem local que vai a Mantua; somente uma hora de viagem. Os trilhos desta estrada de ferro vão pela estrada geral; os trens rodam modestamente, nem mais altos nem mais baixos do que o resto do trânsito, entre os ciclistas que penetram com os olhos quase cerrados na poeirada, entre os carros completamente inúteis que enchem toda a província, que erguem passageiros, tanto quantos se queira, e que apesar de tudo são inconcebivelmente rápidos, e entre os automóveis com freqüência enormes que com seus múltiplos sinais simplificados pela velocidade querem saltar, atropeladamente, um sobre o outro.

Por instantes, perde-se toda esperança de chegar ao circuito com este trem lamentável. Mas tudo ri ao redor da gente, à direita e esquerda os risos invadem o trem. Eu estou em uma plataforma, apertado contra um gigante que está de pé com as pernas abertas sobre os altos de dois vagões, em meio de uma ducha de fumaça e pó que cai dos tetos débeis dos vagões sacudidos. Duas vezes detém-se o trem para esperar que passe o trem em sentido contrário, com tanta paciência e tanto tempo que pareceria estar esperando um encontro casual. Passamos ao comprido lentamente algumas aldeias; cartazes estridentes aparecem aqui e ali com anúncios da última carreira automobilística; os edifícios da margem da estrada são irreconhecíveis sob a poeirada branca. O trem acaba por deter-se por completo, talvez porque não se agüente mais. Um grupo de automóveis freia ao mesmo tempo; através da janela vemos não distante de nós uma agitação de bandeiras múltiplas que, desordenado e tropeçando contra o solo acidentado, corre formalmente para os automóveis.

Chegamos. Diante do aeródromo existe uma grande praça com duvidosas casinhas de madeira, diante das quais teríamos esperado outros cartazes e não os de: *Garagem, Grande Bufê Internacional,* etc. Mendigos atrozes, engordados em seus carrinhos, estiram seus braços para o caminho; pela pressa que se tem, sente-se a tentação de saltar por cima deles. Olhamos para cima, pois para isso viemos. Graças a Deus, ainda ninguém voa! Não nos afastamos da estrada e, contudo, não somos atropelados. Em meio e por trás dos mil carros, e ao seu encontro, brinca a cavalaria italiana. Ordem e acidente parecem igualmente impossíveis.

Uma vez em Bréscia, quisemos chegar rapidamente a uma determinada rua que acreditávamos bastante afastada de onde estávamos. Um cocheiro pede-nos três liras, oferecemos-lhe duas. O cocheiro renuncia à viagem e apenas por amizade dá-nos uma idéia da terrível distância a que se encontra a rua. Começamos a envergonhar-nos de nossa oferta. Bem, três liras. Subimos, três voltas do carro por pequenas ruazinhas, e chegamos. Otto, mais enérgico que nós dois, explica que, por certo, nem pensa em pagar três liras por uma viagem que durou um minuto. Uma lira é mais do que suficiente. Aí tem uma lira. Já é noite, a rua está deserta, o cocheiro é robusto. Sua cólera sobe a tal ponto que pareceria que já fizesse uma hora que discutíamos: Quê? Isso é uma velhacaria. Que estão pensando? Três liras foi o trato e três liras devem ser pagas; venham as três liras ou, do contrário, ficaríamos assombrados. Otto: "A tarifa ou a polícia!" Tarifa? Ali não existem tarifas. Onde havia tarifas para isso? Havia sido um trato para uma viagem noturna, mas enfim, se lhe déssemos duas liras, deixava-nos ir. Otto, terrífico: "A tarifa ou a polícia!" Um pouco de gritaria e busca, e depois sai à luz uma tarifa ilegível pela sujeira. Pomo-nos de acordo e pagamos-lhe uma lira e meia; o cocheiro segue o seu caminho pela ruazinha estreita, na qual é impossível dobrar; não somente está enfurecido, porém também triste, segundo me parece. Pois, desgraçadamente, nossa conduta não foi a correta; não é essa a forma de entrar na Itália; em algum outro país poderá estar bem, mas ali não. Mas quem se lembra disso com a pressa! Não há nada a censurar-se, é impossível converter-se em italiano em uma escassa semana de permanência.

Mas o arrependimento não deve pôr-nos a perder a alegria de ir ao campo de aviação; um arrependimento traria outro, e nós saltamos mais do que andamos pelo aeródromo, possuídos por um entusiasmo que, sob este sol, invade-nos de súbito uma a uma todas as articulações.

Passamos ao largo diante dos hangares, que com suas cortinas baixas parecem cenários fechados de comediantes nômades. Sobre os seus portais aparecem os nomes dos aviadores cujos aparelhos abrigam e, mais acima, a bandeira pátria. Lemos os nomes: Cobianchi, Cagno, Rougier, Curtiss, Moucher (um triestino que tem cores italianas, pois confia mais neles do que nos nossos), Anzani, Clube dos Aviadores Romanos. E Blériot? perguntamos. Blériot, em quem estivéramos pensando todo o tempo, onde está Blériot?

Dentro do espaço cercado que rodeia seu hangar, Rougier corre em mangas de camisa; é um homem pequeno, de nariz saliente. Está ocupado em uma atividade intensa e um tanto confusa: agita os braços e move animadamente as mãos; enquanto caminha, apalpa-se de todos os lados, manda seus ajudantes ao interior do hangar, chama-os de volta, vai ele mesmo, afastando a todos de seu lado, entra, enquanto sua mulher, enfeitada com um vestido ajustado e branco e um pequeno chapéu negro fortemente enfiado na cabeça, suas pernas levemente separadas sob o curto abrigo, olha o vazio cheio de calor; uma mulher de negócios, com todas as preocupações do negócio em sua pequena cabeça.

Frente ao hangar vizinho senta-se Curtiss. Está inteiramente só. Atrás dos cortinados que o vento ergue um pouco chega-se a divisar seu aparelho; é dos maiores, segundo contam. Quando passamos diante dele, Curtiss segura no alto o *New York Herald* e lê algumas linhas de um dos lados superiores; ao fim de meia hora voltamos a passar diante dele; já está no centro da página;

outra meia hora depois terminou a página e começa outra. Ao que parece não há de voar hoje.
Voltamos e contemplamos o vasto campo. É tão grande que tudo o que está nele parece abandonado: a haste de chegada perto de nós, o mastro de sinais ao longe, a catapulta de largada em algum lugar à direita, um automóvel da Comissão, que descreve, ao vento sua bandeirola amarela, uma curva pelo campo, detém-se envolto em sua própria poeirada e continua viagem.

Nesta terra quase do trópico instalou-se um deserto artificial, estão reunidas aqui a alta nobreza da Itália, brilhantes damas de Paris e milhares de outras pessoas, para olhar durante muitas horas com olhos semicerrados este ensolarado deserto. No campo não há nada do que comumente traz alguma variedade aos campos desportivos. Faltam as belas cavalariças dos hipódromos, os riscos brancos das quadras de tênis, os frescos céspedes dos campos de futebol, os pétreos desníveis dos autódromos e velódromos. Apenas em duas ou três oportunidades durante a tarde atravessa a planície alguma cavalgada policromática. As patas dos cavalos são invisíveis sob a poeirada; a luz uniforme do sol não se altera até passadas as cinco da tarde. E para que nada perturbe a visão desta planície, falta também a música, apenas o murmúrio das massas que enchem as localidades baratas procura satisfazer as necessidades do ouvido e da impaciência. O público das tribunas mais caras, colocadas atrás de onde estamos, está tão silencioso que pode confundir-se tranqüilamente com a mudez da planície deserta.

A um lado da cerca de madeira que limita o campo agrupa-se um montão de gente. "Que pequeno!", exclama em francês um coro de vozes suspirantes. Que está acontecendo? Abrimos caminho. Sobre o campo há um pequeno aeroplano, muito próximo de nós, pintado de amarelo; estão preparando-o para voar. Agora vemos também o hangar de Blériot e, ao lado, o de seu discípulo Leblanc; ambos os hangares encontram-se colocados dentro do próprio campo. Apoiado contra uma das asas do aparelho aparece, imediatamente reconhecido, Blériot, e olha, a cabeça firme sobre o pescoço, o movimento dos dedos de seus mecânicos, que mexem no motor.

Com esta insignificância de aparelho pensa subir aos ares? Realmente, é mais fácil andar pela água. A princípio, pode-se exercitar nos charcos, depois nos tanques, depois nos rios e apenas muito mais tarde atreve-se alguém a fazer-se ao mar; para os aviadores, em troca, não existe senão a etapa do mar.

Já está Blériot em seu posto, empunhando com a mão alguma alavanca, mas deixa ainda que os mecânicos examinem o aparelho como se fossem meninos muito aplicados. Olha lentamente para onde estamos, olha para outro lado, e do outro, mas seu olhar não vê, porém concentra-se em si mesmo. Agora vai voar, nada mais natural. Esse sentimento do natural misturado ao sentimento universal do extraordinário, que não se afasta dele, lhe dá essa postura que tem.

Um dos ajudantes toma uma das pontas da hélice, puxa por ela, há uma sacudidela, ouve-se algo parecido à respiração de um homem vigoroso enquanto dorme; mas a hélice torna a deter-se. Experimenta-se de novo, experimenta-se dez vezes; por instantes, a hélice pára logo depois; às vezes, gira um par de voltas. Deve ser o motor. Outra vez trabalha-se nele; os espectadores cansam-se mais do que os participantes. Todos os cantos do motor são azeitados; são afrouxadas e ajustadas porcas soltas; um homem corre para o hangar e volta trazendo uma peça de reposição; mas também ela não serve; corre de volta, e, de cócoras, martela-a sobre o piso do hangar, segurando-a entre as pernas. Blériot toma o lugar do mecânico, o mecânico vai para o posto de Blériot, intervem Leblanc.

Um homem experimenta a hélice, experimenta-a outro homem. Mas o motor é desapiedado, como um aluno ao qual se ajuda repetidas vezes: a classe diz que não, não, mas ele não sabe, torna a interromper-se, torna a interromper-se sempre no mesmo lugar e acaba por renunciar. Blériot fica sentado um instante em seu assento; está silencioso; seus seis ajudantes rodeiam-no sem mover-se; todos parecem sonhar.

Os espectadores podem respirar e olhar para os lados. A jovem esposa de Blériot chega-se até ele, seguida por dois meninos. Quando seu marido não pode voar, ela fica desgostosa, e quando vôa, tem medo; além do mais, seu vestido é um pouco grosso para a temperatura reinante.

Faz-se girar novamente a hélice, talvez melhor do que antes, talvez pior; o motor entra ruidosamente em funcionamento, como se não fosse o mesmo de um instante atrás; quatro homens seguram a cauda do aparelho, e os golpes silenciosos do vento que esparze a hélice atravessam suas capas de trabalho. Não se escuta uma palavra; o ruído da hélice parece comandar a tudo; oito mãos soltam o aparelho, que corre ligeiro sobre a terra como uma pessoa trôpega sobre um piso de assoalho. Fazem-se muitas outras tentativas de vôo e todas terminam imprevistamente. Cada uma leva o público para o alto; as cadeiras de palha, nas quais se pode manter o equilíbrio e esticar ao mesmo tempo os braços, e mostrar, também ao mesmo tempo, esperança, medo e alegria, dobram-se para trás. Durante as pausas, a nobreza italiana percorre as tribunas. Saudações recíprocas, reverências, reconhecimentos; há abraços, sobe-se e desce-se pelos degraus das tribunas. Um assinala ao outro a *principessa* Laetitia Savoia Bonaparte, a *principessa* Borghese, uma senhora de certa idade cujo rosto tem a cor amarela escura de certa espécie de uvas, a *contessa* Morosini. Marcelo Borghese está com todas as damas e com nenhuma; de longe, seu rosto parece compreensivo; mas, de perto, suas faces enrugam-se estranhamente sobre as comissuras dos lábios. Gabriele D'Annunzio, pequeno e débil, parece bailar timidamente diante do *conte* Oldofredi, um dos senhores mais importantes da Comissão. Da tribuna e por cima da cerca emerge o rosto severo de Puccini por trás de um nariz que mais se poderia considerar próprio de um beberrão.

Mas estas pessoas somente se divisam se são procuradas; em geral, não se vê mais do que altas damas da moda, que desvalorizam tudo. Preferem caminhar a permanecerem sentadas; seus vestidos não permitem sentarem-se bem. Todos os rostos, cobertos à moda asiática, passeiam envoltos em leve penumbra. O vestido, solto no busto, faz com que por trás a figura toda pareça um pouco tímida. Quando aparecem timidamente estas damas produzem uma impressão indecisa de desassossego. O corpinho baixo, quase imperceptível; o talhe parece mais amplo que de costume, porque tudo o mais está cingido; estas mulheres querem ser abraçadas mais em baixo.

O aparelho que tinha sido exposto até agora era só o de Leblanc. Mas já chega o aparelho com o qual Blériot voou através do Canal; ninguém o disse, todos sabem: este é seu aparelho. Uma longa pausa, e Blériot está no ar. Divisa-se seu torso rígido, que emerge acima das asas; suas pernas enterram-se profundamente como se fossem parte da máquina. O sol inclinou-se e, sob o teto das tribunas, atravessa o espaço e ilumina as asas em vôo. Todos olham para cima, para Blériot; em nenhum coração há lugar para outro. Vôa em pequeno círculo e depois aparece quase verticalmente sobre nós. Todo mundo estica o pescoço e olha como o aeroplano oscila e é estabilizado por Blériot e levado ainda a maior altura. Que acontece? Aqui em cima, a vinte metros da terra, existe um homem aprisionado em uma armação de madeira e defende-se de um perigo invisível, que voluntariamente assumiu. Nós em troca, estamos embaixo, apertados e insubstanciais, e olhamos para aquele homem.

Tudo sai bem. O mastro de sinais indica que o vento se tornou mais favorável e que Curtiss voará pelo Grande Prêmio de Bréscia. Então, é certo? Nem bem se dá conta disso, ruge o motor de Curtiss; mal ele é visto, já se afasta voando, já vôa sobre a planície que se estende diante dele, em direção aos bosques distantes que parecem subir, eles também, mais e mais. Vôa durante muito tempo sobre os bosques, desaparece, nós olhamos para os bosques, não para ele. Por trás de umas casas, Deus sabe onde, torna a aparecer à mesma altura que antes e precipita-se em nossa direção; sobe, chega-se a ver como se inclinam escuros os planos inferiores do biplano; desce, brilham ao sol os planos superiores. Vôa em torno do mastro dos sinais e gira indiferente em direção contrária à ruidosa saudação, e vôa em linha reta para o local de onde apareceu, e torna a fazer-se pequeno e a ficar sozinho. Faz cinco voltas iguais, vôa 50 km em 49' 24" e obtém o Grande Prêmio de Bréscia, que consiste em 30 000 liras. É uma obra perfeita, mas as obras perfeitas não podem ser apreciadas, de obras perfeitas considera-se, afinal, capaz todo o mundo; para realizar obras perfeitas não parece necessária nenhuma espécie de valor. E enquanto Curtiss trabalha sozinho lá sobre os bosques, enquanto sua mulher, tão conhecida por todos, se preocupa por ele, a multidão quase o esqueceu. Apenas se escuta a queixa unânime por que não vôa Calderara (seu aparelho está quebrado), ou porque Rougier há dois dias já manipula o seu *Voisin* ou porque *Zodíaco*, o dirigível italiano, ainda não chegou. Sobre o acidente de Calderara correm rumores tão honrosos que se acreditaria que o carinho da nação o elevaria com mais segurança pelos ares do que seu avião Wright. Curtiss ainda não terminou seu vôo, e em três hangares já principiam a rugir os motores como impelidos por uma explosão de entusiasmo. O vento e o pó golpeiam de direções opostas. Não bastam dois olhos. A gente revolve-se nos assentos, hesita, segura-se em qualquer um, pedem-se desculpas; outro vacila, arrasta a alguém consigo, e recebe as graças. Começa a cair a noite cedo do outono italiano; já não é possível ver o campo com nitidez.

No mesmo momento em que Curtiss passa ao largo após seu vôo triunfal e, sem olhar, sorri um pouco e tira o gorro, inicia Blériot um pequeno vôo circular, do qual todos o crêem de antemão capaz! Não se sabe se aplaudimos Curtiss ou Blériot ou a Rougier, cujo grande aparelho lança-se agora pelos ares. Rougier está sentado diante de suas alavancas como um senhor diante de seu escritório, ao qual se chega por uma escadinha situada às suas costas. Sobe em pequenos círculos, sobrevoa a Blériot, converte-o em espectador e não deixa de subir.

Se queremos conseguir um coche, é tempo de irmos andando. Muita gente aperta-se já junto de nós. Sabe-se que este vôo é somente uma experiência; como são perto das 7, não é registrado oficialmente. No antepátio do aeródromo estão os choferes e os criados; apontam o sítio onde vôa Rougier; diante do aeródromo estão os cocheiros, com seus coches estacionados; apontam o local onde vôa Rougier; dois trens repletos de gente não se movem por causa de Rougier. Por sorte, conseguimos coche; o cocheiro acocora-se diante de nós (não há boléia) e, convertidos de novo em existências independentes, partimos. Más comenta com muita razão que se poderia organizar algo parecido em Praga. Não precisava ser uma carreira aérea, opinava ele, embora também isto valeria a pena; de todos os modos, seria fácil convidar um aviador, e nenhum dos interessados se arrependeria. O assunto seria tão simples; Wright está voando atualmente em Berlim. Seria necessário persuadir, pois, à gente a fazer o pequeno rodeio que significa passar por Praga. Nós dois não respondemos nada; primeiro, porque estamos cansados, e segundo, porque não temos nada a acrescentar. O caminho dobra-se e aparece Rougier tão alto que se acreditaria que súbito fixará sua residência nas estrelas próximas a mostrar-se no céu que se vai tingindo de obscuridade. Não cessamos de dar voltas e olhar para cima; neste momento, Rougier eleva--se mais e mais, enquanto nós adentramos mais e mais na *Campagna*.

CONTEMPLAÇÃO

Para M. B.

MENINOS EM UM CAMINHO DE CAMPO

Eu ouvia passar os coches junto à cerca do jardim, muitas vezes via-os através dos interstícios mal oscilantes da folhagem. Como rascava no cálido verão a madeira de suas rodas e suas varas! Do campo voltavam os lavradores, e riam-se escandalosamente.

Eu estava sentado em nosso pequeno baloiço, descansando entre as árvores do jardim de meus pais. Do outro lado da cerca, o ruído não cessava. Os passos dos meninos que corriam desapareciam em um instante; carros de colheita, com homens e mulheres em cima e ao redor deles, obscureciam os canteiros de flores; para o entardecer eu via um senhor com um bastão, que passeava, e um par de moças que vinham presas pelo braço em direção oposta, e punham-se de lado sobre o céspede, saudando-o.

Depois os pássaros lançavam-se ao espaço, como salpicaduras; eu seguia-os com os olhos, via-os subir com um só impulso, até que já não me parecia que eles subissem, porém que eu caía; devia suster-me nas cordas grossas, e começava a balançar-me um pouco, de fraqueza. Logo me balançava com mais força, o ar refrescava-se e em vez dos pássaros em vôo apareciam tremelicantes estrelas.

Ceava à luz de uma lamparina. Com freqüência apoiava ambos os braços na madeira, e já cansado, comia meu pão com manteiga. As esburacadas cortinas inchavam-se sob o cálido vento, e muitas vezes alguém que passava do lado de fora segurava-as com a mão, como se quisesse ver-me melhor e falar comigo. Geralmente a lamparina apagava-se de um golpe, e no fumo escuro do pavio continuavam girando um instante os insetos. Se alguém me interrogava da janela, eu olhava-o como se olha uma montanha ou o vazio, e tampouco a ele lhe importava muito que eu lhe respondesse.

Mas se alguém saltava sobre o batente da janela, e me anunciava que os outros estavam já diante da casa, eu erguia-me lançando um suspiro.

— E agora por que suspiras? Que aconteceu? Alguma estranha desgraça, que jamais se poderá remediar? Nunca mais poderemos ser o que antes éramos? Realmente, tudo está perdido?

Nada estava perdido. Saímos correndo da casa.

— Graças a Deus, enfim chegaste.
— Sempre chegas tarde.
— Somente eu chego tarde?
— Tu mais do que os outros; fica em tua casa se não queres vir conosco.
— Sem quartel!
— O quê? Sem quartel? Que estás dizendo?

Submergíamos de cabeça no entardecer. Não existiam nem o dia nem a noite. Tão depressa se entrechocavam como dentes os botões de nossos casacos, tão depressa corríamos regularmente afastados, com fogo na boca, como feras do trópico. Como os couraceiros das guerras antigas, saltando para os ares e pisando forte, empurrávamo-nos mutuamente ao longo da curta ruazinha, e com esse impulso ainda nas pernas seguíamos um trecho pelo caminho principal. Alguns metiam-se nos barrancos, e mal haviam desaparecido diante do escuro terrapleno, quando já eram vistos como forasteiros no caminho de cima, de onde nos gritavam.

— Desçam!
— Subam vocês primeiro!
— Para nos atirarem lá em baixo; não, obrigado, não somos tão tolos.
— Tão covardes, quererão dizer. Venham logo, venham.
— Realmente? Vocês? Nada mais que vocês querem atirar-nos lá embaixo? Era bom de se ver isso.

Fazíamos a prova, davam-nos um empurrão no peito e caíamos sobre a grama dos barrancos, encantados. Tudo nos parecia uniformemente cálido, no pasto não sentíamos nem calor nem frio, somente cansaço.

Quando se deitava sobre o lado direito, com a mão debaixo da orelha, sentia-se desejos de dormir. Mas queria-se levantar de novo, com o queixo erguido, apenas para tornar a cair em uma senda mais funda. Com o braço estendido e as pernas abertas, querer-se-ia lançar aos ares, e cair sem dúvida em uma cavidade ainda mais profunda. E teríamos desejado continuar indefinidamente este jogo.

Quando chegávamos às últimas depressões, não nos preocupava a melhor maneira de nos estendermos para dormir, especialmente se estávamos de joelhos, e permanecíamos de costas, como doentes, com vontade de chorar. Batíamos as pálpebras, às vezes, quando algum menino com as mãos na cintura saltava com suas escuras solas do terrapleno para o caminho, por cima de nós.

A lua tinha chegado já a certa altura, e iluminava a passagem do carro do correio. Uma suave brisa começava a soprar em todas as partes, também era sentida no fundo das sanjas; nas proximidades, o bosque começava a sussurrar. Então a gente não sentia tanta vontade de estar sozinha.

— Onde estão?
— Venham aqui!
— Todos juntos!
— Por que te escondes? Deixa-te de bobagens.
— Não viste que já passou o correio?
— Não! Já passou?
— Naturalmente! Enquanto dormias, passou pelo caminho.
— Eu dormia? Não pode ser.
— Cala-te, se se vê isso na tua cara.
— Digo-te que não, contudo.
— Vem.

Corríamos mais apertados, muitos davam-se a mão, mantínhamos a cabeça o mais alto que podíamos, porque o caminho descia. Alguém atirava ao ar o grito de guerra dos peles-vermelhas, nossas pernas punham-se a galopar como nunca; ao saltar, o vento erguia-nos pela cintura. Nada teria podido deter-nos; corríamos com tal ímpeto que mesmo quando alcançávamos a alguém podíamos cruzar os braços e olhar tranqüilamente em volta.

Junto à ponte do arroio detínhamo-nos; os que tinham continuado correndo, voltavam. Debaixo dela, a água batia contra as pedras e as raízes, como se não tivesse anoitecido ainda. Não havia nenhum motivo para que algum de nós não saltasse sobre o parapeito da ponte.

Atrás da folhagem distante passava um trem, todos os vagões estavam iluminados, as janelinhas bem fechadas. Um de nós começa a entoar uma canção de rua, mas todos queríamos cantar. Cantávamos muito mais rápido do que o trem, segurávamo-nos pelo braço, porque as vozes não eram suficientes; nossos cantos uniam-se em um estrépito que nos fazia bem. Quando alguém mistura sua voz com a dos outros, é como se o levassem com um anzol.
Assim cantávamos, de costas para o bosque, para os ouvidos dos viajantes distantes. No povoado, os maiores estavam despertos ainda, as mães preparavam as camas para a noite.
Estava na hora. Eu beijava ao que estava ao meu lado, dava a mão aos três que estavam mais próximos, e deitava a correr pelo caminho; ninguém me chamava. Na primeira encruzilhada, onde já não me podiam ver, voltava-me e retornava correndo para o bosque. Ia para a cidade, que ficava no sul do bosque; dela diziam em nosso povoado:
— Ali sim existe gente estranha. Imaginem que não dormem.
— E por que não dormem?
— Por que não estão cansados.
— E por que não?
— Porque são tolos.
— E os tolos não se cansam?
— Como poderiam cansar-se os tolos?

DESMASCARAMENTO DE UM EMBAIDOR

Finalmente, por volta das dez horas da noite, cheguei com esse homem ao qual mal conhecia, e que não se despegara de mim durante duas longas horas de passeios pelas ruas, diante da casa senhorial onde haveria uma reunião para a qual me haviam convidado.

— Bem — disse, e juntei ruidosamente as palmas das mãos, para indicar-lhe a necessária iminência de uma despedida.

Já fizera algumas tentativas menos explícitas e estava bastante cansado.

— Pensa entrar aí? — perguntou-me.

De sua boca partia um ruído como de dentes que se entrechocavam.

— Sim.

Eu fora convidado; tinha-lho dito uma vez. Mas convidado a entrar nessa casa, onde tantos desejos tinha de penetrar, e não para ficar ali, diante da porta, olhando para além da orelha de meu interlocutor, nem para guardar silêncio como se tivéssemos decidido ficar eternamente nesse lugar. Já partilhavam esse silêncio as casas que nos cercavam, e a obscuridade que delas subia até as estrelas. E os passos de algum transeunte invisível, cujo destino não se sentia desejos de investigar; o vento, que açoitava insistentemente o lado oposto da rua, um gramofone, que cantava por trás da janela fechada de alguma casa... todos queriam participar deste silêncio, como se lhes tivesse pertencido para sempre.

E meu acompanhante subscrevia-se em seu nome, e depois de um sorriso, também no meu, estendendo para cima o braço direito, contra a parede, e apoiando o rosto contra ela, com os olhos fechados.

Mas não quis ver o final desse sorriso porque de súbito apoderou-se de mim a vergonha. Apenas diante desse sorriso percebera eu que esse homem era um embaidor, e nada mais. E contudo já fazia meses que me encontrava nessa cidade, já acreditava conhecer perfeitamente a esses enganadores, que de noite vêm para nós com as mãos estendidas, como taverneiros, emergindo das ruas laterais; que rondam constantemente em torno dos postes de propaganda, ao nosso lado, como se brincassem de esconde-esconde, e espiam-nos do outro lado do poste, pelo menos com um olho; que de súbito aparecem nas esquinas, quando estamos indecisos, sobre o meio-fio. Contudo, eu compreendia-os perfeitamente, porque eram as primeiras pessoas que conhecera nas pequenas estalagens da cidade, e a eles devia-lhes os primeiros sinais de uma intransigência que sempre me parecera uma qualidade tão universal, e que agora começava a aparecer em mim. Como se aderiam a uma pessoa, mesmo quando ela se afastasse deles, mesmo quando lhes tivesse negado a mais ínfima esperança! Como não se desanimavam, como não recuavam, e insistiam em olhar-nos com rostos que mesmo de longe continuavam sendo suplicantes! E seus recursos eram sempre os mesmos. Colocavam-se diante de nós, o mais visivelmente possível; procuravam impedir que fôssemos onde queríamos ir; ofereciam-nos em troca um asilo em seu próprio peito, e quando por fim o sentimento contido em nós estalava, aceitavam-no felizes, como se fosse um abraço no qual impetuosamente se submergiam.

E eu havia sido capaz de estar tanto tempo ao lado desse homem sem reconhecer o velho jogo. Esfreguei os anéis dos dedos, para anular essa infâmia.

Mas o homem continuava inclinado para mim, considerando-se ainda um perfeito enganador; sua complacência diante de seu próprio destino coloria-lhe a face descoberta.

— Descoberto! — disse-lhe, e bati suavemente em seu ombro com a palma da mão. Depois subi com rapidez a escadinha, e os rostos dos criados no vestíbulo, desinteressadamente afetuosos, alegraram-me como uma formosa surpresa. Contemplei-os um a um, enquanto me tiravam o sobretudo, e limpavam-me os sapatos. Respirando com alívio, e com o corpo erecto, entrei na sala.

O PASSEIO REPENTINO

Quando alguém parece ter-se decidido definitivamente a passar o serão em sua casa, quando vestiu a jaqueta caseira, sentou-se depois da ceia diante da mesa iluminada, e começou algum trabalho ou algum jogo, depois do qual poderá ir-se tranqüilamente para a cama, como de costume; quando lá fora faz mau tempo, e permanecer em casa parece o mais natural; quando já faz tanto tempo que se está sentado junto à mesa que o simples fato de sair provocaria a surpresa geral; quando além disso o vestíbulo está às escuras e a porta da rua com ferrolho; e quando apesar de tudo esse alguém se levanta, tomado de súbita inquietação, tira a jaqueta, veste-se com roupa de passeio, explica que se vê obrigado a sair, e depois de uma breve despedida sai, fechando com maior ou menor estrépito a porta da rua, segundo o grau de ira que se crê ter provocado; quando esse alguém se encontra na rua, e vê que seus membros respondem com singular agilidade a essa inesperada liberdade que se lhes concedeu; quando graças a essa decisão sentem-se reunidas em si todas as possibilidades de decisão; quando se compreende com mais clareza que de costume que se possui mais poder que necessidade de provocar e suportar com facilidade as mais rápidas mudanças, e quando se percorre assim as longas ruas; então, por uma noite, esse alguém separou-se completamente de sua família, que se desfaz ao nada, e convertido em uma silhueta vigorosa e de atrevidos e negros traços, que bate os músculos com a mão, adquire sua verdadeira imagem e estatura.

Tudo isto se torna mais decisivo ainda se a essas altas horas da noite se decide a ir à casa de um amigo, para ver como está.

RESOLUÇÕES

Emergir de um estado de melancolia deveria ser fácil, mesmo à força de pura vontade. Procuro erguer-me da cadeira, rodeio a mesa, ponho em movimento a cabeça e o cabelo, faço fulgurar meus olhos, distendo os músculos em torno. Desafiando meus próprios desejos, saúdo com entusiasmo a A. quando me vem visitar, tolero amavelmente a B. em meu quarto, e apesar do sofrimento e o cansaço engulo em grandes bocados tudo o que diz C.

Mas, apesar de tudo, com uma simples falha que não poderia evitar, destruo todo o meu trabalho, o fácil e o difícil, e vejo-me preso novamente no mesmo círculo anterior.

Portanto, talvez seja melhor suportar tudo, passivamente, comportar-se como uma mesma massa pesada, e se alguém se sente arrastado, não deixar-se induzir ao menor passo desnecessário, olhar aos demais com olhar de um animal, não sentir nenhum arrependimento, enfim, afogar com uma só mão o fantasma de vida que ainda subsista, quer dizer, aumentar o mais possível a posterior calma sepulcral, e não deixar que subsista nada mais.

Um movimento característico deste estado consiste em passar-se ó dedo mindinho pelas sobrancelhas.

A EXCURSÃO À MONTANHA

— Não sei — exclamei sem voz —, realmente não sei. Se não vier ninguém, não vem ninguém. Não fiz mal a ninguém, ninguém me fez mal, e contudo ninguém quer ajudar-me. Absolutamente ninguém. E entretanto não é assim. Simplesmente, ninguém me ajuda; se não, absolutamente ninguém me agradaria. Eu gostaria muito — por que não? — de fazer uma excursão com um grupo de absolutamente ninguém. Naturalmente, à montanha; aonde mais? Como se apinham esses braços estendidos e entrelaçados, todos esses pés com seus inúmeros passinhos! Certamente, todos estão vestidos a rigor. Vamos tão contentes, o vento coleia pelos interstícios do grupo e de nossos corpos. Na montanha nossas gargantas sentem-se livres. É assombroso que não cantemos.

INFELICIDADE DE SOLTEIRO

Parece tão terrível permanecer solteiro, ser um velho que procurando conservar sua dignidade suplica um convite cada vez que quer passar uma noitada em companhia de outros seres; estar doente e do canto da cama contemplar durante semanas o quarto vazio, despedir-se sempre diante da porta da rua, não subir nunca as escadas junto à sua mulher, apenas ter um quarto com portas laterais que conduzem a quartos de pessoas estranhas, trazer a ceia para casa em um embrulho, ter que admirar as crianças dos outros e nem sequer poder continuar repetindo "Eu não tenho", modelar seu aspecto e seu procedimento de acordo com um ou dois solteirões que se conheceu quando era jovem.

Assim será, mas também hoje e mais tarde, na realidade, será ele mesmo quem está ali, com seu corpo e uma cabeça reais, e também uma fronte, para poder bater nela com a mão.

O COMERCIANTE

É possível que algumas pessoas compadeçam-se de mim, mas não percebo isso. Meu pequeno estabelecimento comercial enche-me de preocupações que me fazem doer a cabeça e as fontes, lá dentro, sem ofertar-me contudo perspectivas de alívio, porque minha casa comercial é pequena. Durante horas devo preparar as coisas com antecedência, vigiar a memória do empregado, evitar de antemão seus temíveis erros, e durante uma temporada prever as modas da temporada próxima, não como serão entre as pessoas de minhas relações, porém entre inacessíveis camponeses.

Meu dinheiro está nas mãos de desconhecidos; suas finanças me são incompreensíveis; não adivinho as desgraças que podem acontecer-lhes; como fazer para evitá-las! Talvez se tornaram pródigos, e oferecem uma festa em um restaurante e outros se demoram um momento nessa mesma festa, antes de fugir para a América.

Quando depois de um dia de trabalho fecho a casa comercial, e me encontro de repente com a perspectiva dessas horas em que não poderei fazer nada para satisfazer suas ininterruptas necessidades, então torna a apoderar-se de mim como uma maré crescente a agitação que pela manhã tinha conseguido afastar, mas já não posso contê-la, e arrasta-me sem rumo.

E contudo não sei tirar vantagem deste impulso, e apenas posso tornar à minha casa, porque tenho o rosto e as mãos sujas e suadas, a roupa manchada e poeirenta, o gorro de trabalho na cabeça e os sapatos rasgados pelos pregos dos caixões. Volto como conduzido por uma onda, fazendo soar os dedos de ambas as mãos, e acaricio o cabelo dos meninos que encontro de passagem.

Mas o caminho é curto. Mal chego à minha casa, abro a porta do elevador, e entro.

Então descubro de súbito que estou só. Outras pessoas, que devem subir escadas, e portanto cansam-se um pouco, vêem-se obrigadas a esperar impacientes que lhes abram a porta de seu domicílio, e têm assim uma desculpa para a irritação e a impaciência; entram depois no vestíbulo, onde penduram seus chapéus, e somente depois de atravessar o corredor, ao longo de portas envidraçadas, diversas, entram em seu quarto, e estão sozinhos.

Mas eu já estou sozinho no elevador, e olho de joelhos o exíguo espelho. Enquanto o elevador começa a subir, digo:

— Quietas, voltai! Aonde quereis ir, à sombra das árvores, atrás das cortinas das janelas, ou sob a folhagem do jardim?

Falo entre-dentes, e a caixa da escada desliza junto aos vidros opacos, como a água de uma torrente.

— Voai daqui; vossas asas, que nunca pude ver, vos levarão talvez ao vale do povoado, ou para Paris, se lá quereis ir.

"Mas aproveitai para olhar pela janela, quando chegam as procissões pelas três ruas convergentes, sem se darem passagem, e atravessam-se para tornar a deixar a praça vazia, quando as últimas filas se afastam. Agitai vossos lenços, indignai-vos, emocionai-vos, elogiai à formosa dama que passa em seu coche.

"Cruzai o arroio pela ponte de madeira, saudai os meninos que se banham, e assombrai-vos diante do *Hurra* dos mil marinheiros do encouraçado distante.

"Segui ao homem inconspícuo, e quando o tenhais encurralado em um saguão, roubai-o, e depois contemplai, com as mãos em vossos bolsos, como prossegue seu caminho tristemente pela rua da esquerda.

"Os policiais, galopando dispersos, freiam seus cavalos, e obrigam-vos a retroceder. Deixai-os, as ruas vazias desanimá-los-ão, sei disso. Já se afastam, não vos disse? Cavalgando de dois em dois, lentamente ao voltar as esquinas, e a toda velocidade quando cruzam a praça."

E então devo sair do elevador, mandá-lo para baixo, fazer soar a campainha de minha casa, e a criada abre a porta, enquanto eu a cumprimento.

CONTEMPLAÇÃO DISTRAÍDA À JANELA

Que podemos fazer nestes dias de primavera, que já se aproximam rapidamente? Esta manhã cedo, o céu estava cinzento, mas se agora a gente se chega à janela, surpreende-se e apóia a face contra o batente. Embaixo, vê-se a luz do sol que se despede sobre o rosto da jovenzinha que passa olhando em volta; ao mesmo tempo vê-se nele a sombra de um homem que se aproxima rapidamente.

E· depois o homem passa, e o rosto da menina está inteiramente iluminado.

CAMINHO PARA CASA

Depois de uma tempestade, vê-se o poder de persuasão do ar. Meus méritos tornam-se-me evidentes, e me dominam, embora eu não lhes ofereça nenhuma resistência.

Caminho e meu compasso é o compasso deste lado da rua, da rua, do bairro inteiro. Com direito, sou responsável por todos os chamados nas portas, por todos golpes sobre as mesas, por todos os brindes, por todos os casais de amantes em seus leitos, nos andaimes das construções, nas ruas escuras, apertadas contra as paredes das casas, nos divãs dos prostíbulos.

Comparo meu passado ao meu futuro, mas ambos parecem-me admiráveis, não posso outorgar a palma a nenhum dos dois, e apenas protesto diante da injustiça da Providência, que me favoreceu tanto.

Mas quando entro em meu quarto, sinto-me um tanto pensativo, embora ao subir as escadas não me encontrei com nada que justifique esse sentimento. Não me serve de consolo abrir de par em par a janela, e ouvir que ainda se está tocando música em um jardim.

TRANSEUNTES

Quando se sai a caminhar de noite por uma rua, e um homem, visível desde muito longe — porque a rua é empinada e há lua cheia —, corre para nós, não o seguramos, nem sequer se é fraco e andrajoso, nem sequer se alguém corre atrás dele gritando; deixamo-lo passar. Porque é noite, e não é culpa nossa que a rua seja em declive e a lua cheia; além disso, talvez êsses dois tivessem organizado uma caçada para se divertirem, talvez fujam de um terceiro, talvez o primeiro seja perseguido não obstante estar inocente, talvez o segundo queira matá-lo, e não queremos ser cúmplices do crime, talvez nenhum dos dois saiba nada do outro, e dirigem-se correndo cada um por sua conta para a cama, talvez sejam sonâmbulos, talvez o primeiro carregue armas.

E por fim, de qualquer modo, não podemos porventura estar cansados, não bebemos tanto vinho? Alegramo-nos por ter perdido de vista também ao segundo.

COMPANHEIROS DE VIAGEM

Estou na plataforma do bonde, completamente alheio ao que diz respeito à minha posição neste mundo, nesta cidade, em minha família. Nem mesmo por casualidade saberia indicar que direitos me assistem e me justificam, em qualquer sentido que se queira. Nem mesmo posso justificar por que estou nesta plataforma, seguro-me nesta correia, deixo-me levar por este bonde, as pessoas desviam-se do bonde, ou seguem seu caminho, ou contemplam as vitrinas. Ninguém exige de mim essa justificação, mas isso não importa.

O bonde aproxima-se de um ponto de parada; uma jovem coloca-se próximo ao estribo, disposta a descer. Parece-me tão definida como se a tivesse tocado. Está vestida de negro, as dobras de sua saia quase não se movem, a blusa é apertada e tem uma gola de encaixe branco fino, sua mão esquerda apóia-se de chapa sobre o tabique, o guarda-chuva de sua mão esquerda descansa sobre o segundo degrau. Seu rosto é moreno, o nariz, levemente contraído para os lados, tem a ponta arredondada e ampla. Tem abundante cabeleira escura e pelinhos dispersos na face direita. Sua pequenina orelha é curta e compacta, mas como estou próximo posso ver todo o pavilhão da orelha direita, e a sombra na sua base.

Nesse momento, perguntei-me: "Como é possível que não esteja assombrada de si mesma, que seus lábios estejam cerrados e nada digam nesse sentido?"

VESTIDOS

Muitas vezes quando vejo vestidos que com suas múltiplas pregas, fitas e adornos oprimem belamente formosos corpos, penso que não conservarão por muito tempo essa esbelteza, que logo mostrarão rugas impossíveis de serem desfeitas, poeiras tão profundamente confundidas com as costuras, que não se poderá limpá-las, e que ninguém quererá ser tão ridículo e tão infeliz que use o mesmo custoso vestido desde a manhã até a noite.

E contudo encontro jovens que são bastante formosas e deixam ver variados e atraentes músculos e delicados ossos e pele tersa e massas de cabelo sutil, e que não obstante dia após dia aparecem com esta espécie de disfarce natural, e sempre apóiam na mesma mão e refletem em seu espelho o mesmo rosto.

Apenas às vezes, de noite, quando regressam tarde de alguma festa, seus vestidos parecem no espelho rotos, deformados, sujos, já vistos por muita gente, e quase impróprios para o uso.

A RECUSA

Quando encontro uma formosa jovem e lhe peço: "Tenha a bondade de acompanhar-me", e ela passa sem responder, seu silêncio quer dizer isto:
— Não és nenhum duque de título famoso, nem um rico americano com porte de pele-vermelha, com olhos equilibrados e tranqüilos, com uma cútis temperada pelo vento dos prados e dos rios que os atravessam, não fizeste nenhuma viagem pelos grandes oceanos, e por esses mares que não sei onde se encontram. Em conseqüência, por que razão eu, uma jovem formosa, haveria de te acompanhar?
— Esqueces que nenhum automóvel passeia contigo em longas arremetidas pelas ruas; não vejo aos cavaleiros de teu séquito que se atiram atrás de ti, e que te seguem em estreito semicírculo, murmurando-te bênçãos; teus peitos parecem perfeitamente comprimidos em tua blusa, mas tuas cadeiras e tuas coxas compensam-nos dessa opressão; tens um vestido de tafetá pregueado, como os que tanto nos alegraram no outono passado, e contudo, sorris — com êsse perigo mortal no corpo — de vez em quando.
— Já que os dois temos razão, e para não nos apercebermos irrevogàvelmente da verdade, preferimos — não é certo? — irmos cada qual para sua casa.

PARA QUE OS CAVALEIROS MEDITEM

Se se pensar bem, não é tão invejável ser vencedor em uma corrida de cavalos.

A glória de ser reconhecido como o melhor cavaleiro de um país molesta por demais, junto ao estrépito da orquestra, para não sentir na manhã seguinte certo arrependimento.

A inveja dos concorrentes, homens astutos e bastante influentes, entristece-nos ao atravessar a estreita passagem que percorremos depois de cada corrida, e que logo surge deserto diante de nosso olhar, exceto por alguns cavaleiros atrasados que se destacam diminutos sobre a linha do horizonte.

A maioria de nossos amigos apressa-se a cobrar seus ganhos, e somente gritam para nós um distante e distraído "Viva!", voltando-se a meio, das afastadas janelinhas; mas os melhores amigos não apostaram nada em nosso cavalo, porque temiam aborrecerem-se conosco se perdessem; mas agora que nosso cavalo ganhou e eles não ganharam nada, voltam as costas quando passamos ao seu lado, e preferem contemplar as tribunas.

Atrás de nós, os concorrentes, firmados em suas montarias, procuram esquecer sua má sorte, e a injustiça que de certo modo se cometeu com eles; procuram contemplar as coisas sob um novo ponto de vista, como se depois deste brinquedo de crianças devesse principiar outra corrida, a verdadeira.

Muitas damas observam zombeteiramente ao vencedor, porque parece inflado de vaidade e contudo não sabe como encarar os intermináveis apertos de mãos, congratulações, reverências e saudações à distância, enquanto os vencidos calam-se e acariciam ligeiramente as crinas de seus cavalos, muitos dos quais relincham.

Finalmente, sob um céu entristecido, começa a chover.

A JANELA PARA A RUA

Aquele que vive só, e que contudo deseja de vez em quando vincular-se a algo; aquele que, considerando as mudanças do dia, do tempo, do estado de seus negócios e outras coisas, deseja de súbito ver um braço ao qual poderia aferrar-se, não está em condições de viver muito tempo sem uma janela que dê para a rua. E se lhe agrada não desejar nada, e apenas se aproxima da janela como um homem cansado cujo olhar oscila entre o público e o céu, e não quer olhar para fora, e deitou a cabeça um pouco para trás, contudo, apesar de tudo isto, os cavalos lá de baixo acabarão por arrastá-lo em sua caravana de carros e seu tumulto, e assim finalmente na harmonia humana.

O DESEJO DE SER PELE-VERMELHA

Se alguém pudesse ser um pele-vermelha, sempre alerta, cavalgando sobre um cavalo veloz, através do vento, constantemente sacudido sobre a terra estremecida, até atirar as esporas, porque não fazem falta esporas, até atirar as rédeas, porque não fazem falta rédeas, e apenas visse diante de si que o campo era uma pradaria rasa, teriam desaparecido as crinas e a cabeça do cavalos.

AS ÁRVORES

Porque somos como troncos de árvores na neve. Aparentemente, apenas estão apoiados na superfície, e com um pequeno empurrão seriam deslocados. Não, é impossível, porque estão firmemente unidos à terra. Mas atenção, também isto é pura aparência.

INFELICIDADE

Quando já se tornava insuportável — ao entardecer de um dia de novembro —, cansado de ir e vir pelo estreito tapete de meu quarto, como em uma pista de corridas, e de evitar a imagem da rua iluminada, me voltei para o fundo do quarto, e na profundidade do espelho encontrei uma nova meta, e gritei, para ouvir somente meu próprio grito, que não encontrou resposta nem nada que diminuísse seu vigor, de modo que subiu, sem resistência, sem cessar nem sequer quando já não foi audível; à minha frente abriu-se nesse momento a porta, rapidamente, porque era preciso rapidez, e até os cavalos dos carros se erguiam na rua como cavalos enlouquecidos em uma batalha, oferecendo suas gargantas.

Como um pequeno fantasma, introduziu-se uma menina vinda do escuro corredor, onde a lâmpada não havia sido acesa ainda, e permaneceu ali, na ponta dos pés, sobre uma tábua do piso que estremecia levemente. Logo deslumbrada pelo crepúsculo em meu quarto, tentou cobrir a cara com as mãos, mas contentou-se inesperadamente em atirar um olhar pela janela, frente a cuja cruz o vapor ascendente da luz da rua tinha-se finalmente acocorado sob a obscuridade. Com o cotovelo direito apoiou-se na parede, frente à porta aberta, permitindo que a corrente que entrava lhe acariciasse os tornozelos, e também o cabelo e a fronte.

Olhei-a um instante, depois lhe disse: "Boas-tardes", e apanhei minha jaqueta que estava sobre a calceira diante da estufa, porque não queira que me visse assim, meio vestido. Permaneci um momento com a boca aberta, para que a agitação se escapasse pela minha boca. Sentia um mau gosto no paladar, as pestanas tremiam-me, enfim, esta visita tão esperada não me causava nenhum prazer.

A menina continuava junto à parede, no mesmo lugar; tinha colocado a mão direita contra a parede, e com as faces ruborizadas acabava de descobrir com assombro que o muro caiado era áspero e lhe machucava a ponta dos dedos. Disse-lhe:
— Procura realmente a mim? Não haverá um erro? Nada mais fácil do que cometer um erro nesta casa tão grande. Chamo-me Fulano-de-tal, vivo no terceiro andar. Sou a pessoa que você procura?
— Não fale, não fale — disse a criatura voltando a cabeça —, não há erro algum.
— Então, entre um pouco mais no quarto, gostaria de fechar a porta.
— Acabo eu mesma de fechá-la. Não se incomode. Sobretudo, acalme-se.
— Não é incômodo nenhum. Nas neste corredor vive uma quantidade de pessoas, e naturalmente todos são meus conhecidos; a maioria volta agora de seu trabalho; quando ouvem falar em um quarto, consideram-se com direito de abrir a porta e olhar o que se passa. Sempre fazem assim. Essa gente trabalhou o dia inteiro, e ninguém poderia perturbar-lhes sua provisória liberdade noturna. Além disso, você o sabe tão bem como eu. Permita-me fechar a porta.
— Como, que está pensando? Que se passa? Por mim, pode vir toda a casa. E repito-lhe ainda uma vez: já fechei a porta; pensa que é o único que sabe fechar uma porta? Até a fechei com chave.
— Muito bem, então. Não peço mais. Não era preciso que fechasse com chave. E agora que está aqui, rogo-lhe que se considere como em sua casa. Você é minha convidada. Confie inteiramente em mim. Ponha-se à vontade, sem temor. Não insistirei para que fique, nem para que se vá. Preciso dizê-lo? Tão mal você me conhece?
— Não. Realmente, não era preciso que o dissesse. Ainda mais, não devia ter-mo dito. Sou uma criança. Por que então tantas cerimônias comigo?
— Exagera. Naturalmente, é uma criança. Mas não tão pequena. Cresceu bastante. Se fosse uma moça, não se atreveria a fechar-se com chave em um quarto, a sós comigo.
— Não precisamos nos preocupar por isso. Apenas queria dizer-lhe que o fato de conhecê-lo tão bem, não

me protege muito, e somente evita a você o trabalho de manter comigo as aparências. E apesar disso, quer fazer cumprimentos. Deixe-se de bobagens, rogo-lhe, deixe-se de bobagens! Devo dizer-lhe que não o reconheço em todas as partes e em todo o tempo, e menos ainda nesta penumbra. Seria melhor que acendesse a luz. Não, melhor que não. Em todo caso, não esquecerei que acaba de me ameaçar.
— Como? Que eu a ameacei? Mas ouça-me. Estou muito contente de que por fim tenha vindo. Digo "por fim" porque é tarde. Não posso compreender por que veio tão tarde. É possível que a alegria me tenha feito falar desordenadamente, e que você tenha entendido mal minhas palavras. Admito todas as vezes que você quiser que tem razão, que tudo foi uma ameaça, o que você preferir. Mas nada de discussões, por Deus. Como pode você acreditar? Como pode ferir-me desse modo? Por que deseja com tanta intensidade arruinar-me este breve instante de sua presença? Um desconhecido seria mais condescendente do que você.
— Não duvido disso; não é uma grande descoberta. Eu estou mais próxima de você, por minha própria natureza, do que o desconhecido mais condescendente. Também você sabe disso; então, por que toda esta tragédia? Se quer representar comigo uma comédia, vou-me embora imediatamente.
— Ah, sim? Atreve-se também a dizer-me isso? É um pouco demasiado atrevida. Afinal de contas, está em meu quarto. Esfregando os dedos como louca sobre a parede de meu quarto. Meu quarto, minha parede! E além disso, o que você diz não somente é insolente, porém também ridículo. Diz que sua natureza leva-a a falar comigo dessa maneira. Realmente? Sua natureza a impele? Sua natureza é muito amável. Sua natureza é a minha, e quando eu por natureza me sinto amável para com você, você não pode então sentir-se senão amável para comigo.
— Parece-lhe isso amável?
— Falo do que houve antes.
— Sabe você como serei depois?
— Não sei nada.
E dirigi-me para a mesinha da luz, e acendi a vela. Naquela época eu não tinha nem gás nem luz elétrica em meu quarto. Depois fiquei um momento sentado

junto à mesa, até que me cansei, vesti o sobretudo, apanhei o chapéu sobre o sofá, e apaguei a vela. Ao sair tropecei com a perna de uma cadeira.
   Na escada encontrei-me com um inquilino do meu andar.
   — Já torna a sair, velhaco? — perguntou-me este, com as pernas abertas e apoiadas em diferentes degraus.
   — Que quer que eu faça? — disse. — Acabo de receber a visita de um fantasma.
   — Diz isso tão tranqüilo, como se tivesse encontrado um cabelo na sopa.
   — Você está brincando. Mas lhe direi que um fantasma é um fantasma.
   — Muito acertado. Mas, que acontece quando alguém não acredita em fantasma?
   — E você quer dar a entender que eu creio em fantasmas? Mas, de que me serviria não acreditar?
   — Muito simples. Não sentiria temor quando um fantasma lhe aparece realmente.
   — Oh, isso é apenas um temor secundário! O temor principal é o temor do que provocou a aparição. E esse temor continua. Neste momento, sinto-o, potente, dentro de mim.
   De puro nervosismo, comecei a revistar todos os meus bolsos.
   — Mas, se não sentiu nenhum temor ante a aparição em si, por que não lhe perguntou tranqüilamente qual era o motivo que a provocou?
   — Evidentemente, você nunca falou com um fantasma. Não se pode conseguir deles nunca uma informação precisa. É algo muito oscilante. Esses fantasmas parecem duvidar mais do que nós de sua própria existência, o que não é estranho, considerando sua fragilidade.
   — Não obstante, ouvi dizer que se pode alimentá-los.
   — Você está muito bem informado. Com efeito, pode-se. Mas, a quem ocorreria alimentar a um fantasma?
   — Por que não? Por exemplo, se fosse um fantasma feminino... — disse, e subiu ao degrau superior.
   — Sim — disse eu —, mas mesmo assim seria pretender demais.
   Pensei em outra coisa. Meu vizinho tinha subido tanto, que para ver-me teve de abaixar-se até o vão da escada.

— De qualquer modo — exclamei — se você rouba o meu fantasma, tudo fica terminado entre nós para sempre.
— Era apenas uma brincadeira — disse ele, e retirou a cabeça.
— Então, não disse nada — gritei-lhe.
Agora teria podido ir tranqüilamente passear. Mas como me sentia tão desolado, preferi tornar a subir, e deitei-me.

UM MÉDICO RURAL
RELATOS BREVES

A meu pai

O NOVO ADVOGADO

Temos um novo advogado, o doutor Bucéfalo. Pouco existe em seu aspecto que lembre a época em que era o cavalo de batalha de Alexandre da Macedônia. Contudo, quem está a par dessa circunstância, nota algo. E há pouco pude ver na entrada a um simples porteiro que o contemplava admirativamente, com o olhar profissional do carreirista habitual, enquanto o doutor Bucéfalo, erguendo galhardamente os músculos e fazendo ressoar o mármore com seus passos, subia degrau por degrau a escadinha.

Em geral, a Magistratura aprova a admissão de Bucéfalo. Com assombrosa perspicácia, dizem que dada a organização atual da sociedade, Bucéfalo encontra-se em uma situação um pouco difícil, e que em conseqüência, e considerando além disso sua importância dentro da história universal, merece pelo menos ser recebido. Hoje — ninguém poderia negá-lo — não existe nenhum Alexandre Magno. Existem muitos que sabem matar; tampouco escasseia a habilidade necessária para assassinar a um amigo com um golpe de lança através da mesa do festim; e para muitos Macedônia é muito pequena, e maldizem em conseqüência a Felipe, o pai; mas ninguém, ninguém pode abrir caminho até a Índia. Mesmo em seus dias as portas da Índia estavam fora de todo alcance, mas não obstante, a espada do rei apontou o caminho. Hoje, as referidas portas estão em outra parte, mais distante, mais alto; ninguém mostra o caminho; muitos levam espadas; mas somente para brandi-las, e o olhar que as segue apenas consegue tontear-se.

Por isso, talvez, o melhor seja fazer o que Bucéfalo fez, submergir-se na leitura de livros de direito. Livre, sem que os músculos do cavaleiro oprimam seus flancos, à tranqüila luz da lâmpada, longe do estrondo das batalhas de Alexandre, lê e vira as páginas de nossos antigos textos.

UM MÉDICO RURAL

Achava-me num sério dilema: devia empreender uma viagem urgente; um doente grave esperava-me numa cidade a dez milhas de distância; um forte temporal de neve varria o vasto espaço que nos separava; eu tinha um carro, um carrinho leve, de grandes rodas, exatamente apropriado para os nossos caminhos de campo; envolto no abrigo de peles, com minha valisa de instrumentos na mão, esperava no pátio, pronto para partir; mas faltava o cavalo, não havia cavalo. O mesmo morrera na noite anterior, esgotado pelas fadigas desse inverno gelado; minha criada corria agora pela cidade, à procura de um cavalo emprestado; mas não havia esperanças, eu o sabia, e cada vez mais coberto de neve, cada vez mais incapaz de movimento, permanecia ali, sem saber o que fazer. Na porta, apareceu a moça, sozinha, e agitou o lampião; naturalmente, quem haveria de emprestar seu cavalo para semelhante viagem, em tal hora? Uma vez mais atravessei o pátio; não descobria nenhuma solução; desesperado, enlouquecido, golpeei com o pé a arruinada porta da pocilga, desabitada desde muitos anos. A porta abriu-se, e continuou oscilando sobre seus gonzos. Um vapor e um odor como de cavalos saiu da pocilga. Uma fraca lanterna pendia de uma corda. Um indivíduo, acocorado junto ao tabique baixo, mostrou seu rosto claro, de olhos azuis.

— Ato-os ao carro? — perguntou, aproximando-se em quatro pés.

Eu não sabia o que lhe dizer, e apenas me abaixei para ver que havia dentro da pocilga. A criada estava ao meu lado.

— Nunca se sabe o que se pode encontrar dentro da própria casa — disse esta, e ambos nos rimos.

— Olá, Irmão, olá, Irmã! — chamou o cavalariço, e dois cavalos, duas poderosas bestas de fortes flancos, com as pernas dobradas e apertadas contra o corpo, as perfeitas cabeças abaixadas, como as dos camelos, mediante movimentos do quarto traseiro abriram-se caminho passando um atrás do outro pelo buraco da porta, que enchiam completamente. Mas de pronto se ergueram sobre suas grandes patas, expelindo espesso vapor.

— Ajuda-o — disse, e a atenta criada apressou-se a ajudar ao cavalariço ocupado em atrelar os cavalos. Mas mal chegou ao seu lado, o homem abraçou-a e aproximou sua cara do rosto da jovem. Esta gritou, e fugiu para mim; sobre suas faces viam-se, roxas, as marcas de duas fileiras de dentes.

— Besta! — gritei furioso —. Queres que te açoite?

Mas depois pensei que era um desconhecido; que eu não sabia de onde vinha, e que me oferecia ajuda quando todos haviam falhado. Como se tivesse adivinhado meus pensamentos, não se ofendeu com a minha ameaça, e sempre ocupado com os cavalos, apenas se voltou uma vez para mim.

— Suba — disse-me; e, com efeito, tudo estava preparado.

Observo então que nunca viajei com tão formosa junta de cavalos, e subo alegremente.

— Mas eu conduzirei; tu não conheces o caminho — acrescento.

— Naturalmente — disse ele —, eu não vou com você, fico com Rosa.

— Não! — grita Rosa, e foge para casa, pressentindo com toda razão a inevitabilidade de seu destino; ouço o ruído da cadeia da porta, ao correr no ferrôlho; ouço girar a chave na fechadura; vejo além disso que Rosa apaga todas as luzes do vestíbulo, e sempre fugindo, as das salas restantes, para que não possam encontrá-la.

— Tu vens comigo — digo ao moço —, ou desisto de minha viagem, por mais urgente que seja. Não penso deixar a jovem como pagamento da viagem.

— Arre! — grita ele; e dá uma palmada; o carro parte arrastado como um tronco na torrente; ainda tenho tempo de ouvir o ruído da porta de minha casa que cai feita em pedaços sob os embates do moço, depois meus olhos e meus ouvidos fundem-se no remoinho da tormenta que confunde uniformemente todos meus sentidos. Mas isto somente dura um instante; efetivamente, como se diante de minha porta se encontrasse a porta de meu

paciente, já estou ali; os cavalos detêm-se; a nevada cessou; claro de lua em torno; os pais de meu paciente saem ansiosos de casa; sua irmã segue-os; ajudam-me a descer imediatamente do carro; não entendo suas confusas palavras; no quarto do enfermo o ar é quase irrespirável; a estufa, descuidada, lança fumaça; quero abrir a janela; mas antes antes vou ver o enfermo. Magro, sem febre, nem quente nem frio, com olhos vazios, sem camisa, o jovem ergue-se sob o acolchoado de penas, abraça-se ao meu pescoço, e sussurra-me ao ouvido:
— Doutor, deixa-me morrer.

Olho em volta; ninguém o ouviu; os pais calam-se, inclinados para diante, esperando meu veredicto; a irmã trouxe para mim uma cadeira a fim de que eu coloque minha valise de mão. Abro a valise, e procuro entre meus instrumentos; o jovem continua puxando-me de seu leito, para recordar-me sua súplica; tomo um par de pinças, examino-as à luz da vela, e deponho-as novamente.

— Sim — penso como um blasfemo —, nestes casos os deuses nos ajudam, enviam-nos o cavalo de que precisamos, e dada nossa pressa acrescentam-nos outro; para cúmulo concedem-nos um cavalariço...

Somente nesse momento recordo-me de Rosa; que fazer, como resgatá-la, como salvá-la das garras desse cavalariço, a dez milhas de distância, com uma parelha de cavalo impossíveis de manejar? Esses cavalos, que não sei como se desgarraram das rédeas; de fora, tampouco sei como, empurraram a janela; assomam com a cabeça, cada um por uma janela, e sem preocupar-se com as exclamações da família, contemplam o enfermo.

— Convém que eu retorne imediatamente — penso, como se os cavalos me convidassem à viagem, mas contudo permito que a irmã, que me crê zonzo por causa do calor, me tire o abrigo de peles. Servem-me um copo de rum, o ancião bate-me no ombro, porque o oferecimento de seu tesouro justifica para eles desde já esta familiaridade. Meneio a cabeça; no estreito âmbito dos pensamentos do ancião, devo estar enfermo; essa é a única razão de minha negativa. A mãe permanece junto ao leito e induz-me a aproximar-me; obedeço, e enquanto um cavalo relincha estridentemente para o céu raso, apoio a cabeça sobre o peito do jovem, que estremece sob minha barba molhada. Confirma-se o que já eu sabia:

o jovem está sadio, tem algum problema de circulação; está saturado de café que sua solícita mãe lhe serve, mas são; o melhor seria tirá-lo com um puxão da cama. Não sou nenhum reformador universal, e deixo-o onde está. Sou o médico do distrito, e cumpro com minha obrigação até onde posso, até um ponto que já é um exagero. Mal remunerado, sou contudo generoso com os pobres e procuro ajudá-los. Ainda tenho que me ocupar de Rosa, depois pode o jovem fazer o que quiser, e eu morrer, também. Que faço aqui, neste interminável inverno? Meu cavalo morreu, e não há ninguém no povoado que me empreste o seu. Vejo-me obrigado a procurar cavalos na pocilga; se por acaso não tivesse encontrado esses cavalos, deveria recorrer aos porcos. Assim é. E saúdo a família com um movimento de cabeça. Não sabem nada de tudo isto, e se o seubessem, não o creriam. É fácil escrever receitas, mas fora disso, entender-se com as pessoas é difícil. Pois bem, já cumpri a minha visita, mais uma vez me incomodaram inutilmente, estou acostumado; com essa campainha noturna, todo o distrito me martiriza, mas que além disso tenha de sacrificar agora a Rosa, essa formosa jovem, que durante anos viveu em minha casa sem que eu me apercebesse de sua presença... esse holocausto é excessivo, e preciso encontrar-lhe alguma solução, qualquer coisa, para não deixar-me arrastar por esta família, que com a melhor vontade do mundo não poderiam devolver-me a minha Rosa. Mas enquanto fecho a valise de mão e estendo a mão para o meu abrigo, a família reúne-se, o pai cheira o copo de rum que tem na mão, a mãe, evidentemente decepcionada comigo — sim, que pensa essa gente? —, morde chorosa os lábios, e a irmã agita um lenço cheio de sangue; sinto-me de certo modo disposto a admitir, sob certas condições, que talvez o jovem esteja enfermo. Aproximo-me dele, me sorri como se lhe trouxesse a mais fortificante das sopas; ah!, agora os dois cavalos relincham juntos: esse estrépito foi certamente preparado pelos céus para ajudar minha revisão; e desta vez descubro que o jovem está enfermo. No lado direito, próximo da cintura, tem uma ferida grande como a palma de minha mão. Rosada, com muitos matizes, escuro no fundo, mais clara nas bordas, ligeiramente granulada, com coágulos irregulares de sangue, aberta como uma mina ao ar livre. Assim é vista de longe. De perto, aparece contudo uma complicação. Quem a teria visto sem assobiar? Vermes, longos e gordos como meu dedo mindinho, rosados e manchados de sangue, retorcem-se, fixos no interior da ferida, para a luz, com suas cabecinhas brancas e suas numerosas patinhas. Pobre rapaz, não tens salvação. Descobri tua grande ferida; esta flor de teu lado te mata. A família está radiante, vêem-me em plena atividade; a irmã diz isso à mãe, a mãe ao pai, o pai a algumas visitas que entram pela porta aberta através do claro da lua, na ponta dos pés, balançando os braços estendidos.

— Salvar-me-ás? — murmura soluçando o jovem, deslumbrado pela vida de sua ferida.

Assim é a gente no meu distrito. Sempre esperam que o médico faça o impossível. Mudaram suas antigas crenças; o padre fica em casa, e desveste suas dalmáticas uma depois da outra; mas o médico tudo pode, supõem eles, com sua destra mão cirúrgica. Bem, como queiram, eu não lhes pedi que me chamassem; se querem usar-me equivocadamente com fins religiosos, também isso lhes permitirei; que melhor posso pedir eu, um velho médico rural, despojado de sua criada? E acorre a família e os anciões do povoado, e desvestem-me; um coro de escolares, dirigido pelo mestre, canta diante da casa uma melodia extraordinariamente simples com estas palavras:

> Desvistam-no, para que cure,
> E se não cura, matem-no.
> É apenas um médico, é apenas um médico.

Já estou desvestido, e com os dedos na barba contemplo tranqüilamente as pessoas, cabisbaixo. Não perco a minha compostura, e estou preparado para tudo, embora não me sirva para nada, porque agora me seguram pela cabeça e pelos pés e me levam para a cama. Colocam-me junto à parede, ao lado da ferida. Depois saem todos do quarto; fecham a porta; o canto cessa; as nuvens cobrem a lua; as cálidas roupas de cama me abrigam; como sombras, as cabeças dos cavalos oscilam no vão das janelas.

— Sabes — diz-me uma voz ao ouvido — que minha confiança em ti não é muita? Antes de tudo, não vieste aqui pelos teus próprios meios, porém chegaste arrastado. Em vez de auxiliar-me, incomodas-me em meu leito de

morte. O que mais me agradaria seria arrancar-te os olhos.
— Realmente — digo eu —, é uma vergonha. E contudo sou médico. Que queres que eu faça? Asseguro-te que eu também me sinto muito incomodado.
— E queres que eu me conforme com essas desculpas? Ah, suponho que sim! Sempre devo me conformar. Com uma formosa ferida vim ao mundo; esse foi meu único dote.
— Jovem amigo — digo —, teu erro consiste em que não tens bastante amplidão de vistas. Eu, que visitei todos os quartos dos enfermos, aqui e ali, asseguro-te: tua ferida não é tão má. Feita com dois golpes de machado, em ângulo agudo. Muitos oferecem seus flancos, e não ouvem o machado no bosque, e menos ainda que o machado se aproxima deles.
— É realmente verdade, ou aproveitas-te de minha febre para enganar-me?
— É realmente assim, palavra de honra de um médico oficial.
Aceitou minha palavra, e ficou em silêncio. Mas já era tempo de pensar em minha libertação. Fielmente, os cavalos permaneciam ainda em seu lugar. Recolhi rapidamente minhas roupas, meu abrigo de pele e minha pequena valise; não quis perder tempo em vestir-me; se os cavalos se davam tanta pressa como na viagem de ida, era como saltar desta cama para a minha. Obediente, um dos cavalos retirou-se da janela; atirei os meus objetos no carro; a peliça caiu fora, e apenas ficou retida por uma manga no gancho. Suficiente. Montei de um salto em um cavalo; com as rédeas caídas, um cavalo mal atado ao outro, o carro atrás, bamboleando-se, e finalmente a peliça que arrastava na neve.
— A galope! — gritei, mas nada de galope; lentamente, como velhos, arrastávamo-nos pelos desertos de neve; longo tempo se ouviu atrás de nós o novo e errôneo canto dos meninos:

Alegrai-vos, ó pacientes,
já vos puseram na cama ao médico.

Neste passo não chegarei nunca em casa; minha florescente reputação está perdida; um sucessor rouba-me a clientela, mas inutilmente, porque não pode substituir-

-me; em minha casa extrema-se o furor do asqueroso cavalariço; Rosa é sua vítima; não quero nem pensar nisso. Desnudo, exposto à nevada desta época infeliz, com um carro terreno e cavalos extra-terrenos, vagueio pelos campos, eu, um ancião. Minha peliça pende atrás do carro, mas não posso alcançá-la, e da movediça chusma de meus clientes, nenhum move o dedo. Traído! Traído! Uma vez apenas que se responda a um chamado falso da campainha noturna... e já não há esperança de acordo.

NA GALERIA

Se alguma débil e tísica amazona do circo fosse obrigada por um Diretor desapiedado a girar sem interrupção durante meses em torno da pista, a golpes de chicote, sobre um ondulante cavalo, diante de um público incansável; a passar como um silvo, atirando beijos, saudando e dobrando o talhe, e se essa representação se prolongasse para a cinzenta perspectiva de um futuro cada vez mais distante, sob o incessante estrépito da orquestra e dos ventiladores, acompanhada por decrescentes e depois crescentes ondas de aplausos, que na realidade são martinetes a vapor... então talvez, algum jovem visitante da galeria desceria apressadamente as longas escadinhas, cruzaria todos os estrados, irromperia na pista, e gritaria: "Basta!", através das fanfarras da sempre oportuna orquestra.

Mas como não é assim, uma formosa dama, branca e rosada, entra voando entre os cortinados que os orgulhosos lacaios abrem diante dela; o Diretor, procurando com deferência seu olhar, aproxima-se como um animal obediente; com cuidado, sobe-a sobre o cavalo cor de ovo, como se fosse sua neta predileta, que empreende uma viagem perigosa; não se decide a dar a chicotada inicial; finalmente, dominando-se a si mesmo, dá-a, ressoante; corre junto ao cavalo, com a boca aberta; segue com olhar agudo os saltos da amazona; mal pode compreender sua destreza artística; procura aconselhá-la com gritos em inglês; furioso, exorta aos cavalariços que seguram os arcos para que prestem mais atenção; antes do Grande Salto Mortal, implora à orquestra, com os braços no alto, que faça silêncio; finalmente, ergue a pequena e desmonta-a do trêmulo corcel, beija-a em ambas as faces, e nenhuma ovação do público parece-lhe suficiente; enquanto ela, segura por ele, erguida sobre a ponta dos pés, rodeada de pó, com os braços estendidos e a cabecinha deitada para trás, deseja repartir sua felicidade com o circo inteiro... como isto é o que acontece, o visitante da galeria apóia o rosto sobre a balaustrada, e imergindo-se na marcha final como em um fundo pesadelo, chora, sem se aperceber disso.

UM VELHO MANUSCRITO

Dir-se-ia que o sistema de defesa de nossa pátria padece de sérios defeitos. Até agora não nos ocupamos desse assunto, e sim de nossas obrigações cotidianas; mas alguns acontecimentos recentes inquietam-nos.

Sou sapateiro remendão; minha sapataria dá para a praça do palácio imperial. Mal abro minhas persianas no crepúsculo matutino, já se vêem soldados armados, colocados em todas as entradas de ruas que dão para a praça. Mas não são soldados nossos, são evidentemente nômades do norte. De alguma maneira que eu não compreendo, introduziram-se até a capital, que, contudo, está bastante longe das fronteiras. De todos os modos, ali estão; cada dia seu número parece maior.

Como é de seu costume, acampam ao ar livre, e abominam as casas. Entretêm-se em afiar as espadas, em aguçar as flechas, em exercícios eqüestres. Desta praça tranqüila e sempre escrupulosamente limpa, fizeram uma verdadeira pocilga. Muitas vezes tentamos sair de nossos negócios e fazer uma reparação, para limpar ao menos a sujeira mais grossa; mas essas saídas são cada vez mais escassas, porque é um trabalho inútil e corremos além disso o perigo de fazer-nos amassar pelos cavalos selvagens, ou de que nos firam com os chicotes.

Não se pode falar com os nômades. Não conhecem nosso idioma, e quase não possuem idioma próprio. Entre eles entendem-se como se entendem as gralhas. Durante todo o tempo ouve-se esse grasnido de gralhas. Nossos costumes e nossas instituições parecem-lhes tão incompreensíveis como sem interesse. Em conseqüência, nem sequer procuram entender nossa linguagem de sinais. Pode-se deslocar a mandíbula e as munhecas à força de gesticulações, não entendem nada, e não entenderão nunca. Com freqüência, fazem caretas; nessas ocasiões mostram o branco do olho, e sai-lhes espuma pela boca, mas com isso não querem dizer nada, nem tampouco causar terror; fazem-no por hábito. Se precisam de algo, roubam. Não se pode dizer que utilizem a violência. Simplesmente apoderam-se das coisas, e a gente põe-se de lado e cede-as.

Também de minha tenda levaram excelentes artigos. Mas não me posso queixar, quando vejo por exemplo o que acontece com o açougueiro. Mal chega sua mercadoria, os nômades levam-na e imediatamente a comem. Também seus cavalos comem carne; com freqüência se vê um cavaleiro junto de seu cavalo, comendo o mesmo pedaço de carne que este, uma ponta cada um. O carniceiro é medroso e não se atreve a suspender os pedidos de carne. Mas nós compreendemos sua situação, e fazemos coletas para mantê-lo. Se os nômades se achassem sem carne, ninguém sabe o que poderiam fazer; por outro lado, quem sabe o que se lembrarão de fazer, mesmo comendo carne todos os dias.

Há pouco, o açougueiro pensou que pelo menos se podia evitar o trabalho de carnear, e certa manhã trouxe um boi vivo. Mas não se atreverá a fazê-lo de novo. Passei uma hora inteira estendido no solo, no fundo de minha tenda, coberto com todas minhas roupas, cobertas e almofadas, para não ouvir os mugidos desse boi, enquanto os nômades se atiravam por todos os lados sobre ele e lhe arrancavam com os dentes pedaços de carne viva. Não me atrevi a sair até muito depois que o ruído terminou; como ébrios em torno de uma barrica de vinho, estavam estendidos pelo cansaço em volta dos restos do boi.

Exatamente desta vez pareceu-me ver o próprio Imperador que apareceu em uma das janelas do palácio; quase nunca chega até as salas exteriores, e vive sempre no jardim mais interior do palácio; mas nesta ocasião vi-o, ou pelo menos pareceu-me vê-lo, diante de uma das janelas, contemplando cabisbaixo o que acontecia diante de seu castelo.

— Como terminará isto? — perguntamo-nos todos —. Até quando suportaremos esta carga e este tormento? O palácio imperial atraiu os nômades, mas não sabe como fazer para repeli-los. O portão permanece fechado; os guardas, que antes costumavam entrar e sair marchando festivamente, estão agora sempre encerrados por trás das grades das janelas. A salvação da pátria apenas depende de nós, artesãos e comerciantes; mas não estamos preparados para semelhante empresa; tampouco nos gloriamos nunca de ser capazes de cumpri-la. Há algum mal-entendido; e esse mal-entendido será a nossa ruína.

DIANTE DA LEI

Diante da Lei há um guarda. Um camponês apresenta-se diante deste guarda, e solicita que lhe permita entrar na Lei. Mas o guarda responde que por enquanto não pode deixá-lo entrar. O homem reflete, e pergunta se mais tarde o deixarão entrar.

— É possível — disse o porteiro —, mas não agora. A porta que dá para a Lei está aberta, como de costume; quando o guarda se põe de lado, o homem inclina-se para espiar. O guarda vê isso, ri-se e lhe diz:
— Se tão grande é o teu desejo, experimenta entrar apesar de minha proibição. Mas lembra-te de que sou poderoso. E sou somente o último dos guardas. Entre salão e salão também existem guardas, cada qual mais poderoso do que o outro. Já o terceiro guarda é tão terrível que não posso suportar seu aspecto.

O camponês não havia previsto estas dificuldades; a Lei deveria ser sempre acessível para todos, pensa ele, mas ao observar o guarda, com seu abrigo de peles, seu nariz grande e como de águia, sua barba longa de tártaro, rala e negra, resolve que mais lhe convém esperar. O guarda dá-lhe um banquinho, e permite-lhe sentar-se a um lado da porta. Ali espera dias e anos. Tenta infinitas vezes entrar, e cansa ao guarda com suas súplicas. Com freqüência o guarda mantém com ele breves palestras, faz-lhe perguntas sobre seu país, e sobre muitas outras coisas; mas são perguntas indiferentes, como as dos grandes senhores, e para terminar, sempre lhe repete que ainda não pode deixá-lo entrar. O homem, que se abasteceu de muitas coisas para a viagem, sacrifica tudo, por mais valioso que seja, para subornar ao guarda. Este aceita tudo, com efeito, mas lhe diz:

— Aceito-o para que não julgues que tenhas omitido algum esforço.

Durante esses longos anos, o homem observa quase continuamente ao guarda: esquece-se dos outros, e parece-lhe que este é o único obstáculo que o separa da Lei. Maldiz sua má sorte, durante os primeiros anos temerariamente e em voz alta; mais tarde, à medida que envelhece, apenas murmura para si. Retorna à infância, e como em sua longa contemplação do guarda, chegou a conhecer até as pulgas de seu abrigo de pele, também suplica às pulgas que o ajudem e convençam ao guarda. Finalmente, sua vista enfraquece-se, e já não sabe se realmente há menos luz, ou se apenas o enganam seus olhos. Mas em meio da obscuridade distingue um resplendor, que surge inextingüível da porta da Lei. Já lhe resta pouco tempo de vida. Antes de morrer, todas as experiências desses longos anos se confundem em sua mente em uma só pergunta, que até agora não formou. Faz sinais ao guarda para que se aproxime, já que o rigor da morte endurece seu corpo. O guarda vê-se obrigado a baixar-se muito para falar com ele, porque a disparidade de estaturas entre ambos aumentou bastante com o tempo, para detrimento do camponês.

— Que queres saber agora? — pergunta o guarda —. És insaciável.

— Todos se esforçam por chegar à Lei — diz o homem —; como é possível então que durante tantos anos ninguém mais do que eu pretendesse entrar?

O guarda compreende que o homem está para morrer, e para que seus desfalecentes sentidos percebam suas palavras, diz-lhe junto ao ouvido com voz atroadora:

— Ninguém podia pretender isso, porque esta entrada era somente para ti. Agora vou fechá-la.

CHACAIS E ÁRABES

Acampamos no oásis. Meus companheiros dormiam. Um árabe, alto e branco, passou ao meu lado; estivera cuidando dos camelos, e dirigia-se ao seu lugar de repouso.

Deitei-me de costas no pasto; procurei dormir; não podia; um chacal uivava ao longe; tornei a sentar-me. E o que antes estava tão longe, de súbito esteve próximo. Rodeava-me uma multidão de chacais; olhos que despediam chispas como ouro mate, e tornavam a apagar-se; corpos esbeltos, que se moviam ágil e ritmicamente, como sob um látego.

Por trás de mim, um dos chacais aproximou-se, passou debaixo do meu braço, apertou-se contra mim, como se procurasse o meu calor, depois colocou-se diante de mim e me falou, com os olhos quase nos meus:

— Sou, exatamente, o chacal mais velho. Alegra-me muito poder saudar-te por fim. Já quase perdera toda a esperança, há tanto, tanto que te esperávamos; minha mãe te esperou, e sua mãe, e uma depois da outra todas suas mães, até chegar à mãe de todos os chacais. Acredita-o!

— Assombra-me — disse, e me esqueci de acender a pilha de lenha preparada para afugentar com a fumaça os chacais —, assombra-me muito o que dizes. Apenas por casualidade vim do distante Norte, e estou de passagem por vosso país. Que quereis de mim, chacais?

E como animados por estas palavras, talvez muito amistosas, estreitaram o cerco em redor de mim; todos arquejavam com a boca aberta.

— Sabemos — começou o decano —, que vens do Norte; nisso baseamos nossas esperanças. Lá existe a compreensão que não encontramos entre os árabes. Desta fria arrogância, bem o sabes, não se pode arrancar a menor chispa de compreensão. Matam animais para comerem-nos, e desprezam a carniça.

— Não fales tão alto — disse —, existem árabes que dormem aqui perto.

— Realmente, és um estrangeiro — disse o chacal —; se não, saberias que nem uma só vez na história do mundo um chacal temeu um árabe. Por que os temeríamos? Não é já bastante infelicidade devermos viver exilados entre semelhante gente?

— Pode ser, pode ser — disse —, não quero julgar assuntos que estão assim distantes de minha competência; parece uma inimizade muito antiga; deve estar no sangue; talvez termine somente com o sangue.

— És muito perspicaz — disse o velho chacal; e todos arquejaram mais ansiosamente; agitados, apesar de estar imóveis; um odor a ranço, que às vezes me obrigava a apertar os dentes, emanava de suas fauces abertas —. És muito perspicaz, isso que disseste concorda com nossa antiga tradição. Assim é; faremos correr seu sangue, e terminaremos a luta.

— Oh! — disse, com demasiada veemência talvez —; eles se defenderão; com suas armas de fogo matar-vos-ão aos milhares.

— Não nos compreendes — disse ele —, uma condição bem humana, que segundo vejo também existe no Norte. Não queremos matá-los. Não haveria bastante água no Nilo para purificar-nos. Basta-nos ver seus corpos vivos para sair correndo, para o ar puro, para o deserto, que por isso é nossa morada.

E todos os chacais do círculo, aos quais se tinham ajuntado enquanto isso muitos outros que vinham de mais longe, enfiaram os focinhos entre as patas dianteiras, e esfregaram-nos para limpar-se; pareciam querer ocultar uma repugnância tão espantosa, que senti desejos de dar um grande salto sobre suas cabeças e escapar.

— Então, que vos propondes fazer? — perguntei, procurando pôr-me de pé; mas não pude; dois jovens animais tinham aferrado com os dentes a minha jaqueta e a camisa, por trás; tive de permanecer sentado.

— Te seguram a cauda — explicou com seriedade o chacal velho —, uma prova de respeito.

— Soltai-me! — exclamei, voltando-me alternativamente para o velho e para os jovens.

— Naturalmente, te soltarão — disse o velho —, já que o desejas. Mas demorar-se-ão um pouco, porque morderam profundamente, como é seu costume, e agora devem afrouxar lentamente os dentes. Enquanto isso, atende nosso pedido.

— Vossa conduta não me predispôs muito a atendê-lo — disse.

— Não nos atires em rosto nossa estupidez — disse ele, e pela primeira vez recorreu ao tom lastimoso de sua voz natural —, somos umas pobres bestas, apenas possuímos nossos dentes; para tudo o que queremos fazer, o mau e o bom, apenas dispomos de nossos dentes.

— Bem, que queres? — perguntei-lhe, não muito reconciliado.

— Senhor — exclamou, e todos os chacais uivaram; à distância, remotamente, pareceu-me uma melodia —. Senhor, tu deves pôr fim a esta luta, que divide o mundo em duas partes. Exatamente como és, nossos antepassados nos descreveram o homem que levaria a cabo a empresa. Queremos que os árabes nos deixem em paz; ar respirável; que o olhar se perca em um horizonte purificado de sua presença; não ouvir o queixume da ovelha que o árabe degola; que todos os animais morram em paz; para ser purificado por nós, sem interferência alheia, até que tenhamos esvaziado suas ossaturas e pelado seus ossos. Pureza, queremos apenas pureza — e aqui choravam, soluçavam todos —. Como suportas este mundo, nobre coração e doce entranha? Porcaria é sua brancura; porcaria é sua negrura, um horror são suas barbas; basta ver as órbitas de seus olhos para cuspir; e quando alçam o braço vemos em suas axilas a entrada do inferno. Por isso, senhor, por isso, ó amado senhor! com a ajuda de tuas mãos todo-poderosas, degola-os com estas tesouras.

E atendendo a um movimento de sua cabeça, apareceu um chacal, de um de cujos dentes caninos pendia um pequeno par de tesouras de costura, cobertas de antiga ferrugem.

— Bem, já apareceram as tesouras, e agora basta! — exclamou o guia árabe de nossa caravana, que se deslizara para nós com o vento contrário, e fazia silvar agora seu enorme látego.

Todos fugiram rapidamente, mas a certa distância se detiveram, estreitamente apertados entre si; todas estas bestas reuniram-se em um grupo tão rígido e apinhado, que parecia um pequeno rebanho, encurralado por fogos fátuos.

— Assim que tu também, senhor, contemplaste e ouviste esta comédia — disse o árabe, e riu tão alegremente como o permitia a reserva de sua raça.

— Tu também sabes o que querem essas bestas? — perguntei.

— Naturalmente, senhor — disse ele —, todo mundo o sabe; enquanto existirem árabes, essas tesouras passearão pelo deserto, e seguirão vagando conosco até o último dia. A todo europeu oferecem-nas, para que realize a grande empresa; todo europeu é justamente aquele que eles crêem enviado pelo destino. Esses animais alimentam uma louca esperança; bobos, são verdadeiros bobos. Por isso os queremos; são nossos cachorros; mais formosos que os vossos. Observa; esta noite morreu um camelo, fiz trazê-lo aqui.

Apareceram quatro moços que atiraram diante de nós o pesado cadáver. Mal o depuseram, os chacais elevaram suas vozes. Como arrastados por outras tantas cordas irresistíveis, aproximaram-se, hesitantes, roçando o chão com o corpo. Tinham-se esquecido dos árabes, esquecido de seu ódio; a presença do hediondo cadáver enfeitiçava-os, apagava tudo o mais. Já um se aferrava ao pescoço e com a primeira mordida chegava até a porta. Como uma diminuta bomba aspirante, veemente, que quisesse com tanta decisão como poucas probabilidades de êxito apagar algum enorme incêndio, cada músculo de seu corpo estremecia-se e se esforçava em sua tarefa. E logo se entregaram todos à mesma tarefa, amontoados sobre o cadáver, como uma montanha.

Então, o guia fustigou-os uma e outra vez com seu cortante látego, vigorosamente. Ergueram a cabeça, em uma espécie de paroxismo extasiado; viram diante deles aos árabes; sentiram o látego nos focinhos; deram um salto para trás, e retrocederam correndo, até certa distância. Mas o sangue do camelo já tinha formado charcos no solo, fumegava, o corpo estava aberto em vários lugares; voltaram; novamente ergueu o guia seu látego; detive seu braço.

— Tens razão, senhor — disse-me —, deixemo-los continuar sua tarefa; além disso, já é hora de levantar acampamento. Viste-o. Maravilhosas bestas, não é verdade? E como nos odeiam!

UMA VISITA À MINA

Hoje desceram até aqui os engenheiros-chefes. A Direção emitiu certamente alguma ordem de cavar novas galerias, e por isso vieram os engenheiros, para executar um replanejamento provisório. Como são jovens, e contudo, quão diferentes já entre si! Formaram-se em plena liberdade, e já desde jovens mostram com toda naturalidade caracteres claramente definidos.

Um, de cabelo negro, vivaz, percorre tudo com o olhar.

Outro, com um caderninho de notas, faz croquis ao passar, olha em volta, compara, toma notas.

Um terceiro, com as mãos nos bolsos da jaqueta, o que faz com que tudo nele seja tenso, avança erecto; conserva sua dignidade; apenas o costume de morder continuamente os lábios demonstra sua impaciente e irreprimível juventude.

O quarto oferece ao terceiro explicações que este não lhe pede; mais baixo do que o outro, persegue-o como um demônio familiar, e com o indicador sempre erguido, parece entoar uma litania sobre tudo o que vêem.

O quinto, talvez mais importante, não admite que o acompanhem; às vezes marcha na frente, às vezes atrás; o grupo acerta o passo com o seu; é pálido e débil; a responsabilidade fez fundos seus olhos; com freqüência, meditativo, aperta a fronte com a mão.

O sexto e o sétimo caminham um pouco curvados, com as cabeças juntas, presos pelo braço e conversando confidencialmente; se isto não fosse evidentemente nossa mina de carvão, e nosso posto de trabalho na galeria mais profunda, alguém poderia crer que estes senhores ossudos, enfeitados e nariguodos são dois jovens clérigos. Um deles ri-se quase sempre com um ronronear de gato;

o outro, rindo igualmente, dirige a conversa, e com sua mão livre marca uma espécie de compasso. Quão seguros hão de estar estes senhores de sua posição; sim, apesar de sua juventude, quantos serviços terão prestado já a nossa mina, para atrever-se assim, em uma inspeção tão importante, sob o olhar de seu chefe, a ocupar-se tão distraidamente de assuntos pessoais, ou pelo menos de assuntos que nada têm que ver com a tarefa do momento! Ou será talvez possível que, apesar de seus risos e sua desatenção, se dão perfeita conta de tudo? Ninguém se atreveria quase a emitir um juízo definitivo sobre esta espécie de senhores.

Por outra parte, é em troca indubitável que o oitavo está entregue ao seu trabalho com mais atenção do que todos os outros. Precisa tocar em tudo, bater com um martelinho que tira constantemente do bolso, para tornar a guardá-lo depois. Com freqüência ajoelha-se na sujeira, apesar de suas roupas elegantes, e bate no piso, e depois ao reencetar a marcha continua batendo nas paredes e no teto da galeria. Uma vez estendeu-se no solo, e permaneceu imóvel durante muito tempo, até que pensamos que lhe tinha acontecido alguma desgraça; mas de súbito se pôs de pé com um salto, com um ligeiro encolhimento de seu magro corpo. Simplesmente, estava fazendo uma investigação. Nós acreditamos conhecer nossa mina e suas rochas, mas o que este engenheiro investiga sem cessar da maneira já descrita, parece-nos incompreensível.

O nono empurra uma espécie de carrinho de bebê, onde se encontram os aparelhos de medição. Aparelhos extraordinariamente caros, envoltos em finíssimo algodão. Na realidade, o criado deveria conduzir o carrinho, mas não têm bastante confiança nele, prefere que seja levado por um engenheiro, e vê-se que o faz de boa vontade. É o mais jovem, provavelmente, talvez ainda não entende bem todos os aparelhos, mas seu olhar não se separa deles, o que com freqüência o põe em perigo de bater com o carro contra as paredes.

Mas há outro engenheiro que vai junto ao carro e que impede esses acidentes. Este, evidentemente, conhece a fundo os aparelhos, e parece ser na realidade o encarregado deles. De vez em quando, sem deter o carrinho, apanha uma parte de algum aparelho, examina-a, enrosca-a ou desenrosca-a, agita-a e bate nela, aproxima-a de seu ouvido e escuta; e por fim, enquanto o condutor do carro se detém, coloca novamente o pequeno objeto quase invisível de longe, com grande cuidado no veículo. Este engenheiro é um pouco imperioso, mas apenas por consideração para com os aparelhos. Quando o carro está a dez passos de distância de nós, o engenheiro faz-nos um sinal com o dedo, sem dizer palavra, para que nos ponhamos de lado, mesmo onde não exista nenhum lugar para pôr-se de lado.

Atrás desses dois cavalheiros vem o ocioso criado. Os senhores, como é de esperar em pessoas de tanta instrução, abandonaram há muito tempo qualquer arrogância, mas em troca o criado parece tê-la recolhido e conservado inteira. Com uma das mãos às costas, a outra adiante de si, sobre os seus botões dourados, ou acariciando o fino tecido de sua libré, inclina constantemente a cabeça para a esquerda e a direita, como se o tivéssemos saudado e nos respondesse, ou como se desse por assentado que o saudamos, mas que não pode descer de suas alturas para comprová-lo. Naturalmente, não o cumprimentamos, mas pelo seu aspecto quase se poderia acreditar que é algo maravilhoso ser porteiro da Direção da mina. Às suas costas, todos nos rimos dele, mas como nem um raio poderia obrigá-lo a voltar-se, continuamos considerando-o como algo incompreensível.

Hoje não trabalharemos muito mais; a interrupção foi muito interessante; uma visita como esta leva com ela todos os nossos desejos de trabalhar. Sentimos muita tentação de ficar olhando os cavalheiros que desapareceram na obscuridade da galeria de prova. Além disso, nosso turno terminará; não chegaremos a ver o regresso dos senhores.

O POVOADO MAIS PRÓXIMO

Meu avô costumava dizer:
A vida é assombrosamente curta. Agora, ao recordá-la, aparece-me tão condensada, que por exemplo quase não compreendo como um jovem pode tomar a decisão de ir a cavalo até o povoado mais próximo, sem temer — e descontando certamente a má sorte — que mesmo o lapso de uma vida normal e feliz não chegue para começar semelhante viagem.

UMA MENSAGEM IMPERIAL

O Imperador — assim dizem — enviou-te, a ti, o mais solitário, o mais mísero de seus súditos, a sombra que fugiu à mais distante paragem, microscópica ante o sol imperial; justamente a ti, o Imperador te enviou uma mensagem de seu leito de morte. Fez ajoelhar o mensageiro junto ao seu leito, e sussurrou-lhe a mensagem no ouvido; tão importante lhe parecia, que fez com que ele a repetisse em seu próprio ouvido. Confirmando com a cabeça, corroborou a exatidão da repetição. E diante da multidão reunida para contemplar sua morte — todas as paredes que interceptavam a vista tinham sido derrubadas, e sobre a ampla e elevada curva da grande escadaria formavam um círculo os grandes do Império —, diante de todos, ordenou ao mensageiro que partisse. O mensageiro partiu imediatamente; um homem robusto e incansável; estendendo ora este braço, ora o outro, abre passagem para si através da multidão; quando encontra um obstáculo, aponta sobre o seu peito o sinal do sol; adianta muito mais facilmente do que nenhum outro. Mas a multidão é muito grande; seus alojamentos são infinitos. Se diante dele se abrisse o campo livre, como voaria, quão rápido ouvirias o glorioso som de seus punhos contra tua porta. Mas, em troca, quão inúteis são seus esforços; ainda está abrindo caminho através das câmaras do palácio central; não terminará de atravessá--las nunca; e se terminasse, não teria adiantado muito; ainda teria que esforçar-se para descer as escadas; e se o conseguisse, não teria adiantado muito; teria de cruzar os pátios; e depois dos pátios o segundo palácio circundante; e novamente as escadas e os pátios; e novamente um palácio; e assim durante milhares de anos; e quando finalmente atravessasse a última porta — mas isto nunca, nunca pode acontecer —, ainda lhe faltaria cruzar a capital, o centro do mundo, onde sua escória se amontoa prodigiosamente. Ninguém poderia abrir-se caminho através dela, e menos ainda com a mensagem de um morto. Mas tu sentas-te junto à tua janela, e imaginas isso, quando cai a noite.

PREOCUPAÇÕES DE UM CHEFE DE FAMÍLIA

Alguns dizem que a palavra *Odradek* é de origem eslovaca, e sobre esta base procuram explicar sua etimologia. Outros, em troca, acreditam que é de origem alemã e apenas apresenta influência eslovaca. A imprecisão de ambas as interpretações permite supor, sem equivocar-se, que nenhuma das duas é verdadeira, sobretudo porque nenhuma das duas nos revela que esta palavra tenha algum sentido.

Naturalmente, ninguém iria ocupar-se destes estudos, se não existisse na realidade um ser que se chama Odradek. À primeira vista assemelha-se a um carretel de linha, chato e em forma de estrela, e com efeito, também parece que tivesse fios enrolados; por certo, apenas são pedaços de fios velhos e rotos, de diversos tipos e cores, não somente cheios de nós, porém também enredados entre si. Mas não é somente um carretel, porque em meio da estrela emerge uma travessazinha, e sobre esta, em ângulo reto, insere-se outra. Com ajuda desta última barrazinha, de um lado, e de um dos raios da estrela do outro, o conjunto pode erguer-se como sobre duas patas.

A gente sente-se levado a crer que esta criatura teve em outro tempo alguma espécie de forma inteligível, e agora está partida. Mas isto não parece comprovado; pelo menos, não há nada que o demonstre; não se vê nenhum agregado, ou superfície de rutura, que corrobore esta suposição; é um conjunto bastante insensato, mas dentro de seu estilo, bem definido. De todos os modos, não é possível um estado mais pormenorizado, porque Odradek é extraordinariamente ágil, e não se pode prendê-lo.

Esconde-se alternativamente na água-furtada, na caixa da escada, nos corredores, no vestíbulo. Às vezes

não é visto durante meses; certamente mudou-se para outra casa; mas sempre volta, fielmente, à nossa. Com freqüência, quando se sai pela porta e encontra-se a ele apoiado justamente debaixo de alguém na escada, sente-se desejos de falar-lhe. Naturalmente, não se faz a ele uma pergunta difícil, antes trata-se-lhe — seu pequeno tamanho é talvez o motivo disso — como a uma criança.
— Bem, como te chamas?
— Odradek — diz ele.
— E onde vives?
— Domicílio desconhecido — diz, e ri; claro que é o riso de alguém que não tem pulmões. Soa mais ou menos como o sussurro das folhas caídas.

E assim termina geralmente a conversação. Por outra parte, nem sempre responde; com freqüência fica muito tempo calado, como a madeira de que parece estar feito.

Ociosamente, pergunto-me que será dele. Pode acontecer que morra? Tudo o que morre tem que ter tido alguma espécie de intenção, alguma espécie de atividade, que o tenha desgastado; mas isto não se pode dizer de Odradek. Será possível então que continue rodando pelas escadas e arrastando pedaços de fio diante dos pés de meus filhos e dos filhos de meus filhos? Evidentemente, não faz mal a ninguém; mas a suposição de que possa sobreviver-me me é quase dolorosa.

ONZE FILHOS

Tenho onze filhos.

O primeiro é exteriormente bastante insignificante, mas sério e perspicaz; ainda que eu o queira, como quero a todos meus outros filhos, não tenho em muita conta seu valor. Seus raciocínios parecem-me muito simples. Não vê nem à esquerda nem à direita nem para o futuro; no reduzido círculo de seus pensamentos, gira e gira correndo sem cessar, ou antes passeia.

O segundo é formoso, esbelto, bem formado; é um prazer vê-lo manejar o florete. Também é perspicaz, mas além disso tem experiência do mundo; viu muito, e por isso mesmo a natureza de seu país parece falar com ele mais confidencialmente do que com os que nunca saíram de sua pátria. Mas é provável que esta vantagem não se deva unicamente, nem sequer essencialmente, a suas viagens; antes é um atributo da inimitabilidade do rapaz, reconhecida por exemplo por todos os que quiseram imitar seus saltos ornamentais na água, com várias revoluções no ar, e que contudo não lhe fazem perder esse domínio quase violento de si mesmo. A coragem e o afã do imitador chega até o extremo do trampolim; mas uma vez ali, em lugar de saltar, senta-se repentinamente, e ergue os braços para desculpar-se. Mas apesar de tudo (na realidade deveria sentir-me feliz com um semelhante filho), meu afeto por ele não carece de limitações. Seu olho esquerdo é um pouco menor do que o direito, e pisca muito; não é senão um pequeno defeito, naturalmente, que por outro lado dá mais audácia à sua expressão; ninguém, considerando a incomparável perfeição de sua pessoa, chamaria a esse olho menor e tremelicante um defeito. Mas eu, seu pai, sim. Naturalmente, não é esse defeito físico o que me preocupa, porém uma pequena irregularidade de seu espírito que de certo modo corresponde àquele, certo veneno escondido em seu sangue, certa incapacidade de utilizar a fundo as possibilidades de sua natureza, que eu apenas entrevejo. Talvez isto, por outra parte, seja o que faça dele meu verdadeiro filho, porque essa falha é ao mesmo tempo a falha de toda nossa família, e somente nele é tão aparente.

O terceiro filho é também formoso, mas não com a formosura que me agrada. É a beleza de um cantor; os lábios bem formados; o olhar sonhador; essa cabeça que requer uma cortina atrás para ser efetiva; o peito extraordinariamente amplo; as mãos que facilmente sobem e muito facilmente tornam a cair; as pernas que se movem delicadamente, porque não suportam o peso do corpo. E além disso o tom de sua voz não é perfeito; mantém-se um instante; o entendido dispõe-se a ouvir; mas pouco depois perde a coragem. Embora em geral tudo me tente a exibir especialmente a este meu filho, prefiro mantê-lo na sombra; ele por sua vez, não faz observações, mas não porque conheça seus defeitos, porém por pura inocência. Ainda mais, não se sente à vontade em nossa época; como se pertencesse à nossa família, mas além disso fizesse parte de outra, perdida para sempre, com freqüência está melancólico e nada consegue alegrá-lo.

Meu quarto filho é talvez o mais sociável. Verdadeiro filho de sua época, todos o compreendem, move-se em um plano comum a todos, e todos o procuram para cumprimentá-lo. Talvez esta apreciação geral outorgue à sua natureza certa fatuidade, a seus movimentos certa liberdade, a seus raciocínios certa inconseqüência. Muitas de suas observações merecem ser repetidas, mas não todas, porque em conjunto padecem realmente de extremada superficialidade. É como aquele que se elava maravilhosamente do solo, fende os ares como uma andorinha, e depois termina desoladamente seu vôo em um escuro deserto, em um nada. Estes pensamentos amarguram-me quando o contemplo.

O quinto filho é bom e amável; prometia ser menos do que é; era tão insignificante, que realmente sentia-se a gente só em sua companhia; mas agora conseguiu gozar de certo crédito. Se me perguntassem como, não saberia responder. Talvez a inocência seja o que mais facilmente abre caminho através do tumulto dos elementos deste mundo, e inocente ele é. Talvez demasiado inocente. Amigo de todos. Talvez demasiado amigo. Confesso que me sinto mal quando mo elogiam. Parece que o valor dos elogios diminua quando são prodigados a alguém tão evidentemente digno de elogios como meu filho.

Meu sexto filho parece, pelo menos à primeira vista, o mais profundo de todos. É um ensimesmado, e contudo um charlatão. Por isso não é fácil entendê-lo. Se se sente dominado, entrega-se a uma impenetrável tristeza; se consegue a supremacia, mantem-na à força de conversação. Embora eu não lhe negue certa capacidade de paixão e de esquecimento de si mesmo; à luz do dia, é visto com freqüência debater-se em meio de seus pensamentos, como em um sonho. Sem estar doente — nada disso, sua saúde é muito boa —, às vezes cambaleia, especialmente no crepúsculo, mas não precisa de ajuda, não cai. Talvez a culpa desse fenômeno tenha-a seu desenvolvimento físico, porque é muito alto para sua idade. Isso faz com que em conjunto seja feio, embora em certos pormenores seja formoso, por exemplo nas mãos e nos pés. Também sua fronte é feia; tanto a pele como a forma dos ossos parecem mal desenvolvidos.

O sétimo filho pertence-me talvez mais do que todos os outros. O mundo não saberia apreciá-lo como merece; não compreende seu tipo especial de gênio. Eu não exagero o seu valor; já sei que sua importância é inconsiderável; se o mundo não cometesse outro erro que o de não saber apreciá-lo, continuaria sendo impecável. Mas dentro de minha família não poderia passar sem este filho. Introduz certa inquietação, e ao mesmo tempo certo respeito pela tradição, e sabe combiná-los, pelo menos assim me parece, em um todo incontestável. É verdade que ele é o menos capacitado para tirar partido desse todo; não é ele quem porá em movimento a roda do futuro; mas essa maneira de ser sua é tão encorajadora, tão rica em esperanças; gostaria que tivesse filhos, e que estes por sua vez tivessem filhos. Por desgraça, não parece disposto a satisfazer esse desejo. Satisfeito consigo mesmo, atitude que me é muito compreensível mas ao mesmo tempo deplorável, e que por certo opõe-se notavelmente ao juízo de seus conhecidos, passeia por todas as partes sozinho, não se interessa pelas moças, e contudo não perde nunca seu bom humor.

Meu oitavo filho é meu desespero, e realmente não sei por que motivo. Trata-me como a um desconhecido, e apesar disso sinto que me une a ele um estreito vínculo paterno. O tempo nos fez muito bem; mas antes eu costumava estremecer quando pensava nele. Segue seu próprio caminho; rompeu todo vínculo comigo; e certamente, com sua cabeça dura, seu corpinho atlético — ainda que quando era rapaz suas pernas eram muito débeis, mas talvez com o tempo esse defeito se tenha corrigido — chegará com toda a facilidade aonde se proponha ir. Muitas vezes desejei tornar a chamá-lo, perguntar-lhe como se encontrava realmente, por que se afastava desse modo de seu pai, e quais eram seus propósitos fundamentais, mas agora está tão distante, e passou tanto tempo, que é melhor deixar as coisas como estão. Ouvi dizer que é o único filho meu que usa barba; naturalmente, isso não pode ficar bem em um homem tão baixo como ele.

Meu nono filho é muito elegante, e tem o que as mulheres consideram sem sombra de dúvida um olhar sedutor. Tão sedutor que em certas ocasiões consegue seduzir a mim, embora sei muito bem que basta uma esponja molhada para apagar todo esse brilho ultraterreno. O curioso neste rapaz é que não procura de modo algum ser sedutor, para ele o ideal seria passar a sua vida estendido no sofá, e desperdiçar seu sedutor olhar na contemplação do céu raso, ou ainda melhor, deixá-lo repousar atrás das pálpebras fechadas. Quando está nessa sua posição favorita, gosta de falar, e fala bastante bem; concisamente e com perspicácia; mas somente dentro de estreitos limites; se se sai deles, o que é inevitável já que são tão estreitos, sua conversação se torna vazia. Querer-se-ia fazer-lhe sinais para adverti-lo, se houvesse alguma esperança de que seu olhar sonolento pudesse sequer vê-los.

Meu décimo filho é tido como de caráter insincero. Não quero negar totalmente esse defeito, nem tampouco afirmá-lo. Certamente, qualquer um que o vê aproximar-se, com uma pomposidade que não corresponde a sua idade, com sua capa sempre cuidadosamente abotoada, com um chapéu preto e velho porém minuciosamente escovado, com seu rosto inexpressivo, a mandíbula um tanto proeminente, as longas pestanas que se recurvam penumbrosas diante dos olhos, esses dois dedos que com tanta freqüência leva aos seus lábios; aquele que o vê pensa assim: "este é um perfeito hipócrita". Mas ouvi-o falar. Compreensivo; reflexivo; lacônico; pergunta e responde com satírica vivacidade, em um maravilhoso acordo com o mundo, uma harmonia natural e alegre; uma harmonia que necessariamente torna mais tenso o pescoço e ergue o corpo. Muitos dos que se supõem muito espertos, e que por esse motivo acreditaram sentir certa repulsa diante de seu aspecto exterior, acabaram por sentir-se fortemente atraídos por sua conversação. Mas em troca existem outras pessoas que não atentam para o seu exterior, mas consideram sua conversação por demais hipócrita. Eu, como pai, não quero pronunciar um juízo definitivo, mas devo admitir que estes últimos críticos são pelo menos mais dignos de atenção do que os primeiros.

    Meu undécimo filho é delicado, talvez o mais débil de meus filhos; mas sua debilidade é enganosa, porque às vezes sabe mostrar-se forte e decidido, embora no fundo também nesses casos padeça de uma fraqueza fundamental. Mas não é uma debilidade vergonhosa, porém algo que apenas parece debilidade ao rés do chão. Não é porventura, por exemplo, uma debilidade a predisposição ao vôo, que afinal de contas consiste em uma inquietude e uma indecisão e um adejo? Algo semelhante acontece com meu filho. Naturalmente, estas não são qualidades que alegrem a um pai; evidentemente, tendem à destruição da família. Muitas vezes olha-me, como se quisesse dizer-me: "Levar-te-ei comigo, pai". Então, penso: "És a última pessoa a quem me confiaria". E seu olhar parece replicar-me: "Deixa-me então ao menos ser a última".

    Estes são meus onze filhos.

UM FRATRICÍDIO

Comprovou-se que o assassinato ocorreu da seguinte maneira:

Schmar, o assassino, colocou-se por volta de nove horas da noite — uma noite de lua — no cruzamento da rua onde se encontra o escritório de Wese, a vítima, e a rua onde esta vivia.

O ar da noite era frio e penetrante. Mas Schmar apenas vestia um fino traje azul; além disso, tinha a jaqueta desabotoada. Não sentia frio; por outro lado, estava todo o tempo em movimento. Sua mão não soltava a arma do crime, metade baioneta e metade faca de cozinha, completamente nua. Olhava a faca à luz da lua; a folha resplandecia; mas não o bastante para Schmar; bateu-a contra as pedras do pavimento, até fazer saltar chispas; talvez se arrependesse desse impulso, e para reparar o dano, passou-a como o arco de um violino contra a sola de seu sapato, sustendo-se sobre uma perna só, inclinado para diante, escutando ao mesmo tempo o som da faca contra o sapato, e o silêncio da fatídica ruazinha.

Por que permitiu tudo isto o particular Pallas, que a pouca distância dali contemplava tudo da janela do segundo andar? Mistérios da natureza humana. Com o pescoço levantado, o enorme corpo envolto no camisolão, balançando a cabeça, olhava para baixo.

E a cinco casas de distância, do outro lado da rua, a senhora Wese, com o abrigo de pele de raposa sobre a camisola, olhava também pela janela, esperando o seu marido, que hoje demorava mais do que de costume.

Finalmente soou a campainha da porta do escritório de Wese, muito forte para a campainha de uma porta; soou por toda a cidade, até o céu, e Wese, o laborioso trabalhador noturno, saiu da casa, ainda invisível, apenas anunciado pelo som da campainha; imediatamente, o pavimento registra seus tranqüilos passos.

Palhas debruça-se ainda mais; não se atreve a perder nenhum pormenor. A senhora Wese, tranqüilizada pelo som da campainha, fecha rumorosamente a janela. Mas Schmar enrodilha-se; como nesse momento não tem nenhuma outra parte do corpo descoberta, apenas apóia a cara e as mãos contra as pedras; onde tudo está em gelo, Schmar arde.

Na mesma esquina em que ambas as ruas se encontram, detem-se Wese; apenas a bengala em que se apóia aparece pela outra rua. Um capricho. O céu noturno atrai-o, e o azul escuro e o ouro. Sem pensar contempla-o, sem pensar ergue o chapéu e acaricia o cabelo; lá em cima, nenhuma harmoniosa conjunção lhe assinala seu futuro próximo; tudo continua em seu insensato, inexcrutável lugar. Em si e para si, é muito razoável que Wese prossiga seu caminho; mas encaminha-se para a faca de Schmar.

— Wese! — grita Schmar, na ponta dos pés, com o braço estendido, e a faca vertical — Wese! Em vão Júlia te espera.

E à direita do pescoço e à esquerda do pescoço e finalmente no mais fundo do ventre enterra Schmar sua arma. As ratazanas da água, quando a fendem, fazem um ruído semelhante ao ruído que Wese faz.

— Está feito — diz Schmar, e atira a faca, essa supérflua carga ensangüentada, para a frente da casa contígua —. Êxtase do crime! Alívio, sensação de asas que o fluir do sangue alheio provoca em nós. Wese, velha sombra noturna, amigo, companheiro de cervejarias, sangras no escuro pavimento da rua. Por que não hás de ser uma simples bexiga cheia de sangue, para que eu suba sobre ti e te faça desaparecer totalmente! Nem tudo o que desejamos se cumpre, nem todos os sonhos que florescem dão fruto, teus túrgidos restos permanecem aqui, já indiferentes a qualquer pontapé. De que serve essa muda pergunta que através deles nos formulas?

Pallas, procurando conter a confusão de estupefações de seu corpo, aparece na porta de sua casa, aberta de par em par.

— Schmar! Schmar! Tudo foi visto, nada ficou escondido.

Pallas e Schmar esquadrinham-se mutuamente. Este esquadrinhamento tranqüiliza Pallas; Schmar não chega a nenhuma conclusão.

A senhora Wese, com uma multidão de cada lado, aproxima-se veloz, seu rosto totalmente envelhecido pelo terror. O abrigo de pele abre-se, a senhora atira-se sobre Wese, a quem esse corpo envolto em uma camisola pertence; o abrigo de pele que cai sobre o casal, como o céspede de um túmulo, pertence à multidão.

Schmar, contendo com dificuldade sua última náusea, apóia a boca sobre o ombro do policial que com passos leves levo-o.

UM SONHO

Josef K. sonhou:
Era um dia formoso e K. desejou sair a passear. Mas assim que deu dois passos, chegou ao cemitério. Viu numerosos e intrincados caminhos, muito engenhosos e nada práticos; K. flutuava sobre um desses caminhos como sobre uma torrente, em um incontrolável deslizamento. De longe, seu olhar percebeu o montinho de uma tumba recém enchida e quis deter-se ao seu lado. Esse montinho exercia sobre ele quase uma fascinação, e parecia-lhe que nunca poderia aproximar-se bastante rapidamente. Às vezes, contudo, a tumba quase desaparecia da vista, escondida por estandartes cujos lenços flamejavam e se entrechocavam com grande força; não se viam os portadores dos estandartes, mas era como se ali reinasse grande contentamento.

Ainda esquadrinhava a distância, quando viu de repente a mesma sepultura ao seu lado, próxima do caminho; logo a deixaria para trás. Saltou rapidamente ao céspede. Mas como no momento do salto o caminho se movia velozmente sob seus pés, cambaleou e caiu de joelhos exatamente diante da tumba. Atrás desta havia dois homens que seguravam uma lápide no ar; mal apareceu K. plantaram a lápide na terra, onde ficou solidamente firmada. Então surgiu de um matagal um terceiro homem, em quem K. reconheceu imediatamente um artista. Apenas vestia calças e uma camisa mal abotoada; na cabeça tinha um gorro de veludo; na mão, um lápis comum, com o qual desenhava figuras no ar enquanto se aproximava.

Apoiou este lápis na parte superior da lápide; a lápide era muito alta; o homem não precisava abaixar-se, mas sim inclinar-se para diante, porque o montinho de terra (que evidentemente ele não queria pisar) separava-o da pedra. Estava em pontas de pés, e apoiava-se com a mão esquerda na superfície da lápide. Mediante um prodígio de destreza, conseguiu desenhar com seu lápis comum letras douradas; escreveu: "Aqui jaz". Cada uma das letras era clara e formosa, profundamente inscrita, e de ouro puríssimo. Quando acabou de escrever as duas palavras, voltou-se para K.; K., que sentia grande ansiedade por saber como continuaria a inscrição, mas se preocupava pelo indivíduo, e apenas olhava a lápide. O homem dispôs-se novamente a escrever, mas não pôde, algo lho impedia; deixou cair o lápis, e novamente se voltou para K. Desta vez K. olhou-o, e percebeu que estava profundamente perplexo, mas não podia explicar a si mesmo o motivo daquela perplexidade. Toda sua vivacidade anterior havia desaparecido. Isto fez com que também K. começasse a sentir-se perplexo; trocavam olhares desolados; havia entre eles algum odioso mal--entendido, que nenhum dos dois podia solucionar. Fora de propósito, começou a repicar um sininho da capela fúnebre, mas o artista fez um sinal com a mão e o sino cessou. Pouco depois começou novamente a repicar; desta vez com muita suavidade e sem especial insistência; imediatamente cessou; era como se somente quisesse provar seu som. K. sentia-se afligido pela situação do artista, começou a chorar e soluçou longo tempo na concavidade das mãos. O artista esperou que K. se acalmasse, e depois decidiu, já que não achava outra saída, a prosseguir sua inscrição. O primeiro breve traço que desenhou foi para K. um alívio, mas o artista teve de vencer evidentemente uma extraordinária repugnância antes da terminá-lo; além disso, a inscrição não era agora tão formosa, sobretudo parecia haver muito menos dourado, os traços demoravam, pálidos e inseguros; mas a letra ficou bastante grande. Era um *J*; estava quase terminado já, quando o artista, furioso, deu um pontapé contra a tumba, e a terra voou pelos ares. Por fim K. compreendeu; era muito tarde para pedir desculpas; com seus dez dedos escavou a terra, que não lhe oferecia quase nenhuma resistência; tudo parecia preparado de antemão; apenas para dissimular, tinham colocado essa fina crosta de terra; imediatamente abriu-se debaixo dele um grande buraco, de empinadas paredes, no qual K., impelido por uma suave corrente que o colocou de costas, se enterrou. Mas quando já o recebia a impenetrável profundidade esforçando-se ainda para erguer a cabeça, pôde ver seu nome que atravessava rapidamente a lápide, com esplêndidos adornos.

Encantado por esta visão, despertou.

INFORMAÇÃO PARA UMA ACADEMIA

Excelentíssimos senhores acadêmicos:
Fazeis-me a honra de pedir-me que apresente à Academia uma informação sobre minha simiesca vida anterior.

Nesse sentido não posso infelizmente comprazer-vos, pois cerca de cinco anos me separam já da vida de símio. Esse lapso, curto talvez se é medido pelo calendário, é interminavelmente longo quando, como eu, se galopou através dele acompanhado em certos trechos, por gente importante, conselhos, aplausos e música orquestral; mas na realidade só, pois todo esse acompanhamento estava — para conservar a imagem — do outro lado da barreira. Se me tivesse aferrado obstinadamente às minhas origens, às recordações de juventude, ter-me-ia sido impossível cumprir o que cumpri. A disciplina suprema que me impus consistiu justamente em negar-me a mim mesmo toda obstinação. Eu, macaco livre, aceitei esse jugo; mas por isso mesmo as lembranças foram apagando-se cada vez mais. Se bem, se tivessem querido os homens, eu teria podido retornar livremente, a princípio, pela porta total que o céu forma sobre a terra, esta foi estreitando-se mais e mais à medida que minha evolução se ativava como a chicotadas; mais recluso, e melhor me sentia no mundo dos homens; a borrasca, que vinha de meu passado e soprava atrás de mim, foi-se acalmando; hoje é apenas uma corrente de ar que me refresca os calcanhares. E o buraco distante através do qual esta me chega, e pelo qual cheguei eu um dia, foi diminuindo tanto que — se tivesse força e vontade suficientes para voltar correndo até ele — teria de esfolar-me vivo se quisesse atravessá-lo. Falando com franqueza — por mais que me agrade falar destas coisas em sentido metafórico —, falando com franqueza vos digo: vossa simiedade, senhores meus, ainda que tivésseis algo semelhante em vosso passado, não poderia estar mais distante de vós que de mim está a minha. Contudo, faz-lhe cócegas nos calcanhares a todo aquele que pisa sobre a terra, tanto ao pequeno chipanzé como ao grande Aquiles. Mas apesar disso, num sentido limitadíssimo, poderei talvez responder a vossa pergunta, coisa que além disso faço com grande prazer. A primeira coisa que aprendi foi apertar a mão em sinal de convênio solene. Apertar a mão dá testemunho de franqueza. Possa hoje, ao estar no apogeu de minha carreira, acrescentar a esse primeiro aperto de mãos, também a palavra franca. Ela não levará à Academia nada essencialmente novo, e ficarei muito por baixo do que me é pedido, mas que nem com a melhor vontade posso dizer. De qualquer maneira, nestas palavras exporei a linha diretiva pela qual alguém que foi macaco ingressou no mundo dos humanos e se instalou firmemente nele. Conste além disso que nem as insignificâncias seguintes poderia contar-vos se não estivesse totalmente convencido de mim, e se minha posição não se tivesse afirmado de maneira irrefutável em todos os grandes *music-halls* do mundo civilizado.

Sou oriundo da Costa do Ouro. Para saber como fui capturado dependo de informações alheias. Uma expedição de caça da firma Hagenbeck — com cujo chefe, por outro lado, esvaziei depois não poucas garrafas de vinho tinto — estava à espreita emboscada no matagal que margeia o rio, quando em meio de um bando corri uma tarde para o bebedouro. Dispararam: fui o único que caiu ferido, atingido por dois tiros.

Um na face. Foi leve mas deixou uma grande cicatriz pelada e vermelha que me valeu o nome repugnante, totalmente inexato e que poderia ter sido inventado por um macaco, de Pedro o Vermelho, tal como se apenas pela mancha vermelha na face me diferenciasse eu daquele símio amestrado, chamado Pedro, que há pouco tempo rebentou e cuja reputação era, além do mais, unicamente local. Isto à margem.

O segundo tiro alcançou-me abaixo da cadeira. Era grave e por sua culpa ainda hoje manco um pouco. Não há muito li em um artigo escrito por algum desses dez mil sabujos que contra mim se desafogam pelos periódicos "que minha natureza simiesca não foi de todo reprimida", e como exemplo disso alega que quando recebo visitas me comprazo em descer as minhas calças para mostrar o sinal deixado pela bala. A esse velhaco deveriam descer-lhe a tiros, e um a um, cada dedinho da mão com que escreve. Eu, eu posso tirar as calças diante de quem me dê a vontade: nada se encontrará ali senão uma pelagem cuidada e a cicatriz deixada pelo — escolhamos aqui para fim preciso um termo preciso e que não se preste a equívocos — injurioso tiro. Tudo está à luz do dia: não há nada que esconder. Tratando-se da verdade toda pessoa generosa atira de si as vestes, por finas que estas sejam. Em troca, outro seria o cantar se o borra-tintas em questão tirasse as suas calças ao receber visitas. Dou testemunho de sua circunspecção admitindo que não o faz, mas que então não me iluda mais com suas devoções!

Depois destes tiros despertei — e aqui começam a surgir lentamente minhas próprias recordações — em uma jaula colocada na entreponte do barco de Hagenbeck. Não era uma jaula com barras nos quatro lados, eram antes três barras cravadas em um caixão. O quarto lado formava, pois, parte do caixão mesmo. Esse conjunto era muito baixo para estar de pé nele e muito estreito para estar sentado. Por isso acocorava-me dobrando os joelhos que sem cessar me tremiam. Como provavelmente não queria ver ninguém, por enquanto preferia permanecer na obscuridade; voltava-me para o lado das tábuas e deixava que os barrotes de ferro me incrustassem no lombo. Dizem que é conveniente enjaular assim aos animais selvagens, nos primeiros tempos de seu cativeiro, e hoje, segundo a minha experiência, não posso negar que, do ponto de vista humano, têm com efeito razão.

Mas em tudo isto não pensava então. Pela primeira vez em minha vida encontrava-me sem saída; pelo menos não a tinha direta. Diretamente diante de mim estava o caixote com suas tábuas bem unidas. Havia, contudo, uma fresta entre as tábuas. Ao descobri-la pela primeira vez saudei-a com o bramido ditoso da ignorância. Mas essa fresta era tão estreita que nem tirar por ela a cauda podia, e nem com toda a força simiesca me era possível consegui-lo.

Como depois me informaram, devo ter sido excepcionalmente pouco ruidoso, e por isso deduziram ou que me extinguiria muito depressa ou que, se sobrevivesse à crise dos primeiros tempos, seria depois muito apto para o amestramento. Sobrevivi a esses tempos. Minhas primeiras ocupações na vida nova foram: soluçar surdamente; coçar-me até a dor; lamber até o fastio uma noz de coco; bater com a cabeça contra a parede do caixão e mostrar os dentes quando alguém se aproximava. E em meio de tudo isso uma só noção: não há saída. Naturalmente hoje somente posso transcrever o que então sentia como macaco com palavras de homem e por isso mesmo o desvirtuo. Mas embora já não possa captar a velha verdade simiesca, não resta dúvida de que está pelo menos no sentido de minha descrição.

Até então tivera tantas saídas, e agora não me restava nenhuma. Estava entalado. Se me tivessem pregado, não teria diminuído por isso minha liberdade de ação. Por que? Embora raspes até sangrar a pele entre os dedos dos pés, não encontrarás explicação. Embora apertes a espádua contra os barrotes da jaula até quase partir-te em dois, não acharás explicação. Não tinha saída mas tinha que encontrar uma para mim: sem ela não podia viver. Sempre contra essa parede teria arrebentado inevitavelmente. Mas como no circo Hegenbeck cabem aos macacos as paredes de caixote, pois bem, deixei de ser macaco. Esta foi uma associação de idéias claras e formosa que deveu, em certo modo, ocorrer-me na barriga, já que os macacos pensam com a barriga.

Temo que não se compreenda bem o que eu entendo por "saída". Emprego a palavra em seu sentido mais cabal e mais comum. Intencionalmente não digo liberdade. Não falo dessa grande sensação de liberdade para todos os âmbitos. Quando macaco possivelmente a conheci e vi homens que a relembram. No que a mim diz respeito, nem então nem agora pedi liberdade. Com a liberdade — e isto o digo de passagem — a gente engana-se muito entre os homens, já que se o de liberdade é um dos sentimentos mais sublimes, assim também são sublimes os correspondentes enganos. Nos teatros de variedades, antes de ir para a cena, vi com freqüência certas duplas de artistas trabalhando nos trapézios, muito alto, junto ao teto. Lançavam-se, mexiam-se, saltavam, voavam um para os braços dos outros, transportavam um ao outro suspenso pelo cabelo com os dentes. "Também isto", pensei, "é liberdade para o homem: o movimento soberano!" Ó escárnio da santa natureza! Nenhum edifício ficaria em pé sob as gargalhadas que semelhante espetáculo provocaria entre os símios.

Não, eu não queria liberdade. Queria unicamente uma saída: a direita, a esquerda, onde fosse. Não pretendia mais. Embora a saída fosse apenas um engano: como a pretensão era pequena o engano não seria maior. Avançar, avançar! Contanto que não se detivesse com os braços no alto, apertado contra as tábuas de um caixão.

Hoje vejo-o claramente: se não tivera uma grande tranqüilidade interior não teria podido escapar jamais. Na realidade tudo o que cheguei a ser devo-o possivelmente a essa grande tranqüilidade que me acometeu, ali, nos primeiros dias do barco. Mas, por sua vez, devo essa tranqüilidade à tripulação.

Esta era de boa gente apesar de tudo. Hoje recordo ainda com prazer o som de seus passos pesados que então ressoavam em meu torpor. Costumavam fazer as coisas com extrema lentidão. Se algum necessitava coçar os olhos erguia a mão como um peso morto. Suas brincadeiras eram grosseiras porém cordiais. Aos seus risos misturava-se sempre uma tosse que, ainda que soasse perigosa, não significava nada. Tinham continuamente na boca algo que cuspir e era-lhes indiferente onde o cuspiam. Queixavam-se sempre de que minhas pulgas lhes saltavam em cima, mas nem por isso chegaram nunca a aborrecer-se seriamente comigo: sabiam, pois, que as pulgas se multiplicavam em meu pêlo e que as pulgas são saltadoras. Com isto davam-se por satisfeitos. Quando estavam de folga sentavam-se às vezes alguns deles em semicírculo diante de mim, mal se falando, resmungando um para o outro, fumando cachimbo estendidos sobre os caixotes, batendo com a palma da mão no joelho ao menor movimento, e algum, de vez em quando, apanhava uma varinha e com ela me fazia cócegas ali onde me agradava. Se me convidassem hoje a realizar uma viagem nesse barco, declinaria por certo o convite, mas é certo também que as lembranças que ali na entreponte me perseguiriam não seriam todas desagradáveis.

A tranqüilidade que obtive no círculo dessa gente me preservou, antes de tudo, de qualquer empenho de fuga. Recapitulando, creio que já então pressentia que, para continuar vivendo, tinha que encontrar uma saída, mas que esta saída não a encontraria na fuga. Não sei agora se a fuga era possível, mas creio que sim o era: a um macaco deve ser-lhe sempre possível a fuga. Com meus dentes atuais devo ter cuidado até na tarefa comum de descascar uma noz, mas naquela oportunidade, pouco a pouco, teria podido roer de lado a lado a fechadura da porta. Não o fiz. Que teria ganho com isso? Mas tivesse posto fora a cabeça ter-me-iam caçado de novo e trancado numa jaula pior; ou então teria podido fugir para os outros animais, para as serpentes gigantes, por exemplo, que estavam à minha frente, para exalar em seu abraço o último suspiro; ou, se tivesse conseguido deslizar até a ponte superior e saltar sobre a borda, me teria mexido um pouquinho sobre o oceano e depois ter-me-ia afogado. Atos suicidas todos estes. Não raciocinava tão humanamente então, mas sob a influência de meu meio ambiente atuei como se tivesse raciocinado.

Não raciocinava, mas observava, sim, com toda tranqüilidade, a esses homens que via ir e vir. Sempre as mesmas caras, os mesmos gestos; com freqüência pareciam-me ser um só homem. Mas esse homem, ou esses homens, moviam-se sem travas. Um alto desígnios começou a nascer em mim. Ninguém me prometia que, a chegar a ser o que eles eram, a trave me seria levantada. Não se fazem tais promessas para esperanças que parecem inalcançáveis, mas se chegam a se realizar, aparecem estas promessas depois, justamente ali onde antes se tinha procurado por elas em vão. Pois bem, nada havia nesses homens que por si me atraísse especialmente. Se fosse partidário dessa liberdade à qual aludi, teria preferido sem dúvida o oceano a essa saída que via refletir-se no turvo olhar daqueles homens. Vinha observando-os, de todas as maneiras, já muito antes de ter pensado nestas coisas, e, por certo, somente estas observações acumuladas me empurraram naquela determinada direção.

Era tão fácil imitar as pessoas! Pude cuspir logo nos primeiros dias. Cuspíamo-nos então mutuamente na cara, com a diferença de que eu me lambia depois até deixá-la limpa e eles não. Logo fumei em cachimbo como um velho, e quando além disso metia o polegar na cabeça do cachimbo, toda a entreponte se destramelava de risos. Mas durante muito tempo não notei diferença alguma entre o cachimbo carregado e o vazio. Nada me deu tanto trabalho como a garrafa de pinga. Torturava-me o odor e, apesar de minha boa--vontade, passaram-se semanas antes que conseguisse vencer essa repugnância. O incrível é que a gente levou mais a sério essas lutas interiores que qualquer outra coisa minha. Em minhas lembranças tampouco diferencio essa gente, mas havia um que vinha sempre, só ou acompanhado, de dia, de noite, nas horas mais diversas, e detendo-se diante de mim com a garrafa vazia me dava lições. Não me compreendia; queria decifrar o enigma de meu ser. Desarrolhava a garrafa lentamente, depois me olhava para saber se eu tinha compreendido. Confesso que eu o olhava sempre com uma atenção frenética e atropelada. Nenhum mestre de homem encontrará no mundo inteiro melhor aprendiz de homem. Quando havia desarrolhado a garrafa, levava-a à boca, eu com os olhos a seguia, até a garganta. Assentia satisfeito comigo, e pousava a garrafa em seus lábios. Eu, entusiasmado com minha paulatina compreensão, guinchava coçando-me de comprido, de largo, onde fosse. Ele, contente, empinava a garrafa e bebia um gole. Eu, impaciente, e desesperado por imitá-lo, sujava-me na jaula, o que de novo o alegrava muito. Depois afastava de si a garrafa com gesto enfático e tornava de igual modo a aproximá-la de seus lábios, e depois, deitado para trás em um gesto exageradamente pedagógico, esvaziava-a de um gole. Eu, extenuado por exeessivo desejo, não podia segui-lo e permanecia pendurado debilmente da trave enquanto ele, dando com isto por terminada a lição teórica, coçava-se, com amplo sorriso, a barriga.

Apenas então começava o exercício prático. Não me havia deixado já o teórico por demais extenuado? Sim, por demais extenuado, mas isto era parte de meu destino. Apesar disso tomava o melhor que podia a garrafa que me estendiam; desarrolhava-a tremendo; o consegui--lo me ia dando novas forças; erguia a garrafa de modo quase idêntico à do modelo; pousava-a nos lábios e... atirava-a com nojo; com nojo, ainda que estivesse vazia e somente o odor a enchia; com asco atirava-a ao solo. Para dor de meu mestre, para maior dor minha; nem a ele nem a mim mesmo conseguia reconciliar depois com o fato de que, depois de atirar a garrafa, não me esquecesse de coçar-me com perfeição a barriga, ostentando ao mesmo tempo um amplo sorriso.

Assim transcorria a lição com demasiada freqüência, e em honra de meu mestre quero fazer constar que não se aborrecia comigo, mas sim que, às vezes, com o cachimbo aceso me tocava o pêlo até que começava a arder lentamente, em qualquer lugar onde eu dificilmente podia atingir; então ele mesmo o apagava com sua mão gigantesca e boa. Não se aborrecia comigo, pois reconhecia que, de um mesmo lado, ambos lutávamos contra a índole simiesca, e que era eu quem levava a pior parte.

Apesar disso, que triunfo depois, tanto para ele como para mim, quando certa noite, diante de uma grande roda de espectadores — talvez estivessem em festa, soava um fonógrafo, um oficial circulava entre os tripulantes —, quando essa noite, sem que ninguém o percebesse, apanhei uma garrafa de aguardente que alguém descuidadamente tinha esquecido junto à minha jaula, e diante do crescente assombro da reunião, desarrolhei-a corretamente, levei-a aos lábios e, sem vacilar, sem caretas, como um bêbado inveterado, revirando os olhos e com o gasnete palpitante, esvaziei-a real e verdadeiramente. Atirei a garrafa, não já como um desesperado, porém como um artista, mas me esqueci, isso sim, de coçar-me a barriga. Em troca, porque não podia fazer outra coisa, porque algo me empurrava para isso, porque os sentidos estavam despertos, por tudo isso, enfim, comecei a gritar: "Olá!", com voz humana. Esse grito fez-me entrar de um salto na comunidade dos homens, e seu eco: "Escutem, fala!" senti-o como um beijo em meu corpo molhado de suor.

Repito: não me seduzia imitar aos humanos; imitava-os porque procurava uma saída; por nenhum outro motivo. Com esse triunfo, por outra parte, pouco havia conseguido, pois imediatamente a voz me faltou de novo. Apenas passados alguns meses tornava a recuperá-la. A repugnância para a garrafa de aguardente reapareceu com mais força ainda, mas sem dúvida alguma havia eu encontrado de uma vez por todas meu caminho.

Quando em Hamburgo me entregaram ao primeiro amestrador, percebi logo que diante de mim se abriam duas possibilidades: o jardim zoológico ou o *music-hall*.

Não hesitei. Disse a mim mesmo: põe toda a tua vontade em ingressar no *music-hall:* esta é a saída. O jardim zoológico não é mais do que outra nova jaula; quem entra ali está perdido.

E aprendi, meus senhores. Ah, sim, quando é preciso aprender, aprende-se; aprende-se quando se trata de encontrar uma saída! Aprende-se sem piedade! Vigia-se a gente a si mesma com o látego, lacerando-se à menor resistência. A índole simiesca saiu com fúria para fora de mim, afastou-se de mim dando cambalhotas, e por isso meu primeiro mestre mesmo quase se tornou macaco e precisou abandonar logo as lições para ser internado em um sanatório. Felizmente logo saiu dali.

Consumi, contudo, muitos mestres. Sim, até vários de uma vez. Quando estive já mais seguro de minha capacidade, quando o público seguiu meus progressos, quando meu futuro começou a sorrir-me, eu mesmo escolhi meus professores. Fi-los sentarem-se em cinco salas sucessivas e aprendi com todos de uma vez, saltando sem interrupção de um quarto para outro.

Que progressos! Que irrupção, de todos os âmbitos, dos raios do conhecimento no cérebro que desperta! Por que negá-lo? Isto me fazia feliz. Mas tampouco posso negar que não o superestimava, já então, e quanto menos o superestimo agora! Com um esforço que até hoje não se tornou a repetir sobre a terra, consegui ter a cultura média de um europeu. Isto em si possivelmente não seria nada, mas é algo, contudo, na medida em que me ajudou a deixar a jaula e a propiciar-me esta saída especial; esta saída humana. Há um excelente dito alemão: "deslizar-se entre as brenhas". Isto foi o que eu fiz: "me deslizei entre as brenhas". Não me restava outro caminho, por certo: sempre que não havia que escolher a liberdade.

— Se com uma vista de olhos examino minha evolução e o que foi seu objetivo até agora, nem me lamento dela, nem me dou por satisfeito. Com as mãos nos bolsos da calça, com a garrafa de vinho sobre a mesa, recostado ou sentado a meias na cadeira de balanço, olho pela janela. Se chegam visitas, recebo-as como se deve. Meu empresário está sentado na antecâmara: se toco a campainha, acode e escuta o que tenho a dizer-lhe. De noite quase sempre há função e obtenho êxitos já mal superáveis. E se ao sair dos banquetes, das sociedades científicas ou das gratas reuniões entre amigos, chego à casa a horas avançadas da noite, ali me espera uma pequena e semiamestrada chimpanzé, com quem, à maneira simiesca, passo muito bem. De dia não quero vê-la, pois tem no olhar essa loucura do animal perturbado pelo amestramento; isso unicamente eu o percebo, e não posso suportá-lo. De todas as maneiras, em resumo consegui o que me tinha proposto conseguir. E não se diga que o esforço não valia a pena. Além do mais, não é a opinião dos homens o que me interessa; eu apenas quero difundir conhecimentos, apenas estou informando. Também a vós, excelentíssimos senhores acadêmicos, apenas vos informei.

NA COLÔNIA PENAL

— É um aparelho singular — disse o oficial ao explorador, e contemplou com certa admiração o aparelho, que lhe era tão conhecido. O explorador parecia ter aceito apenas por cortesia o convite do comandante para presenciar a execução de um soldado condenado por desobediência e insulto aos seus superiores. Na colônia penal não era tampouco muito grande o interesse suscitado por esta execução. Pelo menos, nesse pequeno vale, profundo e arenoso, cercado totalmente por campos nus, apenas se encontravam, além do oficial e do explorador, o condenado, um homem de boca grande e aspecto estúpido, de cabelo e rosto descuidados, e um soldado, que sustinha a pesada cadeia de onde convergiam as pequenas cadeias que retinham o condenado pelos tornozelos e as munhecas, assim como pelo pescoço, e que estavam unidas entre si mediante cadeias secundárias. De todos os modos, o condenado tinha um aspecto tão caninamente submisso, que ao que parece teriam podido permitir-lhe correr em liberdade pelos campos circundantes, para chamá-lo com um simples assovio quando chegasse o momento da execução.

O explorador não se interessava muito pelo aparelho, e passeava atrás do condenado com visível indiferença, enquanto o oficial dava fim aos últimos preparativos, arrastando-se de repente sob o aparelho, profundamente colado à terra, ou subindo de repente por uma escada para examinar as partes superiores. Facilmente teria podido ocupar-se destes trabalhos um mecânico, mas o oficial desempenhava-os com grande zelo, talvez porque admirava sobremaneira o aparelho, ou talvez porque por diversos motivos não se podia confiar esse trabalho a outra pessoa.

— Já está tudo pronto! — exclamou por fim, e desceu da escada. Parecia extraordinariamente cansado, respirava com a boca muito aberta, e havia colocado dois finos lenços de mulher sob a gola do uniforme.

— Estes uniformes são muito pesados para o trópico — disse o explorador, em vez de fazer alguma pergunta sobre o aparelho, como teria desejado o oficial.

— Com efeito — disse este, e lavou as mãos sujas de graxa e de óleo em um balde que ali havia —; mas para nós são símbolos da pátria; não queremos esquecer-nos de nossa pátria. E agora observe este aparelho — prosseguiu imediatamente, enxugando as mãos com uma toalha e mostrando ao mesmo tempo o aparelho —. Até agora eu trabalhei, mas daqui em diante o aparelho funciona absolutamente sozinho.

O explorador confirmou, e seguiu o oficial. Este queria cobrir todas as contingências, e por isso disse:

— Naturalmente, às vezes há inconvenientes; espero que não os tenha hoje, mas sempre se deve contar com essa possibilidade. O aparelho deveria funcionar ininterruptamente durante doze horas. Mas há entorpecimentos, são contudo desdenháveis, e solucionam-se rapidamente.

— Não quer sentar-se? — perguntou depois, tirando uma cadeira de vime de um montão de cadeiras semelhantes, e oferecendo-a ao explorador; este não podia recusá-la. Sentou-se então, à borda de um buraco destinado à sepultura, para o qual dirigiu um rápido olhar. Não era muito profundo. A um lado do buraco estava a terra removida, disposta em forma de parapeito; do outro lado estava o aparelho.

— Não sei — disse o oficial — se o comandante lhe explicou já o aparelho.

O explorador fez um gesto incerto; o oficial não desejava nada melhor, porque assim podia explicar-lhe pessoalmente o funcionamento.

— Este aparelho — disse, tomando uma manivela e apoiando-se sobre ela — é um invento de nosso antigo comandante. Eu assisti às primeiríssimas experiências, e tomei parte em todos os trabalhos, até seu término. Mas o mérito do descobrimento apenas corresponde a ele. Não ouviu falar de nosso antigo comandante? Não? Bem, não exagero se lhe digo que quase toda a organização da colônia penal é obra sua. Nós, seus amigos, sabíamos ainda antes de sua morte que a organização da colônia era um todo tão perfeito, que seu sucessor, embora tivesse mil novos projetos na cabeça, pelo menos durante muitos anos não poderia mudar nada. E nossa profecia cumpriu-se; o novo comandante viu-se obrigado a admiti-lo. É pena que o senhor não tenha conhecido o nosso antigo comandante. Mas — o oficial interrompeu-se — estou divagando, e aqui está o aparelho. Como o senhor vê, consta de três partes. Com o correr do tempo, generalizou-se o costume de designar a cada uma destas partes mediante uma espécie de sobrenome popular. A inferior chama-se a Cama, a de cima o Desenhador, e esta do meio o Ancinho.

— O Ancinho? — perguntou o explorador.

Não havia escutado com muita atenção; o sol caía com demasiada força nesse vale sem sombras, mal podia alguém concentrar os pensamentos. Por isso mesmo parecia-lhe mais admirável esse oficial, que apesar de sua jaqueta de gala, ajustada, carregada de presilhas e de enfeites, prosseguia com tanto entusiasmo suas explicações, e além disso, enquanto falava, ajustava aqui e ali algum parafuso, com uma chave de parafusos. Em uma situação semelhante à do explorador parecia encontrar-se o soldado. Tinha enrolado a cadeia do condenado em torno das munhecas; apoiado com uma mão no fusil, cabisbaixo, não se preocupava por nada do que acontecia. Isto não surpreendeu ao explorador, já que o oficial falava em francês, e nem o soldado nem o condenado entendiam o francês. Por isso mesmo era mais curioso que o condenado se esforçasse por seguir as explicações do oficial. Com uma espécie de sonolenta insistência, dirigia o olhar para onde o oficial apontava, e cada vez que o explorador fazia uma pergunta, também ele, como o oficial, o olhava.

— Sim, o Ancinho — disse o oficial —, um nome bem adequado. As agulhas estão colocadas nela como os dentes de um ancinho, e o conjunto funciona além disso como um ancinho, ainda que somente em um local determinado, e com muito mais arte. De todos os modos, já o compreenderá melhor quando lho explique. Aqui, sobre a Cama, coloca-se o condenado. Primeiro lhe descreverei o aparelho, e depois o porei em movimento. Assim poderá entendê-lo melhor. Além disso, uma das engrenagens do Desenhador está muito gasta; chia muito quando funciona, e mal se entende o que se fala; infelizmente, aqui é muito difícil conseguir peças de reposição. Bem, esta é a Cama, como dizíamos. Está totalmente coberta com uma capa de algodão em rama; logo o senhor saberá por que. Sobre este algodão coloca-se o condenado, boca para baixo, naturalmente nu; aqui há correias para prender-lhe as mãos, aqui para os pés, e aqui para o pescoço. Aqui, na cabeceira da Cama (onde o indivíduo, como já lhe disse, é colocado primeiramente de boca para baixo), esta pequena mordaça de feltro, que pode ser facilmente regulada, de modo que entre diretamente na boca do homem. Tem a finalidade de impedir que grite ou morda a própria língua. Naturalmente, o homem não pode afastar a boca do feltro, porque se não a correia do pescoço lhe quebraria as vértebras.

— Isto é algodão? — perguntou o explorador, e abaixou-se.

— Sim, claro — disse o oficial rindo —; toque-o o senhor mesmo.

Segurou a mão do explorador, e fê-la passar pela Cama.

— É um algodão especialmente preparado, por isso parece tão irreconhecível; logo lhe falarei de sua finalidade.

O explorador começava a interessar-se um pouco pelo aparelho; protegendo os olhos com a mão, por causa do sol, contemplou o conjunto. Era uma construção elevada. A Cama e o Desenhador tinham igual tamanho, e pareciam dois escuros caixões de madeira. O Desenhador elevava-se uns dois metros sobre a Cama; os dois estavam unidos entre si, nos ângulos, por quatro barras de bronze, que quase resplandeciam ao sol. Entre os caixões, oscilava sobre uma cinta de aço o Ancinho.

O oficial não havia percebido a anterior indiferença do explorador, mas sim notou seu interesse nascente; portanto interrompeu as explicações, para que seu interlocutor pudesse dedicar-se sem inconvenientes ao exame dos dispositivos. O condenado imitou o explorador; como não podia cobrir os olhos com a mão, olhava para cima, piscando.

— Então, aqui se coloca o homem — disse o explorador, deitando-se para trás em sua cadeira, e cruzando as pernas.

— Sim — disse o oficial, empurrando o gorro um pouco para trás, e passando a mão pelo rosto cheio de calor —, e agora ouça. Tanto a Cama como o Desenhador têm baterias elétricas próprias; a Cama a requer para si, o Desenhador para o Ancinho. Quando o homem está bem seguro com as correias, a Cama é posta em movimento. Oscila com vibrações diminutas e muito rápidas, tanto lateralmente como verticalmente. O senhor terá visto aparelhos semelhantes nos hospitais; mas em nossa Cama todos os movimentos estão exatamente calculados; com efeito, devem estar minuciosamente sincronizados com os movimentos do Ancinho. Contudo, a verdadeira execução da sentença corresponde ao Ancinho.

— Como é a sentença? — perguntou o explorador.

— Também isto o senhor não sabe? — disse o oficial, assombrado, e mordeu os lábios —. Perdoe-me se minhas explicações são talvez um pouco desordenadas: rogo-lhe realmente que me desculpe. Em outros tempos, correspondia na realidade ao comandante dar as explicações, mas o novo comandante recusa esse honroso dever; de qualquer modo, o fato de que a uma visita de tal importância — e aqui o explorador procurou diminuir a importância do elogio, com um gesto de mão, mas o oficial insistiu — a uma visita de tal importância nem sequer seja posta no conhecimento do caráter de nossas sentenças, constitui também uma insólita novidade, que... — e com uma maldição à borda dos lábios, conteve-se e prosseguiu —... Eu não sabia nada, a culpa não é minha. De todos os modos, eu sou a pessoa mais capacitada para explicar nossos processos já que tenho em meu poder — e bateu com a mão no bolso superior — os respectivos desenhos preparados pela própria mão de nosso antigo comandante.

— Os desenhos do próprio comandante? — perguntou o explorador —. Reunia então todas as qualidades? Era soldado, juiz, construtor, químico e desenhista?

— Efetivamente — disse o oficial, confirmando com um olhar impenetrável e distante.

Depois examinou as próprias mãos; não lhe pareciam suficientemente limpas para tocar os desenhos; portanto, dirigiu-se para o balde, e lavou-as novamente. Depois tirou uma pequena carteira de couro, e disse:

— Nossa sentença não é aparentemente severa. Consiste em escrever sobre o corpo do condenado, por meio do Ancinho, a disposição que ele mesmo violou. Por exemplo, as palavras inscritas sobre o corpo deste condenado — e o oficial apontou o indivíduo — serão: HONRA A TEUS SUPERIORES.

O explorador olhou rapidamente o homem; no momento em que o oficial o assinalava, estava cabisbaixo e parecia prestar toda a atenção de que seus ouvidos eram capazes, para poder entender alguma coisa. Mas os movimentos de seus lábios grossos e apertados demonstravam evidentemente que não entendia nada. O explorador teria querido formular diversas perguntas, mas ao ver o indivíduo apenas perguntou:

— Ele conhece sua sentença?

— Não — disse o oficial, procurando prosseguir imediatamente com suas explicações, mas o explorador o interrompeu:

— Não conhece sua sentença?

— Não — repetiu o oficial, calando-se um instante como para permitir que o explorador ampliasse sua pergunta —. Seria inútil anunciar-lha. Já a conhecerá na própria carne.

O explorador não queria perguntar mais; mas sentia o olhar do condenado fixo nele, como perguntando-lhe se aprovava o procedimento descrito. Em conseqüência, embora se tivesse refestelado na cadeira, tornou a inclinar-se para diante e continuou perguntando:

— Mas ao menos sabe que foi condenado?

— Também não — disse o oficial, sorrindo como se esperasse que lhe fizesse outra pergunta extraordinária.

— Não — disse o explorador, e passou a mão pela fronte — então, o indivíduo também ignora como foi conduzida a sua defesa?

— Não lhe foi dada nenhuma oportunidade de defender-se — disse o oficial, e voltou o olhar, como falando consigo próprio, para evitar ao explorador a vergonha de ouvir uma explicação de coisas tão evidentes.

— Mas deve haver tido alguma oportunidade de defender-se — disse o explorador, e ergueu-se de seu assento.

O oficial compreendeu que corria o perigo de ver demorada indefinidamente a descrição do aparelho; portanto, aproximou-se do explorador, tomou-o pelo braço, e apontou com a mão o condenado, que ao ver tão evidentemente que toda a atenção se dirigia para ele, pôs-

se em posição firme, enquanto o soldado dava um puxão à cadeia.
— Explicar-lhe-ei como se desenvolve o processo — disse o oficial —. Fui designado juiz da colônia penal. Apesar de minha juventude. Porque eu era o conselheiro do antigo comandante em todas as questões penais, e além disso conheço o aparelho melhor que ninguém. Meu princípio fundamental é este: A culpa é sempre indubitável. Talvez outros tribunais não sigam este princípio fundamental, mas são multipessoais, e além disso dependem de outras câmaras superiores. Este não é nosso caso, pelo menos não o era na época de nosso antigo comandante. O novo demonstrou contudo certo desejo de imiscuir-se em meus juízos, mas até agora consegui mantê-lo a certa distância, e espero continuar conseguindo-o. O senhor deseja que lhe explique este caso particular; é muito simples, como todos os outros. Um capitão apresentou esta manhã a acusação de que este indivíduo, que foi designado para seu criado, e que dorme diante de sua porta, tinha adormecido durante a guarda. Com efeito, tem a obrigação de levantar-se ao bater cada hora, e fazer a reverência diante da porta do capitão. Como se vê, não é uma obrigação excessiva, e sim muito necessária, porque assim se mantém alerta em suas funções, tanto de sentinela como de criado. Ontem à noite o capitão quis comprovar se seu criado cumpria o seu dever. Abriu a porta exatamente às duas horas, e encontrou-o adormecido no solo. Apanhou o chicote, e cortou-lhe a cara. Em vez de levantar-se e suplicar perdão, o indivíduo aferrou o seu superior pelas pernas, sacudiu-o e exclamou: "Abandona esse chicote ou te como vivo". Estas são as provas. O capitão veio ver-me faz uma hora, tomei nota de sua declaração, e ditei imediatamente a sentença. Depois fiz encadear o culpado. Tudo isto foi muito simples. Se primeiramente o tivesse feito chamar, e o tivesse interrogado, apenas teriam surgido complicações. Teria mentido, e se eu tivesse querido desmenti-lo, reforçaria suas mentiras com novas mentiras, e assim sucessivamente. Em troca, assim o tenho em meu poder, e não escapará. Está tudo esclarecido? Mas o tempo passa, já deveria começar a execução, e ainda não acabei de lhe explicar o aparelho.
Obrigou o explorador a sentar-se novamente, aproximou-se outra vez do aparelho, e começou:

— Como você vê, a forma do Ancinho corresponde à forma do corpo humano; aqui está a parte do torso, aqui estão os rastilhos para as pernas. Para a cabeça, apenas existe esta agulhinha. Parece-lhe claro?

Inclinou-se amistosamente diante do explorador, disposto a dar as mais amplas explicações.

O explorador, com o sobrolho franzido, considerou o Ancinho. A descrição dos processos judiciais não o satisfizera. Constantemente devia fazer um esforço para não esquecer que se tratava de uma colônia penal, que requeria medidas extraordinárias de segurança, e onde a disciplina devia ser exagerada até o extremo. Mas por outra parte fundava certas esperanças no novo comandante, que evidentemente projetava introduzir, embora pouco a pouco, um novo sistema de processos; processos que a estreita mentalidade deste oficial não podia compreender. Estes pensamentos lhe fizeram perguntar:

— O comandante assistirá à execução?

— Não é certo — disse o oficial, dolorosamente impressionado por uma pergunta tão direta, enquanto sua expressão amistosa se desvanecia — Por isso mesmo devemos dar-nos pressa. Em conseqüência, ainda que eu o sinta muitíssimo, me verei obrigado a simplificar minhas explicações. Mas amanhã, quando tenham limpado novamente o aparelho (sua única falha consiste em que se suja muito), poderei seguir espraiando-me em maiores pormenores. Reduzamo-nos por enquanto, então, ao mais indispensável. Desde que o homem está deitado na Cama, e esta começa a vibrar, o Ancinho desce sobre seu corpo. Regula-se automaticamente de modo que mal roça o corpo com a ponta das agulhas; enquanto se estabelece o contato, a cinta de aço converte-se imediatamente em uma barra rígida. E então começa a função. Uma pessoa que não esteja preparada, não percebe nenhuma diferença entre um castigo e outro. O Ancinho parece trabalhar uniformemente. Ao vibrar, rasga com a ponta das agulhas a superfície do corpo, estremecido por sua vez pela Cama. Para permitir a observação do desenvolvimento da sentença, o Ancinho foi construído de vidro. A fixação das agulhas no vidro originou algumas dificuldades técnicas, mas depois de diversas experiências solucionamos o problema. Dir-lhe-ei que temos feito todos os esforços. E agora qualquer um pode observar, através do vidro, como vai tomando forma a inscrição sobre o corpo. Não quer aproximar-se, e ver as agulhas?

O explorador ergueu-se lentamente, aproximou-se, e inclinou-se sobre o Ancinho.

— Como o senhor vê — disse o oficial —, há duas espécies de agulhas, dispostas de modo diverso. Cada agulha longa vai acompanhada por uma mais curta. A longa reduz-se a escrever, e a curta atira água, para lavar o sangue e manter legível a inscrição. A mistura de água e sangue corre depois por pequenos canaizinhos, e por fim desemboca neste canal principal, para derramar-se no buraco, através de um cano de desaguamento.

O oficial mostrava com o dedo o caminho exato que seguia a mistura de água e sangue. Enquanto ele, para tornar mais gráfica possível a imagem, formava um bojo com ambas as mãos na desembocadura do cano de saída, o explorador ergue a cabeça e procurou tornar ao seu assento, tateando atrás de si com a mão. Viu então com horror que também o condenado tinha obedecido ao convite do oficial para ver mais de perto a disposição do Ancinho. Com a cadeia arrastara um pouco o soldado adormecido, e agora inclinava-se sobre o vidro. Via-se como seu olhar incerto procurava perceber o que os dois senhores acabavam de observar, e como, faltando-lhe a explicação, não compreendia nada. O explorador procurou afastá-lo, porque o que fazia era provavelmente punível. Mas o oficial reteve-o com a mão, com a outra apanhou do parapeito um torrão, e atirou-o contra o soldado. Este assustou-se, abriu os olhos, constatou o atrevimento do condenado, deixou cair o rifle, enterrou os tacões no solo, arrastou com um puxão o condenado, que imediatamente caiu ao solo, e depois ficou olhando como se debatia e fazia soar as cadeias.

— Ponha-o de pé! — gritou o oficial, porque percebeu que o condenado distraía demais o explorador. Com efeito, este tinha-se inclinado sobre o Ancinho, sem preocupar-se muito pelo seu funcionamento, e apenas queria saber o que acontecia ao condenado.

— Trate-o com cuidado! — tornou a gritar o oficial.

Depois correu em torno do aparelho, colheu pessoalmente o condenado por sob as axilas, e embora este resvalasse constantemente, com a ajuda do soldado pô-lo de pé.

— Já estou inteirado de tudo — disse o explorador, quando o oficial voltou ao seu lado.

— Menos o mais importante — disse este, segurando-o pelo braço e apontando para o alto —. Lá em cima, no Desenhador, está a engrenagem que põe em movimento o Ancinho; dita engrenagem é regulada de acórdo com a inscrição que corresponde à sentença. Ainda utilizo os desenhos do antigo comandante. Aqui estão — e tirou algumas folhas da carteira de couro —, mas infelizmente não posso dar-lhos para que os examine; são minha posse mais preciosa. Sente-se, eu lhos mostrarei daqui, e o senhor poderá ver tudo perfeitamente.

Mostrou a primeira folha. O explorador teria querido fazer alguma observação pertinente, mas somente viu linhas que se cruzavam repetida e labirinticamente, e que cobriam de tal forma o papel, que mal se podia ver os espaços em branco que as separavam.

— Leia — disse o oficial.

— Não posso — disse o explorador.

— Contudo está claro — disse o oficial.

— É muito engenhoso — disse o explorador evasivamente —, mas não posso decifrá-lo.

— Sim — disse o oficial, rindo e guardando novamente o plano —, não é exatamente caligrafia para escolares. É preciso estudá-lo longamente. Também o senhor acabaria por entendê-lo, estou certo. Naturalmente, não pode ser uma inscrição simples; seu fim não é provocar diretamente a morte, porém depois de um lapso de doze horas, em média; calcula-se que o momento crítico aparece na sexta hora. Portanto, muitos, muitíssimos adornos rodeiam a verdadeira inscrição; esta apenas ocupa uma estreita faixa em torno do corpo; o restante reserva-se aos embelezamentos. Está agora em condições de apreciar o trabalho do Ancinho e de todo o aparelho? Observe! — e subiu de um salto a escada, e fez girar uma roda. — Atenção, ponha-se de lado!

O conjunto começou a funcionar. Se a roda não tivesse rangido, teria sido maravilhoso. Como se o ruído da roda o tivesse surpreendido, o oficial ameaçou-a com o punho, depois abriu os braços como desculpando-se diante do explorador, e desceu rapidamente, para observar de baixo o funcionamento do aparelho. Ainda havia algo que não funcionava bem, e que apenas ele percebia; tornou a subir, procurou algo com ambas as mãos no interior do Desenhador, deixou-se deslizar por uma das barras, em lugar de utilizar a escada, para descer mais rapidamente, e exclamou com toda sua voz no ouvido do explorador, para fazer-se ouvir em meio ao estrépito:

— Compreende o funcionamento? O Ancinho começa a escrever; quando termina o primeiro rascunho da inscrição no dorso do indivíduo, a capa de algodão gira e faz girar o corpo lentamente sobre um lado, para dar mais lugar ao Ancinho. Ao mesmo tempo, as partes já escritas apóiam sobre o algodão, que graças à sua preparação especial contém a emissão de sangue e prepara a superfície para continuar aprofundando a inscrição. Depois à medida que o corpo continua girando, estes dentes da borda do Ancinho arrancam o algodão das feridas, atiram-no ao buraco, e o Ancinho pode continuar seu trabalho. Assim continua inscrevendo, cada vez mais fundo, durante as doze horas. Durante as primeiras seis horas, o condenado mantém-se quase tão vivo como ao princípio, apenas sofre dores. Depois de duas horas, tira-se-lhe a mordaça de feltro, porque já não tem forças para gritar. Aqui, neste recipiente esquentado eletricamente, junto à cabeceira da Cama, verte-se papa quente de arroz, para que o homem se alimente, se assim o deseja, lambendo-a com a língua. Ninguém desdenha esta oportunidade. Não sei de nenhum, e minha experiência é vasta. Apenas depois de seis horas desaparece todo desejo de comer. Geralmente ajoelho-me aqui, nesse momento, e observo o fenômeno. O homem não engole quase nunca o último bocado, apenas o faz girar na boca, e cospe-o no buraco. Então tenho de abaixar-me, pois se não o fizesse, me cuspiria na cara. Quão tranqüilo fica o homem depois da sexta hora! Até o mais estólido começa a compreender. A compreensão inicia-se em torno dos olhos. Dali se expande. Nesse momento o desejo que se tem é de se colocar com ele debaixo do Ancinho. Já não acontece mais nada; o homem começa somente a decifrar a inscrição, estira os lábios para fora, como se escutasse. O senhor já viu que não é fácil decifrar a inscrição com os olhos; mas nosso homem decifra-a com as suas feridas. Realmente, custa muito trabalho; precisa de seis horas pelo menos. Mas então o Ancinho já o atravessou completamente e atira-o no buraco, onde cai em meio do sangue e da água e do algodão. A sentença cumpriu-se, e nós, eu e o soldado, o enterramos.

O explorador tinha inclinado o ouvido para o oficial, e com as mãos nos bolsos da jaqueta contemplava o funcionamento da máquina. Também o condenado contemplava, mas sem compreender. Um pouco abaixado, seguia o movimento das agulhas oscilantes; enquanto isso o soldado, diante de um sinal do oficial, cortou-lhe com uma faca a camisa e as calças, pela parte de trás, de modo que estas últimas caíram ao solo; o indivíduo procurou reter as roupas que lhe caíam, para cobrir sua desnudez, mas o soldado o ergueu no ar e sacudindo-o fez cair os últimos trapos do vestuário. O oficial deteve a máquina, e em meio do repentino silêncio o condenado foi colocado debaixo do Ancinho. Desataram-lhe as cadeias, e em seu lugar amarraram-no com as correias; no primeiro instante, isto pareceu significar quase um alívio para o condenado. Depois, fizeram descer um pouco mais o Ancinho, porque era um homem magro. Quando as pontas o roçaram, um estremecimento percorreu sua pele; enquanto o soldado lhe amarrava a mão direita, o condenado jogou para fora a esquerda, sem saber para onde, mas na direção do explorador. O oficial observava constantemente este último, de través, como se quisesse ler em seu rosto a impressão que lhe causava a execução que pelo menos superficialmente acabava de explicar-lhe.

A correia destinada à mão esquerda partiu-se; provavelmente o soldado a esticara demais. O oficial precisou intervir, e o soldado mostrou-lhe o pedaço partido da correia. Então o oficial aproximou-se dele, e com o rosto voltado para o explorador disse:

— Esta máquina é muito complexa, a cada instante se parte ou se descompõe alguma coisa; mas não se deve permitir que estas circunstâncias influam na apreciação do conjunto. De qualquer modo, as correias são facilmente substituíveis; usarei uma cadeia; é claro que a delicadeza das vibrações do braço direito sofrerá um pouco.

E enquanto segurava a cadeira, acrescentou:

— Os recursos destinados à conservação da máquina são agora sumamente reduzidos. Quando estava o antigo comandante, eu tinha à minha disposição uma soma de dinheiro com essa única finalidade. Havia aqui um depósito, onde se guardavam peças de reposição de todas as espécies. Confesso que fui bastante pródigo com elas, refiro-me ao passado, não agora, como insinua o novo comandante, para o qual tudo é um motivo de ataque contra a antiga ordem. Agora encarrega-se pessoalmente do dinheiro destinado à máquina, e se lhe mando pedir uma nova correia, pedem-me, como prova, a correia partida; a nova chega pelo menos dez dias depois, e além disso é de má qualidade, e não serve para muita coisa. Como pode funcionar enquanto isso a máquina sem correias, isso não preocupa a ninguém.

O explorador pensou: Sempre é preciso refletir um pouco antes de intervir decisivamente nos assuntos dos outros. Ele não era nem membro da colônia penal, nem cidadão do país ao qual esta pertencia. Se pretendia emitir juízos sobre a execução ou procurava diretamente obstá-la, podiam dizer-lhe: "És um estrangeiro, não te metas". Diante disto, não podia responder nada, apenas acrescentar que realmente não compreendia sua própria atitude, já que viajava com a mera intenção de observar, e de nenhum modo pretendia modificar os métodos judiciais dos outros. Mas aqui topava com coisas que realmente o tentavam a quebrar sua resolução de não se imiscuir. A injustiça do processo e a inumanidade da execução eram indubitáveis. Ninguém podia supor que o explorador tinha algum interesse pessoal no assunto, porque o condenado era para ele um desconhecido, não era compatriota seu, e nem sequer capaz de inspirar compaixão. O explorador tinha sido recomendado por pessoas muito importantes, fora recebido com grande cortesia, e o fato de que o tivessem convidado para a execução podia justamente significar que se desejava conhecer sua opinião sobre o assunto. Isto parecia bastante provável, porque o comandante, como bem claramente acabavam de lhe dizer, não era partidário desses processos, e sua atitude diante do oficial era quase hostil.

Nesse momento ouviu o explorador um grito irritado do oficial. Acabava de colocar, não sem grande esforço, a mordaça de feltro dentro da boca do condenado, quando este último, com uma náusea irreprimível, fechou os olhos e vomitou. Rapidamente o oficial ergueu-lhe a cabeça, afastando-a da mordaça e procurando dirigi-la para o buraco; mas era demasiado tarde, e o vômito derramou-se sobre a máquina.

— Tudo isto é culpa do comandante! — gritou o oficial, sacudindo insensatamente a barra de cobre que tinha à sua frente — Deixaram-me a máquina mais suja do que uma pocilga — e com mãos trêmulas mostrou ao explorador o que havia acontecido —. Durante horas procurei fazer compreender ao comandante que o condenado deve jejuar um dia inteiro antes da execução. Mas nossa nova doutrina compassiva não o quer assim. As senhoras do comandante visitam o condenado e enchem-lhe a garganta de doces. Durante toda a vida alimentou-se de peixes hediondos, e agora precisa comer doces. Mas enfim, poderíamos passar isto por alto, eu não protestaria, mas, por que não querem conseguir-me uma nova mordaça de feltro, já que há três meses que a peço? Quem poderia meter-se na boca, sem asco, uma mordaça que mais de cem moribundos chuparam e morderam?

O condenado deixara cair a cabeça e parecia tranqüilo; enquanto isso, o soldado limpava a máquina com a camisa do outro. O oficial dirigiu-se para o explorador, que talvez por um pressentimento retrocedeu um passo, mas o oficial segurou-o pela mão e levou-o à parte.

— Quisera falar confidencialmente algumas palavras com o senhor — disse este último —. Permite-me?

— Naturalmente — disse o explorador, e escutou com o olhar baixo.

— Este processo judicial, e este método de castigo, que o senhor tem agora oportunidade de admirar, não goza atualmente em nossa colônia de nenhum aberto partidário. Sou seu único mantenedor, e ao mesmo tempo o único sustentador da tradição do antigo comandante. Já nem poderia pensar na menor ampliação do processo, e preciso empregar todas minhas forças para mantê-lo tal como é atualmente. Em vida de nosso antigo comandante, a colônia estava cheia de partidários; eu possuo em parte a força de convicção do antigo comandante, mas careço totalmente de seu poder; em conseqüência, os partidários escondem-se; ainda há muitos, mas nenhum o confessa. Se o senhor entra hoje, que é dia de execução, na confeitaria, e ouve as conversas, talvez apenas ouça frases de sentido ambíguo. Esses são todos partidários, mas sob o comandante atual, e com suas doutrinas atuais, não me servem absolutamente de nada. E agora lhe pergunto: Parece-lhe bem que por culpa deste comandante e suas senhoras, que influem sobre ele, semelhante obra de toda uma vida — e apontou a máquina — desapareça? Podemos permiti-lo? Mesmo quando se seja estrangeiro, e apenas tenha vindo a passar alguns dias em nossa ilha. Mas não podemos perder tempo, porque também se prepara algo contra minhas funções judiciais; já se realizam conferências no escritório do comandante, das quais me vejo excluído; até sua visita de hoje, senhor, parece-me fazer parte de um plano; por covardia, utilizam-no, ao senhor, um estrangeiro, como testa-de-ferro. Quão diferente era em outros tempos a execução! Já um dia antes da cerimônia, o vale estava completamente cheio de gente; todos vinham apenas para ver; pela manhã cedo aparecia o comandante com suas senhoras; as fanfarras despertavam a todo o acampamento; eu apresentava uma informação de que tudo estava preparado; todo o estado-maior — nenhum alto oficial se atrevia a faltar — reunia-se em torno da máquina; este montão de cadeiras de vime é um mísero resto daqueles tempos. A máquina resplandecia, recém limpa; antes de cada execução entregavam-me peças novas de reposição. Diante de centenas de olhos — todos os assistentes nas pontas dos pés, até o cume das colinas — o condenado era colocado pelo próprio comandante debaixo do Ancinho. O que hoje corresponde a um simples soldado, era nessa época tarefa minha, tarefa do juiz-presidente do tribunal, e uma grande honra para mim. E então começava a execução. Nenhum ruído discordante enfeava o funcionamento da máquina. Muitos já não olhavam; permaneciam com os olhos fechados, na areia; todos sabiam: Agora faz-se justiça. Nesse silêncio, ouviam-se apenas os suspiros do condenado, mal abafados pelo feltro. Hoje a máquina já não é capaz de arrancar ao condenado um suspiro tão forte que o feltro não possa apagá-lo totalmente; mas nessa oportunidade as agulhas inscritoras derramavam um líquido ácido, que hoje já não nos permitem usar. E chegava a sexta hora! Era impossível satisfazer todos os pedidos formulados para contemplá-la de perto. O comandante, muito sabiamente, tinha ordenado que os meninos tivessem preferência sobre todo mundo; eu, por certo, graças ao meu cargo, tinha o privilégio de permanecer junto à máquina; com freqüência estava de joelhos, com um menininho em cada braço, à direita e à esquerda. Como absorvíamos todos essa expressão de transfiguração que aparecia no rosto martirizado, como nos banhávamos as faces no resplendor dessa justiça, por fim alcançada e que tão depressa desaparecia! Que bons tempos, camarada!

O oficial tinha esquecido evidentemente quem era seu interlocutor; tinha-o abraçado, e apoiava a cabeça sobre seu ombro. O explorador sentia-se grandemente desconcertado; inquieto, olhava para a distância. O soldado terminara sua limpeza, e agora derramava polpa de arroz no recipiente. Mal a percebeu o condenado, que parecia ter melhorado completamente, começou a lamber a papa com a língua. O soldado procurava afastá-lo, porque a papa era para mais tarde, mas de qualquer modo também era incorreto que o soldado colocasse no recipiente suas mãos sujas, e se pusesse a comer diante do ávido condenado.

O oficial recuperou rapidamente o domínio de si mesmo.

— Não quis emocioná-lo — disse — já sei que atualmente é impossível dar uma idéia do que eram esses tempos. De qualquer modo, a máquina ainda funciona, e basta-se a si mesma. Basta-se a si mesma, embora se encontre muito solitária neste vale. E ao terminar, o cadáver cai como antes no fosso, com um movimento incompreensivelmente suave, ainda que já não se apinhem as multidões como moscas em torno da sepultura, como nos outros tempos. Antes precisávamos colocar uma sólida varanda em torno da sepultura, mas há muito que a arrancamos.

O explorador queria esconder seu rosto ao oficial, e olhava em volta ao acaso. O oficial acreditava que ele contemplasse a desolação do vale; segurou-o portanto pelas mãos, colocou-se diante dele, para olhá-lo nos olhos, e perguntou-lhe:

— Percebe, que vergonha?

Mas o explorador calou-se. O oficial deixou-o um instante entregue a seus pensamentos; com as mãos nas ancas, as pernas abertas, permaneceu calado, cabisbaixo. Depois sorriu animadoramente ao explorador, e disse:

— Eu estava ontem próximo do senhor quando o comandante o convidou. Ouvi o convite. Conheço o comandante. Imediatamente compreendi o propósito desse convite. Embora seu poder seja bastante grande para tomar medidas contra mim, não se atreve ainda, mas certamente tem a intenção de opor contra mim o veredito do senhor, o veredito de um ilustre estrangeiro. Calculou tudo perfeitamente; há dois dias que o senhor está na ilha, não conheceu o antigo comandante, nem sua maneira de pensar, está habituado aos pontos-de-vistas europeus, talvez se opõe fundamentalmente à pena capital em geral e a estes tipos de castigo mecânico em particular; além disso comprova que a execução se verifica sem nenhum apoio popular, tristemente, por meio de uma máquina já um tanto arruinada; considerando tudo isto (assim pensa o comandante), não seria então muito provável que desaprovasse meus métodos? E se os desaprovasse, não esconderia sua desaprovação (falo sempre em nome do comandante), porque confia amplamente em suas bem provadas conclusões. É verdade que o senhor viu numerosas peculiaridades de numerosos povos, e aprendeu a apreciá-las, e portanto é provável que não se expresse com excessivo rigor contra o processo, como o faria em seu próprio país. Mas o comandante não precisa tanto. Uma palavra qualquer, até uma observação um pouco imprudente lhe bastaria. Não é nem mesmo preciso que essa observação expresse sua opinião, basta que aparentemente corrobore a intenção do comandante. Que ele tratará de lha arrancar com perguntas astutas, disso estou certo. E suas senhoras estarão sentadas em volta, e erguerão as orelhas; talvez o senhor diga: "Em meu país o processo judicial é diferente", ou "Em meu país permite-se ao acusado defender-se antes da sentença", ou "Em meu país há outros castigos, além da pena de morte", ou "Em meu país apenas existiu a tortura na Idade Média". Todas estas são observações corretas e que ao senhor parecem-lhe evidentes, observações inocentes, que não pretendem julgar meus processos. Mas, como as receberá o comandante? Já estou vendo o bom comandante, vejo como afasta sua cadeira e sai rapidamente ao balcão, vejo suas senhoras, que se precipitam atrás dele como uma torrente, ouço sua voz (as senhoras chamam-na voz de trovão) que diz: "Um famoso investigador europeu, enviado para estudar o processo judicial em todos os países do mundo, acaba de dizer que nossa antiga maneira de administrar justiça é inumana. Depois de ouvir o juízo de semelhante personalidade, já não me é possível continuar permitindo esse processo. Portanto, ordeno que desde o dia de hoje..." e assim sucessivamente. O senhor procura interrompê-lo para explicar que não disse o que ele pretende, que não chamou nunca inumano meu processo, que em troca sua profunda experiência lhe demonstra que é o processo mais humano e de acordo com a dignidade humana, que admira esta maquinaria... mas já é demasiado tarde; o senhor não pode aparecer ao balcão, que está cheio de senhoras; procura chamar a atenção; procura gritar; mas a mão de uma senhora lhe tapa a boca... e tanto eu como a obra do antigo comandante estamos irremediavelmente perdidos.

O explorador teve de suster um sorriso; tão fácil era então a tarefa que lhe tinha parecido tão difícil. Disse evasivamente:

— O senhor exagera a minha influência; o comandante leu minhas cartas de recomendação, e sabe que não sou nenhum entendido em processos judiciais. Se eu expressasse uma opinião, seria a opinião de um particular, em nada mais significativa do que a opinião de qualquer outra pessoa, e em todo caso muito menos significativa do que a opinião do comandante, que segundo creio possui nesta colônia penal prerrogativas extensíssimas. Se a opinião dele sobre este processo é tão hostil como o senhor diz, então, temo que tenha chegado a hora decisiva para o mesmo, sem que se requeira minha humilde ajuda.

Tinha-o compreendido já o oficial? Não, ainda não o compreendia. Meneou enfaticamente a cabeça, voltou rapidamente o olhar para o condenado e o soldado, que se afastaram instintivamente do arroz, aproximou-se bastante do explorador, olhou-o não nos olhos, porém em algum local da jaqueta, e lhe disse mais lentamente do que antes:

— O senhor não conhece o comandante; o senhor crê (perdoe a expressão) que é uma espécie de estranho para ele e para nós; contudo, acredite-me, sua influência não poderia ser subestimada. Foi uma verdadeira felicidade para mim saber que o senhor assistiria sozinho à execução. Essa ordem do comandante devia prejudicar-me, mas eu saberei tirar vantagem dela. Sem distrações provocadas por falsos murmúrios e por olhares desdenhosos (impossíveis de serem evitados se uma grande multidão assistisse à execução), o senhor ouviu minhas explicações, viu a máquina, e está agora a ponto de contemplar a execução. Já formou para si, indubitavelmente, um juízo; se ainda não está certo de algum pequeno pormenor, o desenvolvimento da execução dissipará suas úl-

timas dúvidas. E agora elevo ante o senhor esta súplica: Ajude-me contra o comandante.
O explorador não lhe permitiu prosseguir.
— Como você me pede isso — exclamou —, é totalmente impossível! Não posso ajudá-lo nem um pouquinho, assim como também não posso prejudicá-lo.
— Pode — disse o oficial; com certo temor, o explorador viu que o oficial contraía os punhos — Pode — repetiu o oficial com mais insistência ainda —. Tenho um plano, que não falhará. O senhor acredita que sua influência não é suficiente. Eu sei que é suficiente. Mas supondo que você tivesse razão, não seria de qualquer modo necessário procurar utilizar toda espécie de recursos, embora duvidemos de sua eficácia, contanto que se conservasse o antigo processo? Portanto, escute o senhor meu plano. Antes de tudo é necessário para seu êxito que hoje, quando se encontre na colônia, seja o senhor o mais reticente possível em seus juízos sobre o processo. A menos que lhe formulem uma pergunta direta, não deve dizer uma palavra sobre o assunto; se o faz, que seja com frases breves e ambíguas; deve dar a entender que não lhe agrada discutir esse tema, que já está farto dele, que se tivesse que dizer algo, prorromperia facilmente em maldições. Não lhe peço que minta; de modo algum; apenas deve responder laconicamente, por exemplo: "Sim, assisti à execução", ou "Sim, ouvi todas as explicações". Apenas isso, nada mais. Quanto ao fastídio que possa o senhor dar a entender, tem motivos suficientes, embora não sejam tão evidentes para o comandante. Naturalmente, este compreenderá tudo mal, e o interpretará à sua maneira. Nisso se baseia justamente meu plano. Amanhã realizar-se-á no escritório do comandante, presidida por este, uma grande assembléia de todos os altos oficiais administrativos. O comandante, por certo, conseguiu converter essas assembléias em um espetáculo público. Fez construir uma galeria, que está sempre cheia de espectadores. Estou obrigado a tomar parte nas assembléias, mas me deixam doente de nojo. Pois bem, aconteça o que acontecer, é certo que ao senhor convidarão; se se atém hoje ao meu plano, o convite se tornará uma insistente súplica. Mas se por qualquer motivo imprevisível não fosse convidado, deve o senhor de todos os modos pedir que o convidem; é indubitável que assim o farão. Portanto, amanhã estará o senhor sentado

com as senhoras no palco do comandante. Ele olha com freqüência para cima, para certificar-se de sua presença. Depois de várias ordens do dia, triviais e ridículas, calculadas para impressionar o auditório — em sua maioria são obras portuárias, eternamente obras portuárias! — passa-se a discutir nosso processo judicial. Se isto não acontece, ou não acontece muito depressa, por desídia do comandante, me encarregarei de introduzir o tema. Pôr-me-ei de pé e mencionarei que a execução de hoje se realizou. Muito breve, uma simples menção. Semelhante menção não é na realidade usual, mas não importa. O comandante agradece-me, como sempre, com um sorriso amistoso, e já sem poder conter-se aproveita a excelente oportunidade. "Acabam de anunciar — mais ou menos assim ele dirá — que se realizou a execução. Apenas quisera acrescentar a este anúncio que a referida execução foi presenciada pelo grande investigador que como os senhores sabem honra extraordinariamente nossa colônia com a sua visita. Tamém nossa assembléia de hoje adquire singular significado graças à sua presença. Não conviria agora perguntar a este famoso investigador, que juízo lhe merece nossa forma tradicional de administrar a pena capital, e o processo judicial que a precede?" Naturalmente, aplauso geral, acordo unânime, e meu mais do que de ninguém. O comandante inclina-se diante do senhor, e diz: "Portanto, formulo-lhe em nome de todos a referida pergunta". E então o senhor adianta-se para a frente do palco. Apóia as mãos onde todos podem vê-las, porque se não, as senhoras pegarão nelas e brincarão com seus dedos. E por fim ouvem-se suas palavras. Não sei como poderei suportar a tensão da espera até esse instante. Em seu discurso não deve haver nenhuma reticência, diga a verdade a plenos pulmões, incline-se sobre a borda do balcão, grite, sim, grite ao comandante sua opinião, sua irredutível opinião. Mas talvez não lhe agrade isto, não corresponde ao seu caráter, ou talvez em seu país o comportamento das pessoas seja diferente nessas ocasiões; bem, está bem, também assim será suficientemente eficaz, não é preciso que se ponha de pé, diga somente duas palavras, sussurre-as, que somente os oficiais que estão debaixo do senhor as ouçam, é suficiente, não precisa mencionar sequer a falta de apoio popular, à execução, nem a roda que range, nem as correias rotas, nem o nauseabundo feltro, não, eu me encarrego de tudo isso, e asseguro-lhe que se meu discurso não obriga ao comandante a abandonar o salão, obrigá-lo-á a ajoelhar-se e reconhecer: "Antigo comandante, diante de ti me inclino". Este é o meu plano; quer ajudar-me a realizá-lo? Mas naturalmente, o senhor quer, mais ainda, *deve* ajudar-me.

O oficial segurou o explorador por ambos os braços, e olhou-o nos olhos, respirando agitadamente. Tinha gritado com tal força as últimas frases, que até o soldado e o condenado se tinham posto a ouvir; embora não pudessem entender nada, tinham deixado de comer, e dirigiam o olhar para o explorador, mastigando ainda.

Desde o primeiro momento o explorador não tinha duvidado de qual devia ser a sua resposta. Durante sua vida tinha reunido muita experiência, para duvidar neste caso; era uma pessoa fundamentalmente honrada, e não conhecia o temor. Contudo, contemplando o soldado e o condenado, hesitou um momento. Por fim disse o que devia dizer:

— Não.

O oficial piscou diversas vezes, mas não desviou o olhar.

— O senhor deseja uma explicação? — perguntou o explorador.

O oficial confirmou, sem falar.

— Desaprovo esse processo — disse então o explorador —, mesmo antes que o senhor fizesse estas confidências (por certo que sob nenhuma circunstância atraiçoarei a confiança que pôs em mim); já me tinha perguntado se seria meu dever intervir, e se minha intervenção teria depois de tudo alguma possibilidade de êxito. Mas sabia perfeitamente a quem devia dirigir-me em primeira instância; naturalmente ao comandante. O senhor tornou o fato mais indubitável ainda, ainda que eu confesso que não somente não fortificou minha decisão, porém sua honrada convicção chegou a me comover muito, embora não consiga modificar minha opinião.

O oficial emudecia; voltou-se para a máquina, segurou uma das barras de bronze, e contemplou, um pouco inclinado para trás, o Desenhador, como para comprovar que tudo estava em ordem. O soldado e o condenado pareciam ter-se tornado amigos; o condenado fazia sinais aos soldados, embora suas sólidas ligaduras dificultassem

notavelmente a operação; o soldado inclinou-se para ele; o condenado lhe sussurrou algo, e o soldado confirmou.
O explorador aproximou-se do oficial, e disse:
— O senhor ainda não sabe o que eu penso fazer. Comunicarei ao comandante, efetivamente, a minha opinião sobre o processo, mas não em uma assembléia, porém em particular; além disso, não ficarei aqui o suficiente para assistir a nenhuma conferência; amanhã pela manhã vou-me embora, ou pelo menos embarco.
Não pareceu que o oficial o tivesse escutado.
— Assim é que o processo não o convence — disse este para si, e sorriu, como um ancião que se ri da insensatez de uma criança, e apesar do sorriso prossegue suas próprias meditações —. Então, chegou o momento — disse por fim, e olhou de súbito para o explorador com olhar claro, no qual se via certo desafio, certo vago pedido de cooperação.
— Que momento? — perguntou inquieto o explorador, sem obter resposta.
— És livre — disse o oficial ao condenado, em seu idioma; o homem não queria acreditar —. Vamos, estás livre — repetiu o oficial.
Pela primeira vez o rosto do condenado parecia realmente animar-se. Seria verdade? Não seria um simples capricho do oficial, que não duraria nem um momento? Talvez o esplorador estrangeiro tivesse suplicado que o perdoassem? Que estava acontecendo? Sua cara parecia formular estas perguntas. Mas por pouco tempo. Fosse o que fosse, desejava antes de tudo sentir-se realmente livre, e começou a debater-se, na medida em que o Ancinho lhe permitia.
— Partirás as correias — gritou o oficial —, fica quieto. Já te desataremos.
E depois de fazer um sinal ao soldado, puseram mãos à obra. O condenado sorria sem falar, para si mesmo, voltando a cabeça ora para a esquerda, para o oficial, ora para o soldado, à direita; e tampouco esqueceu o explorador.
— Tira-o dali — ordenou o oficial ao soldado.
Por causa do Ancinho, esta operação exigia certo cuidado. Já o condenado, por culpa de sua impaciência, tinha-se feito uma pequena ferida nas costas.
Desde este momento, o oficial não lhe prestou a menor atenção. Aproximou-se do explorador, tornou a tirar

a pequena carteira de couro, procurou nela um papel, encontrou por fim a folha que procurava, e mostrou-a ao explorador.
— Leia isto — disse.
— Não posso — disse o explorador —, já lhe disse que não posso ler esses planos.
— Olhe-o com mais atenção, então — insistiu o oficial, e aproximou-se mais do explorador, para que lessem juntos.
Como isto também não foi de nenhuma utilidade, o oficial procurou ajudá-lo, seguindo a inscrição com o dedo mindinho, a grande altura, como se em caso algum devesse tocar o plano. O explorador fez um esforço para mostrar-se amável com o oficial, pelo menos em alguma coisa, mas sem êxito. Então o oficial começou a soletrar a inscrição, e depois leu-a inteira.
— "Sê justo", diz — explicou —; agora pode lê-la.
O explorador abaixou-se tanto sobre o papel, que o oficial, temendo que o tocasse, afastou-o um pouco; o explorador não disse absolutamente nada, mas era evidente que ainda não tinha conseguido ler uma só letra.
— "Sê justo", diz — repetiu o ficial.
— Pode ser — disse o explorador —, estou disposto a crer que é assim.
— Muito bem — disse o oficial, pelo menos em parte satisfeito, e subiu a escada com o papel na mão; com grande cuidado colocou-o dentro do Desenhador, e pareceu mudar toda a disposição das engrenagens; era um trabalho muito difícil, certamente era preciso manejar rodinhas muito diminutas; com freqüência a cabeça do oficial desaparecia completamente dentro do Desenhador, tanta exatidão requeria a montagem das engrenagens.
De baixo, o explorador contemplava incessantemente seu trabalho, com o pescoço endurecido, e os olhos doloridos pelo reflexo do sol sobre o céu. O soldado e o condenado estavam agora muito ocupados. Com a ponta da baioneta, o soldado pescou do fundo do buraco a camisa e as calças do condenado. A camisa estava espantosamente suja, e o condenado lavou-a no balde de água. Quando vestiu a camisa e as calças, tanto o soldado como o condenado riram-se estrepitosamente, porque as roupas estavam rasgadas na parte de trás. Talvez o condenado se julgasse na obrigação de entreter o soldado, e com suas roupas rasgadas rodava diante dele;

O soldado pusera-se de cócoras e por causa do riso batia as mãos nos joelhos. Mas procuravam conter-se, em respeito aos senhores presentes.

Quando o oficial terminou seu trabalho lá em cima, revisou outra vez todos os pormenores da maquinaria, sorrindo, mas desta vez fechou a tampa do Desenhador, que até agora estivera aberta; desceu, olhou o buraco, depois para o condenado, percebeu satisfeito que ele recuperara suas roupas, depois dirigiu-se para o balde, para lavar as mãos, descobriu muito tarde que estava repugnantemente sujo, entristeceu-se porque já não podia lavar as mãos, por fim enfiou-as na areia — este substituto não lhe agradava muito, mas teve de se conformar —, depois se pôs de pé e começou a desabotoar-se o uniforme. Cairam-lhe então na mão os dois lenços de mulher que tinha enfiados debaixo do pescoço.

— Aqui tens teus lenços — disse, e atirou-os ao condenado.

E explicou ao explorador:
— Presente das senhoras.

Apesar da evidente pressa com que tirava a jaqueta do uniforme, para depois desvestir-se, totalmente, tratava cada peça do vestuário com extremo cuidado; acariciou ligeiramente com os dedos os enfeites prateados de sua jaqueta, e colocou uma borla em seu lugar. Este cuidado parecia, contudo, desnecessário, porque mal terminava de acomodar uma peça, imediatamente, com uma espécie de estremecimento de desagrado, atirava-a dentro do buraco. O último a ficar foi seu espadim, e o cinturão que o sustinha. Tirou o espadim da bainha, quebrou-o, depois reuniu tudo, os pedaços da espada, a bainha e o cinturão, e atirou-o com tanta violência que os pedaços ressoaram ao cair no fundo.

Já estava nu. O explorador mordeu os lábios, e não disse nada. Sabia muito bem o que ia acontecer, mas não tinha nenhum direito de imiscuir-se. Se o processo judicial, que tanto significava para o oficial, estava realmente tão próximo de sua desaparição — possivelmente como conseqüência da intervenção do explorador, o que para este era uma ineludível obrigação —, então, o oficial fazia o que devia fazer; em seu lugar, o explorador não teria procedido de outro modo.

A princípio, o soldado e o condenado não compreendiam; para começar, nem sequer olhavam. O condenado estava muito contente por ter recuperado seus lenços, mas esta alegria não lhe durou muito, porque o soldado tirou-os dele, com um gesto rápido e inesperado. Agora o condenado procurava arrancar por sua vez os lenços ao soldado; este havia-os metidos debaixo do cinturão, e mantinha-se alerta. Assim lutavam, meio em brincadeira. Apenas quando o oficial apareceu completamente nu, prestaram atenção. Especialmente o condenado pareceu impressionado pela idéia desta assombrosa mudança da sorte. O que acontecera a ele, agora acontecia ao oficial. Talvez até o final. Aparentemente, o explorador estrangeiro tinha dado a ordem. Portanto, isto era a vingança. Sem ter sofrido até ao fim, agora seria vingado até ao fim. Um amplo e silencioso sorriso apareceu então em seu rosto, e não desapareceu mais. Enquanto isso, o oficial dirigiu-se para a máquina. Embora já tivesse demonstrado fartamente que compreendia a máquina, era contudo quase alucinante ver como a manejava, e como a máquina lhe respondia. Mal aproximava a mão do Ancinho, este se erguia e descia várias vezes até adotar a posição correta para recebê-lo; mal tocou a borda da Cama e esta começou a vibrar imediatamente; a mordaça de feltro aproximou-se de sua boca; via-se que o oficial teria preferido não usá-la em si, mas sua hesitação durou apenas um instante, depois submeteu--se e aceitou a mordaça na boca. Tudo estava preparado, apenas as correias pendiam aos lados, mas eram evidentemente desnecessárias, não era preciso amarrar o oficial. Mas o condenado percebeu as correias soltas; como segundo a sua opinião a execução era incompleta se não se amarravam as correias, fez um gesto ansioso para o soldado, e ambos se aproximaram para amarrar o oficial. Este havia estendido já um pé, para empurrar a manivela que fazia funcionar o Desenhador; mas viu que os dois se aproximavam, e retirou o pé, deixando-se atar com as correias. Mas agora já não podia alcançar a manivela; nem o soldado nem o condenado saberiam encontrá-la, e o explorador estava decidido a não se mover. Não era preciso; mal se fecharam as correias, a máquina começou a funcionar; a Cama vibrava, as agulhas bailavam sobre a pele, o Ancinho subia e descia. O explorador olhou fixamente, durante um instante; de súbito recordou que uma roda do Desenhador deveria ranger;

mas não se ouvia nenhum ruído, nem sequer o mais leve zumbido.
Trabalhando tão silenciosamente, a máquina passava quase despercebida. O explorador olhou para o soldado e o condenado. O condenado mostrava mais animação, tudo na máquina lhe interessava, de súbito abaixava-se, de súbito se esticava, e todo o tempo mostrava algo ao soldado com o indicador estendido. Para o explorador, isto era penoso. Estava decidido a permanecer ali até ao final, mas a vista desses dois homens lhe era insuportável.
— Voltem para casa — disse.
O soldado estava disposto a obedecer-lhe, mas o condenado considerou a ordem como um castigo. Com as mãos juntas implorou lastimosamente que lhe permitissem ficar, e como o explorador meneava a cabeça e não queria ceder, terminou por ajoelhar-se. O explorador compreendeu que as ordens eram inúteis, e decidiu aproximar-se e tirá-los aos empurrões. Mas escutou um ruído vindo de cima, no Desenhador. Ergueu o olhar. Finalmente teria resolvido andar mal a famosa roda? Mas era outra coisa. Lentamente, a tampa do Desenhador se ergueu, e de súbito abriu-se inteiramente. Os dentes de uma roda emergiram e subiram; logo apareceu toda a roda, como se alguma enorme força no interior do Desenhador comprimisse as rodas, de modo que não houvesse mais lugar para esta; a roda deslocou-se até a borda do Desenhador, caiu, rodou um momento sobre o canto pela areia, e depois ficou imóvel. Mas súbito subiu outra, e outras a seguiram, grandes, pequenas, imperceptivelmente diminutas; com todas acontecia a mesma coisa, sempre parecia que o Desenhador já devia estar completamente vazio, mas aparecia um novo grupo, extraordinariamente numeroso, subia, caía, rodava pela areia e detinha-se. Diante deste fenômeno, o condenado esqueceu por completo a ordem do explorador, as rodas dentadas o fascinavam, sempre queria apanhar alguma, e ao mesmo tempo pedia ao soldado que o ajudasse, mas sempre retirava a mão com temor, porque nesse momento caía outra roda que pelo menos no primeiro momento o atemorizava.

O explorador, em troca, sentia-se muito inquieto; a máquina estava evidentemente fazendo-se em pedaços; seu andar silencioso era já mera ilusão. O estrangeiro tinha a sensação de que agora devia ocupar-se do oficial, já que o oficial não podia mais ocupar-se de si mesmo. Mas enquanto a queda das engrenagens absorvia toda sua atenção, esqueceu-se do resto da máquina; quando caiu a última roda do Desenhador, o explorador voltou-se para o Ancinho, e recebeu uma nova e mais desagradável surpresa. O Ancinho não escrevia, apenas furava, e a Cama não fazia girar o corpo, porém erguia-o tremendo para as agulhas. O explorador quis fazer algo que pudesse deter o conjunto da máquina, porque isto não era a tortura que o oficial tinha procurado, porém uma franca matança. Estendeu as mãos. Nesse momento, o Ancinho ergueu-se para um lado com o corpo atravessado nele, como costumava fazer depois da duodécima hora. O sangue corria por uma centena de feridas, não já misturado com água, porque também os canaizinhos de água tinham-se desfeito. E agora falhou também a última função; o corpo não se desprendeu das compridas agulhas; manando sangue, pendia sobre o buraco da sepultura, sem cair. O Ancinho quis tornar então à sua anterior posição, mas como se ele mesmo percebesse que não se tinha libertado ainda de sua carga, permaneceu suspenso sobre o buraco.

— Ajuda-me — gritou o explorador ao soldado e ao condenado, e segurou os pés do oficial.

Queria empurrar os pés, enquanto os outros dois seguravam do outro lado a cabeça do oficial, para desengachá-lo lentamente das agulhas. Mas nenhum dos dois decidia-se a aproximar-se; o condenado acabou por afastar-se; o explorador teve de ir buscá-los e empurrá-los à força até a cabeça do oficial. Nesse momento, quase contra sua vontade, viu o rosto do cadáver. Era como havia sido em vida; não se descobria nele nenhum sinal da prometida redenção; o que todos os outros tinham encontrado na máquina, o oficial não encontrara; tinha os lábios apertados, os olhos abertos, com a mesma expressão de sempre, o olhar tranqüilo e convencido; e atravessada no meio da testa a ponta da grande agulha de ferro.

Quando o explorador chegou às primeiras casas da colônia, seguido pelo condenado e o soldado, este lhe mostrou um dos edifícios e disse-lhe:

— Essa é a confeitaria.

No andar de baixo de uma casa havia um espaço profundo, de teto baixo, cavernoso, de paredes e altos enegrecidos pelo fumo. Toda a frente que dava para a rua estava aberta. Embora esta confeitaria não se distinguisse muito das outras casas da colônia, todas em notável mau estado de conservação (mesmo o palácio onde se instalara o comandante), não deixou de causar no explorador uma sensação como de evocação histórica, ao permitir-lhe vislumbrar a grandeza dos tempos idos. Aproximou-se e entrou, seguido pelos seus acompanhantes, entre as mesinhas vazias, dispostas na rua diante do edifício, e respirou o ar fresco e carregado que provinha do interior.

— O velho está enterrado aqui — disse o soldado —, porque o padre lhe negou um lugar no cemitério. Duvidaram algum tempo onde o enterrariam, por fim enterraram-no aqui. O oficial não contou nada ao senhor, certamente, porque esta era evidentemente sua maior vergonha. Até procurou diversas vezes desenterrar o velho, de noite, mas sempre o expulsavam.

— Onde está o túmulo? — perguntou o explorador, que não podia acreditar no que ouvia.

Imediatamente, o soldado e o condenado lhe mostraram com a mão onde devia encontrar-se o túmulo. Conduziram o explorador até a parede; em torno de algumas mesinhas estavam sentados vários clientes. Aparentemente eram trabalhadores do porto, homens gordos, de barba curta, negra e luzidia. Todos estavam sem jaqueta, tinham as camisas rasgadas, era gente pobre e humilde. Quando o explorador se aproximou, alguns se levantaram, colocaram-se junto à parede e olharam-no.

— É um estrangeiro — murmuravam em torno dêle —, quer ver o túmulo.

Correram para um lado uma das mesinhas, debaixo da qual se encontrava realmente a lápide de uma sepultura. Era uma lápide simples, bastante baixa, de modo que uma mesa podia cobri-la. Mostrava uma inscrição de letras diminutas; para lê-las, o explorador teve de ajoelhar-se. Dizia assim: "Aqui jaz o antigo comandante. Seus partidários, que devem ser já incontáveis, cavaram esta tumba e colocaram esta lápide. Uma profecia diz que depois de determinado número de anos o comandante ressurgirá, e desta casa conduzirá seus partidários para reconquistar a colônia. Crede e esperai!" Quando o explorador terminou de ler e se ergueu, viu que os homens se riam, como se tivessem lido com ele a inscrição e esta lhes tivesse parecido risível, e esperavam que ele compartilhasse dessa opinião. O explorador simulou não ter percebido isso, repartiu algumas moedas com eles, esperou até que tornassem a correr a mesinha sobre a sepultura, saiu da confeitaria e encaminhou-se para o porto.

O soldado e o condenado tinham encontrado alguns conhecidos na confeitaria, e permaneceram conversando. Mas de súbito se desligaram deles, porque quando o explorador se encontrava na metade da comprida escada que descia para a margem, alcançaram-no correndo. Provavelmente queriam pedir-lhe no último momento que os levasse com ele. Enquanto o explorador discutia lá em baixo com o barqueiro o preço do transporte até o navio, precipitaram-se ambos pela escada, em silêncio, porque não se atreviam a gritar. Mas quando chegaram embaixo, o explorador já estava no bote, e o barqueiro acabava de desatá-lo da margem. Ainda podiam saltar para dentro do barco, mas o explorador ergueu do fundo do bote uma pesada corda grossa cheia de nós, ameaçou-os com ela e evitou que saltassem.

UM ARTISTA DA FOME

UMA MULHERZINHA

É uma mulherzinha; além de ser muito delgada, costuma também usar um espartilho muito apertado; sempre a vejo com o mesmo vestido, de um cinza amarelento, algo assim como a cor da madeira, e se enfeita discretamente com borlas ou penduricalhos em forma de botão, de cor igual; sempre anda sem chapéu, seu cabelo ruivo opaco é desbotado e nada desordenado, mas leva-o muito solto. Embora esteja tão espartilhada, move-se com agilidade, às vezes exagera essa facilidade de movimento, gosta de estar com as mãos na cintura e girar o torso para um e outro lados, com assombrosa rapidez. Apenas posso dar uma idéia da impressão que me causa sua mão, se disser que jamais vi mão cujos dedos estejam tão agudamente diferenciados entre si como a sua; e contudo não apresenta nenhuma peculiaridade anatômica, é mão completamente normal.

Pois bem, esta mulherzinha está muito descontente comigo, sempre tem que me objetar alguma coisa, sempre cometo toda espécie de injustiças com ela, cada passo meu a irrita; se a vida pudesse cortar-se em pedaços infinitesimais e cada pedacinho pudesse ser julgado, estou certo de que cada partícula de minha vida seria para ela um motivo de desgosto. Com freqüência pensei nisto: por que a irrito tanto? Poderia ser que tudo em mim ofendesse seu sentido da beleza, sua idéia da justiça, seus costumes, suas tradições, suas esperanças; há naturezas humanas muito incompatíveis, mas, por que se preocupa tanto por isso? Não há com efeito nenhuma relação entre nós que a obrigue a suportar-me. Ela deveria decidir-se a considerar-me como um perfeito desconhecido, o que na realidade sou, tendo em conta que semelhante decisão não me aborreceria, antes eu lha agradeceria muito, apenas deveria decidir-se a esquecer minha existência, uma existência que jamais quis obrigá-la a suportar, e jamais quererei; e evidentemente, todos os seus tormentos terminariam. Faço abstração de meus sentimentos, e não considero que sua atitude é para mim, naturalmente, muito penosa, e não o considero porque reconheço perfeitamente que meus aborrecimentos nada são comparados com seus sofrimentos. De todos os modos, sempre soube que esses sofrimentos não são causados pelo afeto; não lhe interessa de modo algum melhorar-me, e além disso tudo o que em mim lhe desagrada é justamente o que menos pode impedir-me de melhorar. Mas também não lhe interessa que eu progrida, somente lhe importam seus interesses pessoais, que neste caso consistem em vingar-se dos sofrimentos que lhe provoco, e impedir os sofrimentos com que possa ameaçá-la no futuro. Já uma vez tentei indicar-lhe a melhor maneira de pôr fim a este ressentimento perpétuo contra mim, mas somente consegui com isso suscitar nela tal arrebatamento de furor, que nunca mais repetirei essa tentativa.

Além do mais, isto representa para mim, se assim posso dizê-lo, certa responsabilidade, porque por menos intimidade que exista entre a mulherzinha e eu, e por mais evidente que seja que a única relação existente entre nós é a irritação que lhe produzo, ou antes a irritação que ela permite que eu lhe produza, nem por isso posso sentir-me indiferente ante os visíveis prejuízos físicos que esta irritação lhe causa. De vez em quando, e estes últimos tempos com mais freqüência, chegam-me informações de que essa manhã ela amanheceu pálida, insone, com dor de cabeça e quase incapacitada para trabalhar; isto faz com que seus familiares se perguntem perplexos qual será a origem desses estados, e até agora não o tenham descoberto. Apenas eu o sei, é a antiga e sempre renovada irritação. Claro que não compartilho totalmente as preocupações de seus familiares: ela é forte e resistente; quem pode aborrecer-se até esse ponto, pode certamente também passar por alto as conseqüências do aborrecimento; até tenho a suspeita de que ela — pelo menos às vezes — simula seus sofrimentos para dirigir desse modo sobre mim as suspeitas das pessoas. É muito orgulhosa para dizer abertamente como sofre por culpa de minha mera existência; recorrer aos outros contra mim, parecer-lhe-ia rebaixar-se a si mesma; apenas a repugnância, uma incessante repugnância que não deixa de impeli-la, consegue que ela se ocupe de mim; discutir abertamente esta coisa tão impura, lhe pareceria demasiada vergonha. Mas também é demasiado para ela calar constantemente uma coisa que a oprime sem cessar. Por isso, com astúcia feminina, prefere um termo médio: calar, e apenas mediante as aparências exteriores de um sofrimento oculto, chamar a atenção pública sobre o assunto. Talvez ela espere, possivelmente, que enquanto a atenção pública fixe em mim todos os seus olhares, se concretize contra mim um rancor geral e público, e com todos os seus vastos poderes este consiga condenar-me definitivamente, com muito mais vigor e rapidez que seus relativamente débeis rancores particulares; então ela se retiraria da cena, respiraria com alívio, e me daria as costas. Pois bem, se estas são realmente suas esperanças, engana-se. A opinião pública não a substituirá em seu papel; a opinião pública não me encontraria nunca tantos motivos de censura, ainda que me estudasse através de sua lupa de maior aumento. Não sou um homem tão inútil como crê; não quer exagerar meus méritos, e muito menos quando se trata deste assunto; mas se não chamo a atenção para minhas condições extraordinárias, tampouco a chamo para minha falta de condições; apenas para ela, para seus olhos chamejantes e quase brancos de ira sou assim; não poderá convencer ninguém mais. Portanto, posso sentir-me completamente tranquilo no que diz respeito a isto? Não, também não; porque quando chegue realmente ao conhecimento público que meu comportamento está provocando positivamente sua enfermidade, e algum observador, por exemplo meus ativos informantes, estejam a ponto de o perceber, ou pelo menos adotem a atitude de percepção, e a gente venha perguntar-me por que faço sofrer a esta pobre mulherzinha com minha incorrigibilidade, ou se tenho a intenção de levá-la à tumba, e quando chegará o momento de mostrar-me mais sensato e de demonstrar suficiente compaixão humana para cessar com tudo isto; quando a gente me formule esta pergunta, me custará bastante responder. Confessarei francamente que não creio muito em seus sintomas de enfermidade, o que implicaria produzir a desagradável impressão de que para libertar-me de minha culpa culpo a outra pessoa, e justamente de uma maneira tão pouco elegante? E como poderia dizer abertamente que eu, mesmo quando acreditasse que ela está realmente enferma, não sinto a menor compaixão, que a mulher em questão é para mim uma perfeita desconhecida, e que a relação que existe entre nós é uma pura invenção de sua parte e totalmente unilateral? Não digo que não me acreditariam; antes, nem me acreditariam nem deixariam de me acreditarem; não se dariam ao trabalho de duvidar; simplesmente, tomaria nota da resposta que dei com respeito a uma mulher débil e enferma, e isto não me faria muita honra. Tanto com esta como com qualquer outra resposta, chocaria inevitavelmente com a incapacidade da gente de reprimir, em um caso como este, a suspeita de uma relação amorosa, embora é mais evidente do que a luz do dia que semelhante relação não existe, e que se existisse, se originaria antes em mim e não nela, já que realmente eu seria muito capaz de admirar nesta mulherzinha a potente rapidez de seus juízos e a infatigabilidade de suas conclusões, quando essas mesmas qualidades não estivessem ao serviço constante de meu tormento. Mas em todo caso, ela não demonstra nenhum desejo de chegar a uma relação amistosa comigo; nisso é honrada e veraz; nisso reside minha última esperança; seria impossível que conviesse ao seu plano de campanha fazer-me acreditar em uma relação desse tipo, se esqueceria de si mesma até o ponto de cometer uma ação semelhante. Mas a opinião pública, totalmente incapaz de sutileza, seguirá sempre pensando o mesmo neste sentido, e sempre se decidirá contra mim.

Portanto, o único que me resta é mudar a tempo, antes que intervenham os outros, o suficiente não para anular o rancor da mulherzinha, o que é inconcebível, porém pelo menos para adoçá-lo. E com efeito, muitas vezes me perguntei se me agrada tanto meu estado atual que já não quisesse modificá-lo, e se não seria possível provocar em mim determinadas mudanças, embora não as provocassem porque me parecessem necessárias, senão simplesmente para acalmar à mulherzinha. E procurei honradamente fazer isso, não sem fadigas nem cuidados; até me fazia bem, quase me divertia; consegui certas modificações visíveis à distância, não precisava chamar a atenção da mulherzinha sobre elas, já que percebe essas coisas antes do que eu, pode perceber de antemão pela expressão de minha cara as intenções de minha mente; mas não consegui nenhum êxito. Como teria podido consegui-lo? Sua inconformação para comigo é, como bem o compreendo agora, fundamental; nada pode fazê-la desaparecer, nem sequer minha própria desaparição; seu furor diante da notícia de meu suicídio seria possivelmente ilimitado.

Pois bem, não posso imaginar que ela, uma mulher tão perspicaz, não compreenda tudo isto tão bem quanto eu, não compreenda tanto a inutilidade de seus esforços como minha própria inocência, minha incapacidade (apesar da melhor vontade do mundo) de conformar-me a seus requisitos. Certamente, compreende-o, mas como é de natureza combativa, esquece-o na paixão do combate, e minha infeliz maneira de ser, que não posso imaginar diferente porque é minha de nascimento, consiste justamente em sussurrar suaves conselhos a quem está fora de si de furor. Deste modo, naturalmente, não chegaremos nunca a entender-nos. Dia após dia sairei de casa com minha habitual alegria matutina, para encontrar-me com esse rosto amargurado contra mim, com a curva desdenhosa desses lábios, o olhar investigador (e já antes de investigar, certa do que encontrará) que me percorre, e ao qual nada escapa, seja qual for sua brevidade, o sorriso sarcástico que abre sulcos em suas faces adolescentes, o olhar lastimoso elevado até o céu, as mãos que se plantam nas cadeiras, para conseguir maior aprumo, e depois, o tremor e a palidez da ira que estala.

Não faz muito tempo — e pela primeira vez, como percebi assombrado nessa mesma ocasião — mencionei algo deste assunto a um excelente amigo meu, apenas de passagem, sem lhe dar importância; com duas palavras somente, fiz-lhe um rápido resumo da situação; tão pouca coisa me parece quando a contemplo de fora, que até cheguei a reduzir um pouco suas verdadeiras proporções. Inesperadamente, meu amigo não se desinteressou da questão, porém por sua própria conta lhe deu mais importância do que eu, não queria mudar de assunto, e insistia em discuti-lo. Mais inesperado ainda foi que ele, apesar de tudo, subestimara o problema em um de seus aspectos decisivos, porque me aconselhou seriamente que me afastasse por algum tempo, que viajasse. Nenhum conselho poderia ser mais incompreensível; a situação é bastante clara, qualquer um que a estuda de perto pode chegar a compreendê-la perfeitamente, mas não é contudo tão simples que minha mera partida a solucione de uma vez ou pelo menos em uma parte

143

apreciável. Nada disso, tenho de cuidar bastante em não me afastar; porque se me decido a seguir algum plano, este deve consistir essencialmente em manter o assunto dentro dos reduzidos limites que até agora teve, não deixar penetrar nele o mundo exterior, ou seja permanecer tranqüilo onde estou, e não permitir que o assunto ocasione nenhuma mudança considerável e conspícua, o que implica não falar com ninguém dessa questão; mas tudo isto não porque se trate de um perigoso mistério, porém porque é uma questão desdenhável, puramente pessoal, e como tal indigna de tanta atenção; e porque não deve deixar de sê-lo. Por isso as observações de meu amigo não foram totalmente inúteis; não me revelaram nada novo, mas fortificaram minha primitiva resolução.

Com efeito, se se considera atentamente, as modificações que com o correr do tempo parece ter sofrido este assunto, não são modificações do assunto em si, porém simplesmente um desenvolvimento de minha atitude diante dele, no sentido de que esta atitude se tornou por uma parte mais tranqüila, mais viril, mais próxima do fundo da questão, e por outra parte, sob a incessante influência destes contínuos sobressaltos, por insignificantes que pareçam, provocou certa intensificação de meu nervosismo.

Este assunto preocupa-me menos do que antes, porque começo a acreditar que compreendo que por mais próximo que tenhamos acreditado encontrar-nos de uma crise decisiva, é muito pouco provável que esta aconteça; está-se predisposto a calcular com demasiada pressa especialmente quando se é jovem, a rapidez com que se produzem as crises decisivas; cada vez que meu pequeno juiz feminino, debilitado por culpa de minha mera presença, deixava-se cair de lado em uma cadeira, segurando-se com uma das mãos sobre o encosto, e soltando os laços do corpete com a outra, enquanto as lágrimas de furor e de desespero lhe corriam pelas faces, eu acreditava que o instante da crise tinha chegado, e que de um momento para outro me veria obrigado a dar explicações. Mas nada de momento decisivo, nada de explicações, as mulheres desmaiam com facilidade, a gente nem tem tempo de ocupar-se com suas manias. E que aconteceu realmente durante todos estes anos? Simplesmente, que estas situações se repetiram, às vezes mais violentamente, às vezes menos, e que em conseqüência sua soma total aumentou. E a gente espreita em torno, desejosa de intervir, se pudessem descobrir uma oportunidade que permitisse isso; mas não encontram nenhuma, até agora se viram obrigados a reduzir-se ao que podiam cheirar no ambiente, e havia bastante com que os manter amplamente ocupados com suas bisbilhotices, mas ali terminava tudo. Mas sempre foi fundamentalmente assim, sempre existiram esses inúteis espectadores e esses bisbilhoteiros, que desculpavam sua presença com pretextos engenhosos, preferentemente parentescos, sempre espiando, sempre xereteando toda espécie de pistas, mas a conseqüência de tudo isto é simplesmente que ali estão ainda. A única diferença consiste em que pouco a pouco cheguei a conhecê-los, e a distinguir seus rostos; em outros tempos, eu acreditava que acorriam paulatinamente de todas as partes, que as repercussões do assunto aumentavam e provocariam por si sós a crise definitiva; hoje acredito saber que todos esses estavam desde muito antes, e que a crise definitiva pouco ou nada tem que ver com eles. E essa crise, por que a dignifico com um nome tão pomposo? Supondo que algum dia — que não será certamente nem amanhã nem depois de amanhã nem provavelmente nunca — ocorresse que a opinião pública se interessasse neste assunto, o que insisto em repetir, não lhe compete, não sairei certamente incólume do dito processo mas também é indubitável que terão em consideração o fato de que a opinião pública não me desconhece totalmente, que até agora sempre vivi em plena luz da publicidade, confiado e digno de confiança, e que esta insignificante e infeliz mulherzinha, recém-vinda à minha existência, a quem, faço notar de passagem, outro homem teria considerado há muito como um simples argueiro, e sem chamar de modo algum a atenção da opinião pública teria amassado sob seus pés, que esta mulher no pior dos casos apenas poderia acrescentar um odioso adorninho ao diploma que desde há algum tempo me credita diante da opinião pública como um membro respeitável da sociedade. Assim estão atualmente as coisas, de modo que não tenho motivos de preocupação.

O fato de que com os anos eu tenha chegado a sentir-me um pouco inquieto, não tem nada que ver com o significado essencial deste assunto; simplesmente, não se suporta ser constantemente motivo da ira de outra pessoa, mesmo quando se sabe perfeitamente que essa ira é infundada; a gente sente-se inquieta, começa-se de uma maneira puramente física, a enganar as crises decisivas, mesmo quando honestamente não acredite demais em sua possibilidade. Além do mais, isto representa de certa forma um sintoma de envelhecimento; a juventude melhora tudo; as características desagradáveis perdem-se na fonte de vigor inesgotável da juventude; se uma pessoa quando jovem tem olhar astuto, não se lhe considera um defeito, nem mesmo se percebe, nem sequer ele mesmo o percebe; mas o que perdura na velhice são restos, tudo é necessário, nada se renova, tudo está exposto ao escrutínio, e o olhar astuto de um homem que envelhece é francamente um olhar astuto, e não é difícil reconhecê--lo. Apenas que tampouco neste caso constitui uma piora real de sua condição.

Portanto, de qualquer ângulo que o considere, resulta sempre evidente, e a essa evidência me atenho, que se consigo manter este pequeno assunto sob minha mão, mesmo sem me esforçar, ainda poderei continuar vivendo durante muito tempo a vida que até agora vivi, não perturbado pelo mundo, apesar de todos os arrebatamentos desta mulher.

UM ARTISTA DA FOME

Nos últimos decênios, o interesse pelos jejuadores diminuiu muitíssimo. Antes era um bom negócio organizar grandes exibições deste gênero como espetáculo independente coisa que hoje, em troca, é totalmente impossível. Eram outros os tempos. Então, toda a cidade ocupava-se do jejuador; aumentava seu interesse a cada dia de jejum; todos queriam vê-lo ao menos uma vez por dia; nos últimos dias do jejum não faltava quem ficasse dias inteiros sentado diante da pequena jaula do jejuador; havia, além disso, exibições noturnas, cujo efeito era realçado por meio de tochas; nos dias bons, punha-se a jaula ao ar livre, e era então quando mostravam o jejuador às crianças. Para os adultos aquilo costumava não ser senão uma brincadeira na qual tomavam parte meio por moda, mas as crianças, seguros pelas mãos por prudência, olhavam assombrados e boquiabertos aquele homem pálido, com camiseta escura, de costelas salientes, que, desdenhando um assento, permanecia estendido na palha esparsa pelo solo, e saudava, às vezes, cortesmente ou respondia com forçado sorriso às perguntas que dirigiam a ele, ou tirava, talvez, um traço por entre os ferros para fazer notar sua magreza, tornando depois a sumir-se em seu próprio interior, sem se preocupar por ninguém ou com nada, nem sequer pela marcha do relógio, para ele tão importante, única peça de mobiliário que se via em sua jaula. Então permanecia olhando para o vazio, diante de si, com olhos semicerrados, e apenas de quando em quando bebia em um diminuto copo um golezinho de água para umedecer os lábios.

Além dos espectadores que sem cessar se renovam, havia ali vigilantes permanentes, designados pelo público (os quais, e não deixa de ser curioso, costumavam ser açougueiros); sempre deviam estar três ao mesmo tempo, e tinham a missão de observar dia e noite o jejuador para evitar que, por qualquer recôndito método, pudesse alimentar-se. Mas isto era somente uma formalidade introduzida para tranqüilidade das massas, pois os iniciados sabiam muito bem que o jejuador, durante o tempo do jejum, em nenhuma circunstância, nem mesmo à força, tomaria a mais ínfima porção de alimento; a honra de sua profissão o proibia.

Na verdade, nem todos os vigilantes eram capazes de compreender tal coisa; muitas vezes havia grupos de vigilantes noturnos que exerciam sua vigilância muito debilmente, se juntavam antes em qualquer canto, e ali imergiam nos lances de um jogo de cartas com a manifesta intenção de outorgar ao jejuador uma pequena folga, durante a qual, a seu modo de ver, poderia tirar secretas provisões, não se sabia de onde. Nada atormentava tanto o jejuador como tais vigilantes; atribulavam-no; tornavam-lhe espantosamente difícil seu jejum. Às vezes, sobrepunha-se à sua debilidade e cantava durante todo o tempo que durava aquela guarda, enquanto lhe restava alento, para mostrar àquelas pessoas a injustiça de suas suspeitas. Mas de pouco lhe servia, porque então se admiravam de sua habilidade que até lhe permitia comer enquanto cantava.

Muito preferíveis eram, para ele, os vigilantes que se seguravam às grades, e que, não se contentando com a turva iluminação noturna da sala, lhe lançavam a todo instante o raio das lâmpadas elétricas de bolso que punha à sua disposição o empresário. A luz crua não o incomodava; em geral não chegava a dormir, mas ficar em modorra um pouco podia fazê-lo com qualquer luz, a qualquer hora e até com a sala cheia de uma estrepitosa multidão. Estava sempre disposto a passar toda a noite em vigília com tais vigilantes; estava disposto a brincar com eles, a contar-lhes histórias de sua vida vagabunda e a ouvir, em troca, as suas, apenas para manter-se desperto, para poder mostrar-lhes de novo que não tinha na jaula nada comestível e que suportava a fome como não poderia fazê-lo nenhum deles. Mas quando se sentia mais feliz era ao chegar a manhã, e, por sua conta era servido aos vigilantes um abundante desjejum, sobre o qual se atiravam com o apetite de homens rebustos que passaram uma noite de trabalhosa vigília.

Certo que não faltavam pessoas que quisessem ver neste desjejum um grosseiro suborno dos guardas, mas a coisa continuava-se a fazer, e se se lhes perguntava se queriam encarregar-se, sem desjejum, da guarda noturna, não renunciavam a ele, mas conservavam sempre suas suspeitas. Mas estas pertenciam já às suspeitas inerentes à profissão do jejuador. Ninguém estava em situação de poder passar, ininterruptamente, dias e noites como vigilante junto ao jejuador; ninguém, portanto, podia saber por experiência própria se realmente havia jejuado sem interrupção e sem falta; apenas o jejuador poderia sabê-lo, já que ele era, ao mesmo tempo, um espectador de sua fome completamente satisfeito. Ainda que, por outro motivo, tampouco o estava nunca. Porventura não era o jejum a causa de seu enfraquecimento, tão atroz, que muitos, com grande pena sua, tinham que se abster de freqüentar as exibições por não poder sofrer sua vista; talvez sua esquelética magreza provinha de seu descontentamento consigo mesmo. Somente ele sabia — somente ele e nenhum de seus adeptos — que coisa fácil era o jejum. Era a coisa mais fácil do mundo. Verdade que não escondia isso, mas não lhe acreditavam; no caso mais favorável, julgavam-no modesto, mas, em geral, julgavam que ele estava fazendo promoção, ou era um vil farsante para quem o jejum, era coisa fácil porque sabia a maneira de torná-lo fácil e que teria, além disso, o cinismo de deixá-lo entrever. Era preciso suportar tudo isso, e, no curso dos anos, já se tinha acostumado a isso; mas, em seu interior, sempre o remordia este descontentamento e nem uma só vez, ao fim de seu jejum — esta justiça era preciso fazer-lhe —, tinha abandonado sua jaula voluntariamente.

O empresário fixara quarenta dias como o prazo máximo de jejum, para além do qual não lhe permitia jejuar nem sequer nas capitais de primeira ordem. E não deixava de ter suas boas razões para isso. Segundo lhe ensinara sua experiência, durante quarenta dias, valendo-se de toda espécie de anúncios que fossem concentrando o interesse, podia talvez espertar progressivamente a curiosidade do povo; mas, passado esse prazo, o público negava-se a visitá-lo, diminuía o crédito de que gozava o artista da fome. Claro que neste ponto se podiam observar pequenas diferenças segundo as cidades e as nações: mas, em regra geral, os quarenta dias eram o período de jejum mais dilatado possível. Por esta razão, aos quarenta dias era aberta a porta da jaula, enfeitada com uma grinalda de flores; um público entusiasmado enchia o anfiteatro; soavam os acordes de uma banda militar; dois médicos entravam na jaula para medir o jejuador, segundo normas científicas; e o resultado da medição anunciava-se à sala por meio de um alto-falante; por último, duas senhoritas, felizes por terem sido escolhidas para desempenharem aquele papel por meio de um sorteio, chegavam à jaula e pretendiam tirar dela o jejuador e fazê-lo descer um par de degraus para conduzi-lo diante de uma mesinha na qual estava servida uma comida de doente cuidadosamente escolhida. E neste momento, o jejuador sempre resistia.

É certo que colocava voluntariamente seus ossudos braços nas mãos que as duas damas, inclinadas sobre ele, lhe estendiam dispostas a auxiliá-lo, mas não queria levantar-se. Por que suspender o jejum precisamente nesse instante, aos quarenta dias? Podia resistir ainda muito tempo mais, um tempo ilimitado; por que cessar então, quando estava no melhor do jejum? Por que arrebatar-lhe a glória de continuar jejuando, e não somente a de chegar a ser o maior jejuador de todos os tempos, coisa que provavelmente já o era, porém também a de sobrepujar-se a si mesmo até o inconcebível, pois não sentia limite algum à sua capacidade de jejuar? Por que aquela gente que fingia admirá-lo tinha tão pouca paciência com ele? Se ainda podia continuar jejuando, por que não queriam permiti-lo? Além do mais, estava cansado; achava-se muito à vontade estendido na palha, e agora tinha que se pôr de pé, na sua altura, e aproximar-se de uma comida, quando somente de pensar nela sentia náuseas que continha dificilmente por respeito às damas. E erguia a vista para olhar os olhos das senhoritas, na aparência tão amáveis, na realidade tão cruéis, e movia depois negativamente, sobre seu frágil pescoço, a cabeça, que lhe pesava como se fosse de chumbo. Mas então acontecia o mesmo de sempre; acontecia que se aproximava o empresário silenciosamente — com a música não se podia ouvir falar —, erguia os braços sobre o jejuador, como se convidasse ao céu a contemplar o estado em que se encontrava, sobre o monte de palha, aquele mártir digno de compaixão, coisa que o pobre homem, mesmo em outro sentido, o era; agarrava o jejuador pela sutil cintura, tomando, ao fazê-lo, exageradas precauções, como se quisesse fazer acreditar que tinha entre as mãos algo tão quebradiço como o vidro; e, não sem dar-lhe uma dissimulada sacudidela, de modo que não podia favorecer o jejuador, iam-lhe de um lado para outro as pernas e o tronco, entregava-o às damas, que se tinham tornado entretanto mortalmente pálidas.

Então o jejuador sofria todos os seus males: a cabeça lhe caía sobre o peito, como se lhe desse voltas e, sem saber como, teria ficado naquela posição; o corpo estava como vazio; as pernas, em seu afã de se manterem em pé, apertavam seus joelhos um contra o outro; os pés raspavam o solo como se não fosse o verdadeiro e procurassem a este sob aquele; e todo o peso do corpo, além do mais muito leve, caía sobre uma das damas, a qual, procurando auxílio, com entrecortado alento — jamais teria imaginado deste modo aquela missão honorífica —, afastava o mais possível seu pescoço para livrar sequer seu rosto do contato com o jejuador. Mas depois, como o conseguia, e sua companheira, mais feliz do que ela, não vinha em sua ajuda, porém se limitava a levar entre as suas, trêmulas, o pequeno feixe de ossos da mão do jejuador, a portadora, em meio das divertidas gargalhadas de toda a sala, rompia a chorar e tinha de ser libertada de sua carga, por um criado que há muito tempo estava atrás, preparado para isso.

Depois vinha a comida, na qual o empresário, no semi-sonho do desenjaulado, mais parecido a um desmaio do que a um sonho, lhe fazia comer alguma coisa, em meio de uma divertida prosa com que afastava a atenção dos espectadores do estado em que se encontrava o jejuador. Depois vinha um brinde dirigido ao público, que o empresário fingia ditado pelo jejuador; a orquestra rematava tudo com uma grande clarinada, ia-se embora o público e ninguém ficava descontente do que tinha visto; ninguém, salvo o jejuador, o artista da fome; ninguém, exceto ele.

Viveu assim muitos anos, cortados por periódicos descansos, respeitado pelo mundo, em uma situação de aparente esplendor; mas, não obstante, quase sempre estava de um humor melancólico, que se acentuava cada vez mais, já que não havia ninguém que soubesse tomá-lo a sério. Com que, além do mais, poderiam consolá-lo? Que mais podia apetecer? E se alguma vez surgia alguém, de piedoso ânimo, que se compadecia dele e queria fazê-lo compreender que, provavelmente, sua tristeza provinha da fome, bem podia acontecer, sobretudo se estava já muito avançado o jejum, que o jejuador lhe respondesse com uma explosão de fúria e, com espanto de todos, começasse a sacudir como uma fera os ferros da jaula. Mas para tais casos tinha o empresário um castigo que gostava de empregar. Desculpava o jejuador diante do público reunido, acrescentava que somente a irritabilidade provocada pela fome, irritabilidade incompreensível em homens bem alimentados, podia fazer desculpável a conduta do jejuador. Depois, tratando deste tema, para explicá-lo passava a rebater a afirmação do jejuador de que lhe era possível jejuar muito mais tempo do que jejuava; elogiava a nobre ambição, a boa vontade, o grande esquecimento de si mesmo, que claramente se revelavam nesta afirmação; mas em seguida procurava pô-la abaixo apenas com mostrar umas fotografias, que eram vendidas ao mesmo tempo, pois no retrato se via o jejuador na cama, quase morto de inanição, aos quarenta dias de seu jejum. Tudo isto era muito agradável ao jejuador, mas era cada vez mais intolerável para ele aquela enervante deformação da verdade. Apresentava-se ali como causa o que era somente conseqüência do término precoce do jejum! Era impossível lutar contra aquela incompreensão, contra aquele universo de estultícia. Cheio de boa fé, ouvia ansiosamente de sua grade as palavras do empresário; mas ao aparecer as fotografias, soltava-se sempre da grade, e, soluçando, tornava a deixar-se cair sobre a palha. O já acalmado público podia aproximar-se outra vez da jaula e examiná-lo à vontade.

Alguns anos mais tarde, se as testemunhas de tais cenas voltavam a recordar-se delas, notavam que se tinham tornado incompreensíveis até para eles mesmos. É que enquanto isso se tinha operado a famosa mudança; sobreveio quase de repente; devia haver razões profundas para isso; mas, quem é capaz de encontrá-las?

O caso é que certo dia, o tão mimado artista da fome viu-se abandonado pela multidão ansiosa de diversões, que preferia outros espetáculos. O empresário percorreu outra vez com ele meia Europa, para ver se em algum lugar encontrariam ainda o antigo interesse. Tudo em vão: como por obra de um pacto, havia nascido ao mesmo tempo, em todas as partes, uma repulsa pelo espetáculo da fome. Claro que, na realidade, este fenômeno não se podia ter dado assim de repente, e, meditativos e compungidos, recordavam agora muitas coisas que no tempo da embriaguez do triunfo não tinham considerado suficientemente, presságios não atendidos como mereciam ser. Mas agora era muito tarde para tentar algo contra isso. Certo que era indubitável que alguma vez tornaria a apresentar-se a época dos jejuadores, mas para os que viviam agora, isto não era consolo. Que devia fazer, pois, o jejuador? Aquele que tinha sido aclamado pelas multidões, não se podia mostrar em barracas pelas feiras rurais; e para adotar outro ofício, não somente era o jejuador muito velho, porém estava fanaticamente enamorado da fome. Portanto, despediu-se do empresário, companheiro de uma carreira incomparável, e fez-se contratar por um grande circo, sem examinar sequer as condições do contrato.

Um grande circo, com sua infinidade de homens, animais e aparelhos que sem cessar se substituem e se complementam uns aos outros, pode, em qualquer momento utilizar a qualquer artista, embora seja um jejuador, se suas pretensões são modestas, naturalmente. Além disso, neste caso especial, não era somente o próprio jejuador quem era contratado, porém seu antigo e famoso nome; e nem mesmo se podia dizer, dada a singularidade de sua arte, que, como ao crescer a idade míngua a capacidade, um artista veterano que já não está no cume de seu poder, procura refugiar-se em um tranqüilo posto de circo; ao contrário, o jejuador assegurava, e era plenamente crível, que ele podia jejuar tanto quanto antes, e até garantia que se lhe deixassem fazer sua vontade, coisa que logo lhe prometeram, seria aquela a vez em que havia de encher o mundo de justa admiração; afirmação que provocava um sorriso nas pessoas do ofício, que conheciam o espírito dos tempos, do qual, em seu entusiasmo, se tinha esquecido o jejuador.

Mas, lá no seu íntimo, o jejuador não deixou de compreender as circunstâncias novas, e aceitou sem dificuldade que não fosse colocada sua jaula no centro da pista, como número excepcional, porém que a deixassem fora, próximo das quadras, local, além do mais, bastante concorrido. Grandes cartazes coloridos rodeavam a jaula e

153

anunciavam o que havia para admirar dentro dela. Nos intervalos do espetáculo, quando o público se dirigia para as quadras para ver os animais, era quase inevitável que passassem por diante do jejuador e se detivessem ali um instante; talvez tivessem permanecido mais tempo junto dele se não tornassem impossível uma contemplação longa e tranqüila os empurrões dos que vinham por trás pelo estreito corredor e que não compreendiam que se fizesse aquela parada no caminho das interessantes quadras.

Por este motivo o jejuador temia aquela hora de visitas que por outro lado desejava como o objetivo de sua vida. Nos primeiros tempos mal havia tido paciência para esperar o momento do intervalo; tinha contemplado com entusiasmo a multidão que se estendia e vinha para ele, até que, muito depressa — nem a mais obstinada e quase consciente vontade de iludir-se a si mesmo livrava-o daquela experiência — teve de se convencer de que a maior parte daquela gente sem exceção, não tinha outra finalidade senão a de visitar as quadras. E sempre era o melhor ver aquela massa, assim, de longe. Porque, quando chegavam junto à sua jaula, em seguida lhe aturdiam os gritos e insultos dos dois partidos que imediatamente se formavam: o dos que queriam vê-lo comodamente (e bem depressa chegou a ser este bando o que mais fazia sofrer ao jejuador, porque paravam, não porque lhes interessasse o que tinham diante dos olhos, porém para contrariar e aborrecer aos outros) e o dos que apenas desejavam chegar o mais depressa possível às quadras. Uma vez que passou o grande tropel, vinham os atrasados, e também estes, em lugar de ficarem olhando-o quanto tempo quisessem, pois já era coisa que ninguém impedia mais, passavam depressa, a passo largo, mal concedendo-lhe um olhar de relance, para chegar com tempo de ver os animais. E era caso inusitado o de que viesse um chefe de família com seus filhos, mostrando com o dedo o jejuador e explicando extremamente de que se tratava, e falasse de tempos passados, quando estivera ele em uma exibição idêntica, mas incomparavelmente mais brilhante do que aquela, e então as crianças, que, devido à sua insuficiente preparação escolar e geral — que sabiam eles o que era jejuar? — continuavam sem compreender o que contemplavam, tinham um brilho em seus olhos inquiridores, onde se transluziam futuros tempos mais piedosos —. Talvez estivessem um pouco melhor as coisas — dizia-se às vezes o jejuador — se o lugar da exibição não se encontrasse tão próximo das quadras. Então teria sido mais fácil às pessoas escolher o que preferissem; além de que muito lhe incomodavam e acabavam por deprimir suas forças as emanações das quadras, a noturna inquietação dos animais, a passagem por diante de sua jaula dos sangrentos pedaços de carne com que alimentavam aos animais ferozes, e os rugidos e gritos destes durante o repasto. Mas não se atrevia a dizê-lo à Direção, pois, ainda que o pensasse, sempre tinha de agradecer aos animais a multidão de visitantes que passava diante dele, entre os quais, de quando em quando, bem se podia encontrar algum que viesse especialmente para vê-lo. Quem sabe em que canto o meteriam, se ao dizer algo lhes recordava que ainda vivia, e lhes fazia ver, em contas miudas que não era senão um estorvo no caminho das quadras.

Um pequeno estorvo em todo caso, um estorvo que cada vez mais se fazia diminuto. As pessoas iam-se acostumando à rara mania de pretender chamar a atenção como jejuador nos tempos atuais, e adquirido este hábito ficou já pronunciada a sentença de morte do jejuador. Podia jejuar quanto quisesse, e assim o fazia. Mas nada podia já salvá-lo, as pessoas passavam pelo seu lado sem o ver. E se tentasse explicar a alguém a arte do jejum? A quem não o sente, não é possível fazê-lo compreender.

Os mais formosos rótulos chegaram a fazerem-se sujos e ilegíveis, foram arrancados, e a ninguém ocorreu renová-los. A tabuleta com o número dos dias transcorridos desde que havia começado o jejum, que nos primeiros tempos era cuidadosamente mudada todos os dias, há muito tempo já que era a mesma, pois ao fim de algumas semanas, este pequeno trabalho tinha-se tornado desagradável para o pessoal; e deste modo, certo que o jejuador continuou jejuando, como sempre havia desejado, e que o fazia sem incômodo, tal como em outra época havia anunciado; mas ninguém contava já o tempo que passava; ninguém, nem sequer o próprio jejuador, sabia que números de dias de jejum havia alcançado, e seu coração enchia-se de melancolia. E assim, certa vez, durante aquele tempo, em que um ocioso se deteve diante de sua jaula e se riu do velho número de dias consignado na tabuleta, parecendo-lhe impossível, e falou de impostura e velhacaria, foi esta a mais estúpida mentira que puderam inventar a indiferença e a malícia inatas, pois não era o jejuador quem enganava, ele trabalhava honradamente, mas era o mundo quem se enganava quanto aos seus merecimentos.

Tornaram a passar muitos dias, mas chegou um em que também aquilo teve fim. Certa vez, um inspetor demorou seu olhar na jaula e perguntou aos criados por que deixavam sem proveito aquela jaula tão utilizável que apenas continha um apodrecido monte de palha. Todos o ignoravam, até que, por fim, um, ao ver a tabuleta do número de dias, lembrou-se do jejuador. Removeram com forquilhas a palha, e em meio dela encontraram o jejuador.

— Jejuas ainda? — perguntou o inspetor —. Quando vais cessar de uma vez?

— Perdoem-me todos — mussitou o jejuador, mas somente o compreendeu o inspetor, que tinha o ouvido colado à grade.

— Sem dúvida — disse o inspetor, pondo o indicador na fronte para indicar com isso ao pessoal o estado mental do jejuador —, todos te perdoamos.

— Tinha desejado durante toda a minha vida que admirásseis minha resistência à fome — disse o jejuador.

— E a admiramos — retrucou-lhe o inspetor.

— Mas não devíeis admirá-la — disse o jejuador.

— Bem, pois então, não a admiraremos — retrucou o inspetor —; mas, por que não devemos admirar-te?

— Por que sou forçado a jejuar, não posso evitá-lo — disse o jejuador.

— Isso já se vê — disse o inspetor —, mas por que não podes evitá-lo?

— Por que — disse o artista da fome levantando um pouco a cabeça e falando na própria orelha do inspetor para que suas palavras não se perdessem, com lábios alargados como se fosse dar um beijo —, porque não pude encontrar comida que me agradasse. Se a tivesse encontrado, podes acreditá-lo, não teria feito nenhuma promessa e me teria fartado como tu e como todos.

Estas foram suas últimas palavras, mas ainda em seus olhos mortiços mostrava-se a firme convicção, embora já não orgulhosa, de que continuaria jejuando.

— Limpem aqui! — ordenou o inspetor, e enterraram o jejuador junto com a palha. Mas na jaula puseram uma pantera jovem. Era um grande prazer até para o mais obtuso dos sentidos, ver naquela jaula, tanto tempo vazia, a formosa fera que se revoluteava e dava saltos. Nada lhe faltava. A comida, que lhe agradava, traziam-lha sem longas cavilações seus guardas. Nem sequer parecia lamentar a liberdade. Aquele nobre corpo, provido de todo o necessário para rasgar o que se lhe pusesse diante, parecia levar com ele a própria liberdade; parecia estar escondida em qualquer canto de sua dentadura. E a alegria de viver brotava com tão forte ardor de suas fauces, que não era fácil aos espectadores poder fazer-lhe frente. Mas venciam o próprio temor, apertavam-se contra a jaula e de modo algum queriam afastar-se dali.

UM ARTISTA DO TRAPÉZIO

Um artista do trapézio — como se sabe, esta arte que se pratica no alto das cúpulas dos grandes circos é uma das mais difíceis entre todas as exequíveis ao homem — tinha organizado sua vida de tal maneira — primeiro por afã profissional de perfeição, depois por costume que se tornara tirânico — que, enquanto trabalhava na mesma empresa, permanecia dia e noite no trapézio. Todas as suas necessidades — por outro lado muito pequenas — eram satisfeitas por criados que se revezavam em intervalos e vigiavam embaixo. Tudo o de que se precisava em cima subiam-no e baixavam em cestinhos construídos para o caso.

Desta maneira de viver não se deduziam para o trapezista dificuldades especiais com o resto do mundo. Apenas era um tanto incômodo durante os outros números do programa, porque como não se podia esconder que ele permanecera lá em cima, ainda que permanecesse quieto, sempre algum olhar do público se desviava para ele. Mas os diretores perdoavam-no, porque era um artista extraordinário, insubstituível. Além disso era sabido que não vivia assim por capricho e que apenas daquela maneira podia estar sempre treinado e conservar a extrema perfeição de sua arte.

Além do mais, lá em cima se estava muito bem. Quando, nos dias quentes do verão, se abriam as janelas laterais que corriam ao redor da cúpula e o sol e o ar irrompiam no âmbito crepuscular do circo, era até belo. Seu trato humano estava muito limitado, naturalmente. Alguma vez subia pela corda de ascensão algum colega de exibições, sentava-se ao seu lado no trapézio, apoiado um na corda da direita, outro na da esquerda, e conversavam longamente. Ou então os operários que reparavam o teto trocavam com ele algumas palavras por uma das clarabóias ou o eletricista que comprovava as ligações de luz na galeria mais alta, lhe gritava alguma palavra respeitosa, se bem que pouco compreensível.

A não ser nessas oportunidades, estava sempre solitário. Alguma vez um empregado que transitava cansadamente nas horas da sesta pelo circo vazio, erguia seu olhar à quase atraente altura, onde o trapezista descansava ou se exercitava em sua arte sem saber que era observado.

Assim teria podido viver tranqüilo o artista do trapézio a não ser pelas inevitáveis viagens de um lugar para outro que o molestavam sumamente. Certo é que o empresário cuidava de que este sofrimento não se prolongasse demasiado.

O trapezista saía para a estação em um automóvel de corridas que corria, pela madrugada, pelas ruas desertas, com a máxima velocidade; muito lenta, contudo, para sua nostalgia do trapézio.

No trem, estava preparado um apartamento somente para ele, onde encontrava, em cima, na redezinha das equipagens, uma substituição mesquinha — mas de algum modo equivalente — de sua maneira de viver.

No local de destino já estava arrumado o trapézio, muito antes de sua chegada, quando ainda não se tinham fechado as tábuas nem colocado as portas. Mas para o empresário era o instante mais agradável aquele em que o trapezista apoiava o pé na corda de subida e em um átimo se encarapitava de novo sobre o seu trapézio.

Apesar de todas estas precauções, as viagens perturbavam gravemente os nervos do trapezista, de modo que por muito felizes que fossem economicamente para o empresário, sempre lhe eram penosas.

Uma vez em que viajavam, o artista na redezinha como sonhando, e o empresário recostado no canto da janela, lendo um livro, o homem do trapézio apostrofou-o suavemente. E disse-lhe, mordendo-se os lábios, que dali em diante, necessitava para seu viver, não de um trapézio, como até então, porém de dois, dois trapézios, um em frente do outro.

O empresário concordou logo. Mas o trapezista, como se quisesse mostrar que a aceitação do empresário não tinha mais importância do que sua oposição, acrescentou que nunca mais, em nenhuma ocasião, trabalharia unicamente sobre um trapézio. Parecia horrorizar-se ante a

idéia de que isso pudesse vir a acontecer-lhe alguma vez. O empresário, detendo-se e observando o seu artista, declarou novamente sua absoluta concordância. Dois trapézios são melhor do que um só. Além disso, os novos trapézios seriam mais variados e vistosos.
Mas o artista, de súbito, se pôs a chorar. O empresário, profundamente comovido, ergueu-se de um salto e perguntou-lhe que lhe acontecia, e como não recebesse nenhuma resposta, subiu ao assento, acariciou-o e abraçou e estreitou seu rosto contra o seu, até sentir as lágrimas em sua pele. Depois de muitas perguntas e palavras carinhosas, o trapezista exclamou, soluçando:
— Apenas com uma barra nas mãos, como poderia eu viver!
Então, foi muito fácil ao empresário consolá-lo. Prometeu-lhe que na primeira estação, na primeira parada e hospedaria, telegrafaria para que instalassem o segundo trapézio, e reprovou-se a si mesmo duramente a crueldade de ter deixado o artista trabalhar tanto tempo em um só trapézio. Enfim, deu-lhe os agradecimentos por ter-lhe feito observar por fim aquela omissão imperdoável. Deste modo, pôde o empresário tranqüilizar o artista e tornar ao seu canto.
Em troca, ele não estava tranqüilo; com grave preocupação espiava, às furtadelas, por cima do livro, ao trapezista. Se semelhantes pensamentos tinham começado a atormentá-lo, poderiam já cessar por completo? Não continuariam aumentando dia por dia? Não ameaçariam sua existência? E o empresário, alarmado, acreditou ver naquele sono aparentemente tranqüilo, em que tinham terminado os choros, começar a desenhar-se a primeira ruga na lisa fronte infantil do artista do trapézio.

A METAMORFOSE

Quando, certa manhã, Gregório Samsa despertou, depois de um sono intranqüilo, achou-se em sua cama convertido em um monstruoso inseto. Achava-se deitado sobre a dura carapaça de suas costas, e, ao erguer um pouco a cabeça, viu a figura convexa de seu ventre escuro, sulcado por pronunciadas ondulações, cuja proeminência a colcha mal podia agüentar, que estava visivelmente a ponto de escorrer até o solo. Inúmeras patas, lamentavelmente esquálidas em comparação com a grossura comum de suas pernas, ofereciam a seus olhos o espetáculo de uma agitação sem consistência.

— Que me aconteceu?

Não sonhava, não. Seu quarto, um quarto de verdade, embora excessivamente pequeno, aparecia como sempre entre suas quatro muito conhecidas paredes. Presidindo a mesa, sobre a qual estava espalhado um mostruário de tecidos — Samsa era caixeiro-viajante —, pendia uma estampa há pouco recortada de uma revista ilustrada e posta em uma linda moldura dourada. Esta estampa representava uma senhora com um gorro de peles, envolvida em um boá também de peles, e que, muito aprumada, esgrimia contra o espectador uma ampla manga, da mesma forma de pele, dentro da qual desaparecia todo o seu antebraço.

Gregório dirigiu depois o olhar para a janela; o tempo nublado (sentia-se repicar no zinco do caixilho as gotas de chuva) infundiu-lhe uma grande melancolia.

— Bem — pensou — que aconteceria se eu continuasse dormindo um pouco mais e me esquecesse de todas as fantasias? — Mas isto era algo absolutamente irrealizável, porque Gregório tinha o costume de dormir sobre o lado direito, e seu atual estado não lhe permitia adotar esta postura. Embora se empenhasse em permanecer sobre o lado direito, forçosamente voltava a cair de costas. Mil vezes tentou em vão esta operação; fechou os olhos para não ter que ver aquele rebuliço das pernas, que não cessou até que uma dor leve e pungente ao mesmo tempo, uma dor jamais sentida até aquele momento, começou a aguilhoar-lhe o lado.

— Meu Deus! — pensou então —. Quão trabalhosa é a profissão que escolhi! Um dia sim e outro também de viagem. A preocupação dos negócios é muito maior quando se trabalha fora do que quando se trabalha no próprio armazém, e não falemos desta praga das viagens: cuidar das conexões dos trens; a comida ruim, irregular; relações que mudam sempre, que não duram nunca, que não chegam nunca a ser verdadeiramente cordiais, e nas quais o coração nunca pode ter participação. Ao diabo tudo isso!

Sentiu no ventre uma ligeira coceira. Lentamente, estirou-se sobre as espáduas, alongando-se em direção à cabeceira, a fim de poder erguer melhor a cabeça. Viu que o lugar que coçava estava coberto de alguns pontinhos brancos, que não soube explicar-se o que eram. Quis aliviar-se tocando o lugar da comichão com uma perna; mas teve de retirar esta imediatamente, pois o contato lhe causava calafrios.

Deslizou, até recobrar sua primitiva postura.

— A necessidade de madrugar — pensou — entontece por completo a gente. O homem precisa dormir o tempo justo. Há viajantes que levam uma vida de odaliscas. Em meio à manhã quando regresso à hospedaria para anotar os pedidos, encontro-os ainda à mesa, tomando a refeição matinal. Se eu, com o chefe que tenho, quisesse fazer o mesmo, na mesma hora estaria com minhas patinhas na rua. E, quem sabe se isto não seria o mais conveniente para mim? Se não fosse pelos meus pais, há muito tempo eu me teria despedido. Apresentava-me diante do chefe e, de alma cheia, lhe teria feito sentir meu modo de pensar. Cairia da estante! Que também é engraçado isso de sentar-se em cima da estante para, daquela altura, falar aos empregados, que, como ele é surdo, precisam aproximar-se muito. Mas o que é esperança, ainda não a perdi inteiramente. Quando eu tiver reunido a quantidade necessária para pagar-lhe a dívida de meus pais — uns cinco ou seis anos ainda —, não há dúvida de que o faço! E então, sim, que me arrumo! Bem, mas, por enquanto,

o que tenho a fazer é levantar-me, que o trem sai às cinco.
Voltou os olhos para o despertador, que fazia seu tique-taque sobre o baú.
— Santo Deus! — exclamou para si mesmo.
Eram seis e meia, e os ponteiros continuavam avançando tranqüilamente. Quer dizer, já era mais. Os ponteiros estavam quase em sete menos um quarto. Não teria tocado o despertador? Da cama podia ver que estava realmente posto nas quatro horas; portanto, tinha de tocar. Mas era possível continuar dormindo indiferente, apesar daquele som que fazia vibrar até os móveis? Seu sono não tinha sido tranqüilo. Mas, por isso mesmo, provavelmente tanto mais profundo. E que faria agora? O trem seguinte saía às sete; para tomá-lo, era preciso dar-se uma pressa louca. O mostruário ainda não estava empacotado, e, por último, ele mesmo não se sentia nada disposto. Além disso, ainda que alcançasse o trem, nem por isso evitaria a cólera do patrão, pois o empregado do armazém, que teria descido do trem das cinco, devia já ter dado pela sua falta. Era o tal moço uma cópia do patrão, sem dignidade nem consideração. E se dissesse que estava enfermo, que aconteceria? Mas isto, além de ser muito penoso, infundiria suspeitas, pois Gregório, nos cinco anos que estava no emprego, não adoecera uma vez sequer. Viria certamente o gerente com o médico do Montepio. Desataria em censuras aos pais, com respeito à preguiça do filho, e cortaria todas as objeções alegando o preceito do galeno, para quem todos os homens estão sempre sadios e apenas padecem do horror ao trabalho. E a verdade é que, neste caso, sua opinião não teria carecido completamente de fundamento. A não ser certa sonolência, certamente supérflua depois de sono tão prolongado, Gregório sentia-se admiravelmente, com uma fome particularmente forte.
Enquanto refletia aos atropelos, sem poder decidir-se a abandonar o leito, e exatamente no momento em que o despertador dava as sete menos um quarto, bateram de leve à porta que estava junto à cabeceira da cama.
— Gregório — disse uma voz, a da mãe — são sete menos um quarto. Não ias viajar?
Que voz tão suave! Gregório horrorizou-se ao ouvir em troca a sua própria, que era a de sempre, sim, porém

que saía misturada com um doloroso e irreprimível assobio fino, no qual as palavras, a princípio claras, confundiam-se depois, ressoando de modo que não estava ninguém certo de tê-las ouvido. Gregório teria querido responder longamente, explicar tudo; mas, em vista disso, limitou-se a dizer:

— Sim, sim. Obrigado, mamãe. Já vou me levantar.

Através da porta de madeira, a mudança na voz de Gregório não fora notada, pois a mãe se tranqüilizou com esta resposta e se retirou. Mas este curto diálogo fez saber aos outros membros da família que Gregório, contrariamente ao que se acreditava, estava ainda em casa. Chegou o pai por sua vez e, batendo ligeiramente na porta, chamou: "Gregório! Gregório! Que está acontecendo?" Esperou um momento e tornou a insistir, erguendo um pouco a voz: "Gregório, Gregório!" Enquanto isso, atrás da outra porta, a irmã lamentava-se docemente: "Gregório, não estás bem? Precisas de alguma coisa?" — "Já estou pronto", respondeu Gregório a ambos ao mesmo tempo, fazendo esforço em pronunciar, e falando com grande lentidão, para dissimular o som estranho de sua voz. Voltou o pai à sua refeição matutina, mas a irmã continuou sussurrando: "Abre, Gregório; suplico-te". No que não pensava Gregório, nem muito menos, felicitando-se, pelo contrário, por aquela precaução sua — hábito contraído nas viagens — de fechar-se à noite em seu quarto, mesmo em sua própria casa.

A primeira medida era levantar-se tranqüilamente, arrumar-se sem ser importunado e, especialmente, alimentar-se. Apenas depois de efetuado tudo isto pensaria no restante, pois de sobra compreendia que na cama não podia pensar nada certo. Recordava ter sentido já com freqüência na cama certa dorzinha, produzida sem dúvida por alguma posição incômoda, e que, uma vez de pé, acontecia ser obra de sua imaginação; e tinha curiosidade por ver como haveriam de se desvanecer paulatinamente suas fantasias de hoje. Não duvidava tampouco que a alteração de sua voz era simplesmente o prelúdio de um resfriado muito grande, enfermidade profissional do caixeiro-viajante.

Atirar a colcha longe de si era coisa muito simples. Bastar-lhe-ia para isso estufar-se um pouco: a colcha cairia por si mesma. Mas a dificuldade estava na extraordinária largura de Gregório. Para erguer-se, poderia ajudar-se com os braços e mãos; mas, em lugar deles, tinha agora inúmeras patas em constante agitação e era-lhe impossível fazer-se senhor delas. E o fato é que ele queria levantar-se. Esticava-se; conseguia por fim dominar uma de suas patas; mas, enquanto isso, as outras prosseguiam sua livre e dolorosa movimentação. "Não convém bancar o zangão na cama", pensou Gregório. Primeiro tentou tirar do leito a parte inferior do corpo. Mas esta parte inferior — que por certo não tinha visto ainda, e que, portanto, lhe era impossível representar em sua exata conformação — aconteceu ser mais difícil de mover. A operação iniciou-se muito lentamente. Gregório, frenético já, concentrou toda a sua energia, e, sem amparar-se nas barras, arrastou-se para diante. Mas calculou mal a direção, bateu com um golpe tremendo contra os pés da cama, e a dor que isto lhe produziu demonstrou-lhe, com sua agudez, que aquela parte inferior de seu corpo era talvez, exatamente, em sua nova condição, a mais sensível. Tentou, portanto, tirar primeiro a parte superior, e voltou cuidadosamente a cabeça para a borda do leito. Isto não ofereceu nenhuma dificuldade, e, não obstante a sua largura e seu peso, o corpo todo seguiu finalmente, embora lentamente, o movimento iniciado pela cabeça. Mas, ao ver-se com esta pendendo no ar, veio-lhe o medo de prosseguir avançando dessa forma, porque, deixando-se cair assim, era preciso um verdadeiro milagre para conservar a cabeça intacta; e, agora menos do que nunca, queria Gregório perder os sentidos. Antes preferia permanecer na cama.

Mas quando, depois de realizar de modo inverso os mesmos esforços, sublinhando-os de profundíssimos suspiros, encontrou-se de novo na mesma posição e tornou a ver suas patas tomadas de uma excitação maior do que antes, se era possível, compreendeu que não dispunha de meio algum para remediar tamanho absurdo, e tornou a pensar que não devia continuar na cama e que o mais sensato era arriscar tudo, embora apenas lhe restasse uma ínfima esperança. Mas logo recordou que, tanto melhor do que tomar decisões extremas, era meditar serenamente. Seus olhos cravaram-se com força na janela; mas, por infelicidade, devido à névoa que naquela manhã escondia por completo o lado oposto da rua, pouca esperança e escassos ânimos havia de infundir-lhe. "Sete horas já! — pensou ao ouvir de novo o despertador —. Sete horas já, e ainda continua a névoa!" Durante alguns momentos, permaneceu deitado, imóvel e respirando calmo, como se esperasse voltar em silêncio ao seu estado normal.

Mas, daí a pouco, pensou: "Antes que chegue às sete e um quarto é preciso que eu esteja de pé. Sem contar que, nesse meio tempo, virá certamente alguém do armazém perguntar por mim, pois ali abrem antes das sete". E dispôs-se a sair da cama, balançando-se em toda a sua largura. Deixando-se cair deste modo, a cabeça, que tinha o firme propósito de manter energicamente erguida, sairia provavelmente sem nenhum dano. A espádua parecia ter resistência bastante; nada lhe aconteceria ao bater com ela no tapete. Unicamente fazia-o hesitar o temor do estrondo que isto produziria, e que sem dúvida daria origem, atrás de cada porta, quando não a um susto, pelo menos a uma inquietação. Mas não restava outro remédio senão afrontar esta perspectiva.

Gregório já estava meio fora da cama (o novo método antes parecia um jogo e não um trabalho, pois apenas implicava o balancear-se sempre para trás), quando se lembrou de que tudo seria muito simples se alguém viesse em sua ajuda. Com duas pessoas robustas (e pensava em seu pai e na empregada) seria o bastante. Apenas teriam de passar os braços por baixo de sua recurvada espádua, desentranhá-lo do leito e, abaixando-se depois com a carga, permitir-lhe solicitamente estirar-se por completo no solo, onde era de se presumir que as patas demonstrariam sua razão de ser. Pois bem, e prescindindo-se de que as portas estavam fechadas, convinha--lhe realmente pedir ajuda? Apesar de sua situação desesperadora, não pôde deixar de sorrir.

Tinha-se adiantado já tanto, que um só balanceio, mais decidido do que os anteriores, bastaria para fazer-lhe perder quase por completo o equilíbrio. Além disso, muito depressa não lhe restaria outro remédio senão tomar uma decisão, pois apenas faltavam já cinco minutos para as sete e um quarto. Nisto chamaram à porta do prédio. "Por certo é alguém do armazém" — pensou Gregório, ficando logo suspenso, enquanto suas patas continuavam dançando cada vez mais rapidamente. Um intervalo, permaneceu tudo em silêncio. "Não abrem" — pensou então arrimando-se a tão desconexa esperança. Mas, como não podia deixar de acontecer, sentiram-se aproximarem-se da porta as fortes passadas da criada. E a porta se abriu. Bastou a Gregório ouvir a primeira palavra pronunciada pelo visitante, para certificar-se de quem era. Era o gerente em pessoa. Por que estaria Gregório condenado a trabalhar em uma casa na qual a mais insignificante ausência despertava imediatamente as mais trágicas suspeitas? Será que os empregados, todos em geral e cada um em particular, não eram senão uns pilantras? Será que não podia haver entre eles um homem de bem que, depois de perder embora fossem apenas duas horas pela manhã, ficasse louco de remorso e não se encontrasse em condições de abandonar a cama? Será que não era bastante por acaso mandar indagar por um menino, supondo que tivesse fundamento essa mania de averiguar, porém seria preciso que viesse o mesmíssimo gerente para inteirar toda uma inocente família de que somente ele tinha qualidade para intervir na investigação de tão tenebroso assunto? E Gregório, antes super-excitado por esses pensamentos que já decidido a isso, arrojou-se energicamente do leito. Ouviu-se um golpe surdo, mas que não podia propriamente qualificar-se de estrondo. O tapete amorteceu a queda; a espádua tinha também maior elasticidade do que Gregório lhe supusera, e isto evitou que o ruído fosse tão espantoso como se temia. Mas não teve cuidado de manter a cabeça suficientemente erguida; feriu-se, e a dor fez com que ele a esfregasse raivosamente contra o tapête.

— Algo aconteceu aí dentro — disse o gerente na sala da esquerda. Gregório tentou imaginar que pudesse acontecer ao gerente o mesmo que hoje a ele, possibilidade certamente muito admissível. Mas o gerente, como respondendo brutalmente a esta suposição, deu com energia alguns tantos passos pelo quarto vizinho, fazendo ranger suas botas de verniz. Da sala contígua da direita, sussurrou a irmã esta notícia: "Gregório, está aí o gerente" — "Já o sei", respondeu Gregório para si mesmo. Mas não ousou erguer a voz até o ponto de se fazer ouvir por sua irmã.

— Gregório — disse finalmente o pai, da sala contígua da esquerda —, Gregório, veio o senhor gerente e pergunta por que não embarcaste no primeiro trem. Não sabemos o que devemos responder-lhe. Além disso, deseja falar pessoalmente contigo. Faz o favor de abrir a porta, então. O senhor gerente terá a bondade de desculpar a desordem do quarto —. Bons-dias, senhor Samsa! — interveio então amavelmente o gerente —. Não se acha bem — disse a mãe a este último enquanto o pai continuava a falar junto à porta —. Não está bem, acredite-me, senhor gerente. Como, se não fosse assim, Gregório ia perder esse trem? Se o rapaz não tem outra coisa em mente senão o armazém. Se eu quase me aborreço com ele porque não sai nenhuma noite! Agora, por exemplo, esteve aqui oito dias; pois bem, nem uma só noite saiu de casa! Senta-se conosco, à roda da mesa, lê o jornal sem dizer palavra ou estuda itinerários. Sua única distração consiste em trabalhos de carpintaria. Em duas ou três vigílias, talhou uma craveira. Quando o senhor a vir, vai assombrar-se; é preciosa. Aí está pendurada, em seu quarto; o senhor a verá logo quando Gregório abrir. Por outra parte, tenho prazer em vê-lo, senhor gerente, pois nós sozinhos nunca teríamos podido convencer Gregório a abrir a porta. É mais teimoso! Certamente não se encontra bem, embora antes dissesse o contrário. — Vou logo mais — exclamou lentamente Gregório, circunspecto e sem mover-se para não perder palavra da conversação. — De outro modo, não saberia explicar-me isso, senhora — retrucou o gerente —. Espero que não seja nada sério. Embora, por outra parte, não me reste outra alternativa senão dizer que nós, os comerciantes, infelizmente, como se queira, temos à força que saber sofrer com freqüência ligeiras indisposições, antepondo a tudo os negócios. — Bem — perguntou o pai, impacientando-se e tornando a chamar à porta —: o senhor gerente já pode entrar? — Não — respondeu Gregório. Na sala contígua da esquerda reinou um silêncio cheio de tristeza, e na sala contígua da direita, começou a soluçar a irmã.

Mas, por que esta não ia reunir-se aos outros? Era certo que acabava de levantar-se e que nem mesmo começara a vestir-se. Mas, por que chorava? Porventura porque o irmão não se levantava, porque não fazia entrar o gerente, porque corria o risco de perder seu posto, com o que o patrão voltaria a atormentar os pais com as dívidas de outrora. Mas estas, no momento, eram preocupações completamente gratuitas. Gregório estava ainda ali, e não pensava nem remotamente em abandonar aos seus. Por enquanto, jazia no tapete, e ninguém que conhecesse o estado em que se encontrava teria pensado que podia fazer entrar em seu quarto ao gerente. Mas esta pequena descortesia, que mais adiante saberia por certo explicar satisfatoriamente, não era motivo suficiente para despedi-lo sem mais aquela. E Gregório pensou que, por ora, muito melhor do que molestá-lo com prantos e discursos era deixá-lo em paz. Mas a incerteza em que se encontravam com respeito a ele era precisamente o que aguilhoava aos outros, desculpando sua atitude.

— Senhor Samsa — disse, por fim, o gerente com voz elevada —, que significa isto? O senhor entrincheirou-se em seu quarto. Não responde mais do que sim ou não. Traz inquietos, grave e inutilmente, a seus pais, e, diga-se de passagem, falta à sua obrigação no armazém de uma maneira verdadeiramente inaudita. Falo ao senhor aqui em nome de seus pais e de seu chefe, e rogo-lhe muito seriamente que se explique imediata e claramente. Estou assombrado; eu tinha o senhor na conta de um homem zeloso e judicioso, e não parece senão que agora, de repente, o senhor quer fazer mostra de incompreensíveis extravagâncias. Certo que o chefe insinuou-me esta manhã uma possível explicação de sua falta: referia-se à cobrança que encomendou ao senhor fazer ontem à noite em dinheiro contado; mas eu quase empenhei minha palavra de honra de que esta explicação não cabia no caso. Mas agora, diante desta incompreensível teimosia, não me resta já vontade de continuar interessando-me pelo senhor. Sua posição não é nem muito segura. Minha intenção era dizer-lhe tudo isto a sós; mas, como o senhor acha que deve fazer-me perder inutilmente o tempo, não vejo razão de que seus pais também não se inteirem. Nestes últimos tempos, seu trabalho deixou muito que desejar. Certo que não é a época mais propícia para os negócios; nós mesmos o reconhecemos. Mas, senhor Samsa, não existe época, não deve existir, em que os negócios estejam completamente parados.

— Senhor gerente — gritou Gregório fora de si, esquecendo-se em sua excitação de tudo o mais —. Vou imediatamente, vou agora mesmo. Uma ligeira indisposição, uma tontura, impediu-me de levantar-me. Estou ainda deitado. Mas já me sinto completamente bem. Agora mesmo eu me levanto. Um momento de paciência! Ainda não me acho tão bem como me julgava. Mas já estou melhor. Não se compreende como podem acontecer essas coisas a alguém! Ontem à tarde eu estava tão bom. Sim, meus pais o sabem. Melhor dito, já ontem à tarde tive uma espécie de pressentimento. Como não o terão notado em mim? E por que eu não o diria no armazém? Mas sempre acreditamos que a enfermidade poderá passar sem necessidade de ficar-se em casa. Senhor gerente, tenha consideração a meus pais! Não há motivo para todas as censuras que o senhor me faz agora; nunca me disseram nada disso. Sem dúvida, o senhor não viu os últimos pedidos que transmiti. Além do mais, sairei no trem das oito. Este par de horas de descanso me deu força. Não se detenha mais, senhor gerente. Logo vou ao armazém. Explique ali o senhor isto, suplico-lhe; assim como apresente meus cumprimentos ao chefe.

E enquanto gritava atropeladamente este discurso, sem quase saber o que dizia, Gregório, graças à liberdade de movimentos já adquirida na cama, aproximou-se facilmente do baú e tentou endireitar-se apoiando-se nele. Queria efetivamente abrir a porta, deixar-se ver pelo gerente, falar com ele. Sentia curiosidade por saber o que diriam quando o vissem aqueles que tão insistentemente o chamavam. Se se assustassem, Gregório achava-se desligado de toda responsabilidade e não tinha por que temer. Se, pelo contrário, permaneciam tão tranqüilos, tampouco ele tinha razão de se excitar, e podia, apressando-se, estar realmente às oito na estação. Várias vezes escorregou contra as lisas paredes do baú; mas, finalmente, pôs-se de pé. Das dores do ventre, ainda que muito vivas, não cuidava. Deixou-se cair contra o encosto de uma cadeira próxima, a cujas bordas agarrou-se fortemente com suas patas. Conseguiu também recobrar o domínio de si mesmo, e permaneceu quieto para ouvir o que dizia o gerente.

— Vocês entenderam uma só palavra? — perguntava este aos pais. — Será que ele está-se fazendo do louco? — Pelo amor de Deus! — exclamou a mãe chorando. — Talvez se sinta muito mal e nós o estamos mortificando; — E seguidamente chamou: — Gregório! Gretel! — Que é, mãe? — respondeu a irmã do outro lado do quarto de Gregório, através do qual falavam. — Tens de ir logo buscar o médico; Gregório está mal. Vai correndo. Ouviste como Gregório falava agora? — É uma voz de animal — disse o gerente, que falava em voz extremamente baixa, comparada com a gritaria da mãe. — Ana!

Ana! — chamou o pai, voltando-se para a cozinha através da antesala e batendo palmas. — Vai imediatamente buscar um serralheiro. — Já se sentia na antesala o rumor das saias das duas jovens que saíam correndo (como se tinha vestido tão depressa a irmã?), e já se ouvia abrir bruscamente a porta do andar. Mas não se percebeu nenhuma porta bater. Teriam deixado a porta aberta, como costuma acontecer nas casas onde aconteceu uma desgraça.

Gregório, porém, achava-se já muito mais tranqüilo. Certo é que suas palavras eram ininteligíveis embora a ele lhe parecessem muito claras, mais claras do que antes, sem dúvida porque já ia se acostumando o seu ouvido. Mas o essencial era que já se tinham prevenido os outros de que algo fora do comum lhe acontecia e se dispunham a vir em sua ajuda. A decisão e firmeza com que foram tomadas as primeiras disposições aliviaram-no. Sentiu-se novamente incluído entre os seres humanos, e esperou dos dois, do médico e do serralheiro, indistintamente, ações estranhas e maravilhosas. E, a fim de poder intervir o mais claramente possível nas conversações decisivas que se aproximavam, pigarreou ligeiramente, forçando-se a fazê-lo muito levemente, por temer que também esse ruído soasse como algo que não fosse a tosse humana, coisa que já não teria certeza de poder distinguir. Enquanto isso, na sala pegada, reinava profundo silêncio. Talvez os pais, sentados juntos à mesa com o gerente, cochichavam com este. Talvez estivessem todos pegados à porta escutando.

Gregório deslizou lentamente com a poltrona para a porta; ao chegar ali, abandonou o apoio, atirou-se contra esta e susteve-se de pé, agarrado, colado a ela pela viscosidade de suas patas. Descansou assim um instante do esforço que fizera. Depois tentou com a boca fazer girar a chave dentro da fechadura. Infelizmente, não parecia ter aquilo que propriamente chamamos dentes. Como ia então poder segurar a chave? Mas, em troca, suas mandíbulas eram muito fortes, e, servindo-se delas pôde pôr a chave em movimento, sem reparar no dano que a si mesmo fazia, pois um líquido escuro lhe saiu da boca, resvalando pela chave e gotejando até o solo. — Escutem — disse o gerente, na sala próxima —; está dando voltas à chave. — Estas palavras alentaram muito a Gregório. Mas todos, o pai, a mãe, deviam ter-lhe gritado —: Avante, Gregório! — Sim, deviam ter-lhe gritado — Sempre avante! Dê duro à fechadura! — E, imaginando a ansiedade com que todos seguiriam seus esforços, mordeu com toda a sua alma na chave, meio desfalecido. E, à medida que esta girava na fechadura, ele sustentava-se, mexendo-se no ar, pendurado pela boca, e, conforme era necessário, agarrava-se à chave ou a empurrava para baixo com todo o peso de seu corpo. O som metálico da fechadura, cedendo por fim, devolveu-o ao domínio de si mesmo. — Bem — pensou com um suspiro de alívio —; pois não foi preciso que viesse o serralheiro — e bateu com a cabeça no pestilo para acabar de abrir.

Este modo de abrir a porta foi causa de que, embora franca já a entrada, ainda não fosse ele visto. Teve primeiro de girar lentamente contra uma das folhas da porta, com grande cuidado para não cair bruscamente de costas no umbral. E ainda estava ocupado em realizar tão difícil movimento, sem tempo para pensar em outra coisa, quando ouviu um "oh!" do gerente, que soou como soa o sopro do vento, e viu este senhor, o mais próximo da porta, tapar a boca com a mão e retroceder lentamente, como impelido mecanicamente por uma força invisível.

A mãe — que, apesar da presença do gerente estava ali despenteada, com o cabelo enredado no alto da cabeça — olhou primeiro para Gregório, juntando as mãos, avançou depois dois passos para ele, e desmaiou por fim, em meio de suas saias espalhadas ao seu redor, com o rosto escondido nas profundezas do peito. O pai ameaçou com o punho, com expressão hostil, como se quisesse empurrar Gregório para o interior do quarto; voltou-se depois, saindo com passo incerto para a antesala, e, cobrindo os olhos com as mãos, pôs-se a chorar de tal modo que o pranto lhe sacudia o robusto peito.

Gregório, pois, não chegou a penetrar na sala; do interior do seu quarto, permaneceu apoiado na folha fechada da porta, de modo que apenas apresentava a metade superior do corpo, com a cabeça inclinada meio de lado, espiando os circunstantes. Nisto, o dia ia clareando, e na calçada oposta recortava-se nítido um pedaço do edifício enegrecido fronteiriço. Era um hospital, cuja monótona fachada era rompida por simétricas janelas. A chuva não tinha cessado, mas caía já em grandes gotas isoladas, que se viam chegar distintamente ao solo. Sobre a mesa estavam os utensílios do serviço de café, pois, para o pai, o desjejum era a comida principal do dia, que ele gostava de prolongar com a leitura de vários jornais. Na parede em frente de Gregório pendia um retrato dele, feito durante seu serviço militar, e que o representava com uniforme de tenente, a mão na espada, sorrindo despreocupadamente, com um ar que parecia exigir respeito para sua indumentária e sua atitude. Essa sala dava para o vestíbulo; pela porta aberta via-se a do apartamento, aberta também, o patamar da escadaria e a parte desta que conduzia aos andares inferiores.

— Bem — disse Gregório muito convicto de ser o único que conservara sua serenidade. — Bem, visto-me num instante, recolho o mostruário e saio de viagem. Permitir-me-eis que saia de viagem, verdade? Eia, senhor gerente, já vê que não sou teimoso e que trabalho com gosto. Viajar é cansativo; mas eu não saberia viver sem viajar. Aonde vai, senhor gerente? Ao armazém? Sim? Contará tudo como aconteceu? Pode alguém ter um instante de incapacidade para o trabalho; mas então é precisamente quando devem lembrar-se os chefes de quão útil ele tem sido, e pensar que, passado o impedimento, voltará a ser tanto mais ativo e trabalhará com maior zelo. Eu, como o senhor sabe muito bem, estou muito agradecido ao chefe. Por outra parte, também tenho de cuidar de meus pais e minha irmã. É verdade que hoje me encontro num grave aperto. Mas trabalhando sairei dele. Não faça o senhor a coisa mais difícil para mim do que ela já é. Ponha-se de meu lado. Já sei que não se quer bem ao viajante. Todos acreditam que ganha o seu dinheiro com espertezas, e além disso que leva uma vida de luxo. É certo que não há nenhuma razão especial para que este preconceito desapareça. Mas o senhor, senhor gerente, está mais ao corrente do que são as coisas do que o restante do pessoal, inclusive, e diga-se isso em confiança, que o próprio chefe, o qual, em sua qualidade de patrão, engana-se freqüentemente a respeito de um empregado. O senhor sabe muito bem que o viajante, como está fora do armazém a maior parte do ano, é fácil alvo de falatórios e vítima propícia de coincidências e queixas infundadas, contra as quais não lhe é cômodo defender-se, já que a maioria das vezes não chegam ao seu conhecimento, e que unicamente ao regressar arrebentado de uma viagem é quando começa a notar diretamente as funestas conseqüências de uma causa invisível. Senhor gerente, não se vá sem dizer-me algo que me prove que me dá razão, pelo menos em parte.

Mas, desde as primeiras palavras de Gregório, o gerente dera meia volta, e contemplava por cima do ombro, convulsivamente agitado com um esgar de asco nos lábios. Enquanto Gregório falava, não permaneceu um momento tranqüilo. Retirou-se para a porta sem tirar os olhos de cima dele, mas muito lentamente, como se uma força misteriosa o impedisse de abandonar aquela sala. Chegou, por fim, ao vestíbulo, e, ante a presteza com que ergueu pela última vez o pé do chão, dir-se-ia que pisara em fogo. Alongou o braço direito em direção à escada, como se esperasse encontrar ali milagrosamente a liberdade.

Gregório compreendeu que não devia de modo algum deixar ir-se o gerente nesse estado de ânimo, pois seu posto no armazém estava seriamente ameaçado. Não o compreendiam os pais tão bem como ele, porque no transcurso dos anos, tinham chegado a alimentar a ilusão de que a posição de Gregório naquela casa somente podia acabar com o termo de sua vida; além disso, com a inquietude do momento, e seus consequentes afazeres, tinham-se esquecido de toda prudência. Mas Gregório não, que se dava conta de que era indispensável reter o gerente, apaziguá-lo, convencê-lo, conquistá-lo. Disso dependia o porvir de Gregório e dos seus. Se ao menos estivesse a irmã ali! Era muito esperta; tinha chorado quando Gregório ainda jazia tranqüilamente sobre a espádua. Certo que o gerente, galante com o belo sexo, teria se deixado levar por ela aonde ela teria querido. Teria fechado a porta do andar e lhe teria tirado o susto no próprio vestíbulo. Mas a irmã não estava, e Gregório tinha de arrumar tudo sozinho. E, sem pensar que ainda não conhecia suas novas faculdades de movimento, nem tampouco que o mais possível, e até o mais certo, era que não teria conseguido dar-se a compreender com seu discurso, abandonou a folha da porta em que se apoiava, deslizou pelo vão formado na abertura da outra, com intenção de avançar para o gerente, que continuava comicamente agarrado ao patamar. Mas imediatamente caiu em terra; tentando, com inúteis esforços, sustentar-se sobre suas inúmeras e diminutas patas, e exalando um ligeiro queixume. No mesmo instante, sentiu-se, pela primeira vez naquele dia, invadido por um verdadeiro bem-estar: as patinhas, apoiadas no solo, obedeciam-lhe perfeitamente. Notou-o com a natural alegria, e viu que se esforçavam em levá-lo até onde ele desejava ir, dando-lhe a sensação de ter chegado ao fim de seus sofrimentos. Mas, no preciso momento em que Gregório, devido ao movimento contido, se balançava ao rés do chão, não distante e em frente de sua mãe, esta, não obstante achar-se tão desfalecida, deu de súbito um salto e se pôs a gritar, estendendo os braços e separando os dedos: "Socorro! Pelo amor de Deus! Socorro!" Inclinava a cabeça como para ver melhor a Gregório; mas de súbito, como para desmentir essa suposição, desmaiou para trás, caindo inerte sobre a mesa, e não tendo lembrado que esta ainda estava posta, ficou sentada nela, sem perceber que a seu lado o café derramava-se da cafeteira virada, espalhando-se pelo tapete.

— Mãe! Mãe! — murmurou Gregório olhando-a de baixo acima.

Num momento esfumou-se de sua memória o gerente, e não pôde senão, diante do café derramado, abrir e fechar repetidas vezes as mandíbulas no vazio. Novo alarido da mãe, que, fugindo da mesa, atirou-se nos braços do pai, que corria ao seu encontro. Mas Gregório já não podia dedicar sua atenção aos pais; o gerente estava na escada, e, com o queixo apoiado sobre o patamar, dirigia um último olhar para aquele quadro. Gregório tomou impulso para alcançá-lo, mas ele deveu imaginar alguma coisa, pois, de um salto, desceu vários degraus e desapareceu, não sem antes lançar uns gritos que ressoaram por toda a escada. Para cúmulo de infelicidade, esta fuga do gerente pareceu transtornar também completamente o pai, que até então se tinha conservado relativamente sereno; pois, em vez de se precipitar atrás do fugitivo, ou pelo menos permitir que assim o fizesse Gregório, empunhou com a mão direita o bastão do gerente — que este não tivera o cuidado de apanhar, como tampouco o seu chapéu e seu gabão, esquecidos em uma cadeira — e, armando-se com a outra mão de um grande jornal, que estava sobre a mesa, preparou-se, dando fortes patadas no solo, esgrimindo papel e bastão, para fazer retroceder a Gregório até o interior de seu quarto. A este último de nada serviram as súplicas, que não foram entendidas; e, por mais suplicante que voltasse a cabeça para seu pai, apenas conseguiu fazer redobrar seu enérgico sapatear. A mãe, por sua parte, apesar do tempo ruim, tinha descido o vidro de uma das janelas e, violentamente inclinada para fora, cobria o rosto com as mãos. Entre o ar da rua e o da escada estabeleceu-se uma corrente fortíssima; as cortinas da janela estufaram-se; sobre a mesa os jornais agitaram-se, e algumas folhas soltas voaram pelo solo. O pai, inexorável, forçava a retirada com assobios selvagens. Mas Gregório precisava ainda de prática na marcha para trás, e movia-se muito lentamente. Se ao menos tivesse podido voltar-se! Em um átimo estaria em seu quarto. Mas temia, com sua lentidão em dar a volta, impacientar o pai cuja bengala erguida ameaçava quebrar-lhe o ombro ou abrir-lhe a cabeça. Finalmente, contudo, não teve outro jeito senão voltar-se, pois percebeu com raiva que, caminhando para trás, era-lhe impossível conservar sua direção. Assim é que, sem deixar de olhar angustiosamente para seu pai, iniciou uma volta o mais rapidamente que pôde, quer dizer, com extraordinária lentidão. O pai deveu perceber sua boa vontade, pois deixou de acossá-lo, dirigindo inclusive de longe com a ponta do bastão o movimento giratório. Se ao menos tivesse cessado esse irresistível assobio! Isto era o que fazia Gregório perder completamente a cabeça. Quando ia já terminar a volta, aquele assovio o enganou, fazendo-o retroceder outro tanto. Por fim conseguiu ver-se diante da porta. Mas então compreendeu que seu corpo era demasiado largo para poder passar por·ela sem mais nem menos. Ao pai, naquela sua atual disposição de ânimo, não lhe ocorreu naturalmente abrir a outra folha para deixar espaço suficiente. Apenas uma idéia o empolgava: a de que Gregório tinha de entrar quanto antes em seu quarto. Também ele não teria permitido nunca os nojentos preparativos que Gregório precisava para erguer-se e, deste modo, passar pela porta. Como se não houvesse para isto nenhum impedimento, empurrava, pois, Gregório com estrépito crescente. Gregório ouvia atrás de si uma voz que parecia impossível fosse a de seu pai. Alguém estava com brincadeiras! Gregório — acontecesse o que fosse — apertou-se contra o batente da porta. Ergueu-se meio de lado; agora permanecia atravessado no umbral com seu lado completamente desfeito. Na nitidez da porta imprimiram-se umas manchas repulsivas. Gregório ficou ali entalado, impossibilitado em absoluto de fazer por si mesmo o menor movimento. As patinhas de um dos lados pendiam no ar, e as do outro eram dolorosamente prensadas contra o solo... Nisto, o pai deu-lhe por trás um golpe enérgico e salvador, que o precipitou dentro do quarto, sangrando em abundância. Depois, a porta foi fechada com o bastão, e tudo voltou por fim à tranqüilidade.

Até o anoitecer, Gregório não despertou daquele sono tão pesado, semelhante a um desmaio. Não teria demorado muito em despertar por si só, pois já havia descansado bastante; mas pareceu-lhe que o despertava o rumor de uns passos furtivos e o ruído da porta do vestíbulo, fechada com cuidado. O reflexo do bonde elétrico punha franjas de luz no teto do quarto e na parte superior dos móveis; mas embaixo, onde estava Gregório, reinava a escuridão. Lenta e ainda torpemente, tateando com seus tentáculos, cujo valor já então compreendeu deslizou até a porta para ver o que acontecera. Seu lado esquerdo era uma única, longa e repugnante chaga. Andava coxeando, alternada e simetricamente, sobre cada uma de suas duas filas de patas. Por outra parte, uma destas últimas, ferida no acidente da manhã — foi um milagre as outras sairem ilesas! — arrastava-se sem vida.

Ao chegar à porta, compreendeu que o que o tinha atraído para ali era o odor de algo comestível. Encontrou uma escudela cheia de leite açucarado, na qual nadavam pedacinhos de pão branco. Quase se põe a rir de satisfação, pois tinha ainda mais fome do que pela manhã. No momento, meteu a cabeça no leite quase até os olhos; mas súbito precisou retirá-la desiludido, pois não somente a dor de seu lado esquerdo lhe tornava difícil a operação (para comer tinha de pôr todo o corpo em movimento) porém, além disso, o leite, que até então fora sua bebida predileta — por isso, sem dúvida, a irmã o colocara ali — não lhe agradou nem um pouco. Afastou-se quase com repugnância da escudela, e arrastou-se de novo para o centro do quarto. Pela fresta da porta viu que o gás estava aceso no refeitório. Mas, ao contrário do que acontecia sempre, não se ouvia o pai ler em alta voz para a mãe e a irmã o jornal da noite. Não se percebia o menor ruído. Talvez este costume, do qual sempre lhe falava a irmã em suas cartas, tivesse desaparecido nos últimos tempos. Mas tudo em volta estava silencioso, e apesar de que, com toda certeza, a casa não estivesse vazia. — Que vida tranqüila parece levar minha família! — pensou Gregório. E, enquanto seus olhares se cravavam na sombra, sentiu-se orgulhoso por ter podido proporcionar a seus pais e irmã tão sossegada existência, em lugar tão lindo. Com pavor pensou no mesmo instante que aquela tranqüilidade, aquele bem-estar e aquela alegria chegavam ao seu fim... Para não se deixar extraviar por estes pensamentos, preferiu agitar-se fisicamente e começou a se arrastar pelo quarto.

No curso da noite entreabriu-se uma vez uma das folhas da porta, e outra vez a outra; alguém, sem dúvida, precisava entrar, e hesitava. Gregório, em vista disso, deteve-se contra a mesma porta que dava para o refeitório, disposto a atrair para o interior o indeciso visitante, ou pelo menos a averiguar quem fosse este. Mas a porta não tornou a se abrir, e ele esperou em vão. Nas primeiras horas da manhã, quando se encontrava fechada a porta, todos tinham se esforçado por entrar, e agora que ele tinha aberto uma porta, e que as outras tinham sido também abertas, sem dúvida, durante o dia, já não vinha ninguém, e as chaves ficavam por fora, nas fechaduras.

Noite alta, apagou-se a luz do refeitório. Gregório pôde compreender por isso que seus pais e sua irmã tinham velado até então. Sentiu que se afastavam nas pontas dos pés. Até pela manhã não entraria mais certamente ninguém para ver Gregório; tinha tempo de sobra para pensar, sem temor de ser importunado, a respeito de como lhe conviria ordenar daí para diante sua vida. Mas aquele quarto frio e de teto alto, onde devia permanecer deitado de bruços, deu-lhe medo, sem que conseguisse explicar-se o motivo, pois era o seu, o quarto em que vivia há cinco anos... Bruscamente, e com certo rubor, precipitou-se debaixo do sofá, onde, não obstante sentir-se um tanto apertado, por não poder erguer a cabeça, encontrou-se depois muito à vontade, lamentando unicamente não poder introduzir-se ali por completo devido à sua excessiva corpulência.

Assim permaneceu toda a noite, parte em um semi-sonho, do qual o despertava em sobressalto a fome, e parte também assaltado por preocupações e esperanças não muito definidas, mas cuja conclusão era sempre a necessidade, imediata, de ter calma e paciência e de fazer o possível para que a família, por sua vez, suportasse quantos aborrecimentos ele, em seu estado atual, não podia deixar de causar.

Muito cedinho — mal clareava o dia — Gregório teve oportunidade de experimentar a força destas resoluções. Sua irmã, já quase vestida, abriu a porta que dava para o vestíbulo e olhou avidamente para o interior. Ao princípio, não o viu; mas ao divisá-lo depois debaixo do sofá — em algum lugar devia estar, santo Deus! Não ia ter voado! — assustou-se tanto, que, sem se poder dominar, tornou a fechar a porta. Mas deveu arrepender-se de seu procedimento, pois tornou a abrir no mesmo instante e entrou nas pontas dos pés, como se fosse o quarto de um enfermo grave ou o de um estranho. Gregório, com a cabeça quase para fora do sofá, observava-a. Repararia que ele não tinha experimentado o leite e, compreendendo que isso não era por falta de apetite, lhe traria de comer outra coisa mais adequada? Mas, se por ela mesma não o fazia, ele preferiria morrer de fome antes de lhe chamar a atenção para isso, não obstante sentir umas ânsias tremendas de sair de sob o sofá, atirar-se a seus pés e suplicar-lhe que lhe trouxesse algo bom de comer. Mas a irmã, assombrada, percebeu imediatamente que a escudela estava intacta; unicamente se tinha derramado um pouco de leite. Recolheu esta em seguida; verdade que não com a mão, porém servindo-se de um pano, e levou-a. Gregório sentia grande curiosidade em ver o que ela ia trazer-lhe em substituição, fazendo a respeito disso muitas e muito diferentes conjeturas. Mas nunca teria adivinhado o que a bondade da irmã lhe reservava. A fim de descobrir qual era o de seu gosto, trouxe-lhe um sortimento completo de alimentos e estendeu-os sobre um jornal velho; ali havia legumes velhos, meio apodrecidos já; ossos da ceia da véspera, rodeados de salsa branca; passas e amêndoas; um pedaço de queijo que, dois dias antes, Gregório tinha declarado incomível; um pãozinho duro; outro untado com manteiga, e outro com manteiga e sal. Acrescentou

179

a isso a escudela, que pelo visto estava destinada definitivamente a Gregório, mas agora estava cheia de água. E por delicadeza (pois sabia que Gregório não comeria estando ela presente) retirou-se o mais depressa que pôde, e tirou a chave, sem dúvida para que Gregório compreendesse que podia pôr-se à vontade. Quando Gregório foi comer, suas patas produziram uma espécie de zumbido. Por outra parte, as feridas deviam ter-se curado já por completo, porque não sentiu nenhum incômodo; isso não deixou de o surpreender, pois recordou-se que há mais de um mês se tinha ferido com um canivete num dedo e na antevéspera ainda lhe doía bastante. — Terei agora menos sensibilidade do que antes? — pensou, enquanto começava a chupar com glutoneria o queijo, que foi o que primeiro e com mais força o atraiu. Rapidamente, com os olhos arrasados em lágrimas de alegria, devorou sucessivamente o queijo, os legumes e a salsa. Em troca, os alimentos frescos não lhe agradavam; seu odor mesmo lhe era insuportável, até o ponto de arrastar para longe aquelas coisas que queria comer.

Fazia tempo que terminara. Achava-se preguiçosamente estendido no mesmo lugar, quando a irmã, para anunciar-lhe, sem dúvida, que devia retirar-se, fez girar lentamente a chave. Apesar de estar meio adormecido, Gregório sobressaltou-se e correu a ocultar-se de novo sob o sofá. Mas permanecer ali, embora apenas o breve tempo em que a irmã esteve no quarto, custou-lhe agora grande esforço de vontade; pois, em conseqüência da copiosa comida, seu corpo tinha aumentado um pouco e mal podia respirar naquele reduzido espaço. Tomado por uma leve falta de ar, olhava, com os olhos um tanto saltados das órbitas, a sua irmã, completamente alheia ao que lhe acontecia, varrer com uma vassoura, não somente o resto da comida, porém também os alimentos que Gregório não tinha sequer tocado, como se estes não pudessem mais ser aproveitados. E viu também como atirava tudo violentamente a um cesto que fechou depois com uma tampa de madeira, levando-o por fim. Mas se foi, Gregório saiu de seu esconderijo, espreguiçou-se e respirou.

Desta maneira Gregório recebeu diariamente sua comida; uma vez pela manhã, quando ainda dormiam os pais e a empregada, e outras depois do almoço, enquanto os pais faziam uma pequena sesta e a criada saía para algum recado, que lhe mandava dar a irmã. Certamente não queriam tampouco eles que Gregório morresse de fome; mas talvez não tivessem podido suportar o espetáculo de suas refeições, e era melhor que somente as conhecessem pelo que lhes dissesse a irmã. Talvez também esta queria evitar-lhes uma dor mais, sobre o que já sofriam.

Foi completamente impossível a Gregório averiguar com que desculpas tinham despedido naquela manhã o médico e o serralheiro. Como não se fazia compreender por ninguém, ninguém pensou, nem mesmo a irmã, que ele pudesse compreender aos outros. Não lhe ficou, pois, outro remédio senão contentar-se quando a irmã entrava em seu quarto, em ouvi-la gemer e invocar todos os santos. Mais adiante, quando ela se acostumara pouco a pouco a este novo estado de coisas (não se pode supor, naturalmente, que se acostumasse completamente), Gregório pôde perceber nela alguma intenção amável, ou, pelo menos, algo que se podia considerar como tal. — Hoje sim ele gostou, dizia, quando Gregório tinha comido muito bem, enquanto que em caso contrário, cada vez mais freqüente, costumava dizer quase com tristeza —: Ora essa, hoje deixou tudo.

Mas, mesmo quando Gregório não podia saber diretamente nenhuma notícia, prestou atenção ao que acontecia nas salas contíguas, e assim que ouvia vozes, corria para a porta que correspondia ao lado de onde provinham e colava-se a ela em toda a sua largura. Particularmente nos primeiros tempos, todas as conversações se referiam a ele, embora não claramente. Durante dois dias, em todas as comidas houve deliberações a respeito da conduta que era necessário observar doravante. Mas também fora das refeições falava-se da mesma coisa, pois como nenhum dos membros da família queria permanecer sozinho em casa, e como tampouco queriam deixar esta abandonada, sempre havia por ali ao menos duas pessoas. Já no primeiro dia, a criada — por certo que ainda não sabia exatamente até que ponto estava inteirada do que acontecera — tinha suplicado de joelhos, à mãe, que a despedisse imediatamente, e ao partir, um quarto de hora depois, agradeceu com lágrimas nos olhos o grande favor que lhe era feito, e sem que ninguém lho pedisse, comprometeu-se, com os mais solenes juramentos, a não contar a ninguém absolutamente nada.

A irmã teve de se pôr a cozinhar com a mãe; o que, na realidade, não lhe dava muito trabalho, pois mal comiam. Gregório ouvia-os continuamente animarem-se em vão uns aos outros a comer, sendo um "obrigado, estou satisfeito", ou outra frase nesse estilo, a resposta invariável a estes pedidos. Também não bebiam quase nada. Com freqüência perguntava a irmã ao pai se queria cerveja, oferecendo-se ela mesma a ir buscá-la. O pai silenciava, e então ela acrescentava que também podiam mandar a mulher da portaria. Mas o pai respondia finalmente um "não" que não admitia réplica, e não se falava mais do assunto.

Já no primeiro dia o pai expôs à mãe e à irmã a verdadeira situação econômica da família e as perspectivas que diante desta se abriam. De vez em quando levantava-se da mesa para procurar em sua pequena caixa de papéis — salva da falência cinco anos antes — algum documento ou livro de notas. Ouvia-se o ruído da complicada fechadura ao abrir-se e tornar a fechar-se, depois que o pai tirava o que tinha ido buscar. Estas explicações foram, de certo modo, a primeira notícia agradável que Gregório pôde ouvir desde seu encerramento. Ele sempre acreditara que não restara nada a seu pai, absolutamente, do antigo negócio. O pai, ao menos, nada lhe tinha dito que pudesse desfazer esta idéia. A verdade é que tampouco Gregório lhe tinha perguntado qualquer coisa sobre esse particular. Naquela oportunidade, Gregório apenas tinha pensado em pôr quantos meios estivessem ao seu alcance para fazer esquecer aos seus, o mais rapidamente possível, a desgraça comercial que os submergira a todos na mais completa desesperação. Por isso havia começado a trabalhar com tal afinco, convertendo-se em pouco tempo, de dependente sem importância, em todo um viajante de comércio, com muito maiores probabilidades de ganhar dinheiro, e cujos êxitos profissionais patenteavam-se imediatamente sob a forma de comissões contantes e soantes, postas sobre a mesa familiar ante o assombro e a alegria de todos. Foram aqueles, tempos formosos de verdade. Mas não se tinham repetido, ao menos com o mesmo esplendor, não obstante chegar mais tarde Gregório a ganhar o suficiente para levar por si só o peso de toda a casa. O costume, tanto na família, que recebia agradecida o dinheiro de Gregório, como neste, que o entregava com gosto, fez com que aquela primeira surpresa e primeira alegria não tornassem a se reproduzir com o mesmo calor. Unicamente a irmã permanecia sempre estreitamente unida a Gregório, e como, contrariamente a este, era muito afeiçoada à música e tocava o violino com muita alma, Gregório alimentava a secreta esperança de mandá-la no ano próximo para o Conservatório, sem fazer conta dos gastos que isto iria forçosamente acarretar e dos quais se ressarciria por outro lado. Durante as breves permanências de Gregório entre os seus, a palavra "Conservatório" soava com freqüência nas brincadeiras com a irmã, mas sempre como recordação de um lindo sonho, em cuja realização não se podia nem pensar. Aos pais, estes ingênuos projetos não lhes agradavam; mas Gregório pensava muito seriamente nisso, e tinha decidido anunciá-lo solenemente na noite de Natal.

Todos estes pensamentos, completamente inúteis já, agitavam-se em sua mente enquanto ele, colado à porta, ouvia o que se dizia ao lado. De vez em quando, a fadiga impedia-o de prestar atenção, e deixava cair com cansaço a cabeça contra a porta. Mas de imediato tornava a erguê-la, pois, inclusive o levíssimo ruído que este gesto seu originava, era ouvido na sala contígua, fazendo emudecer a todos.

— Mas, que fará ainda? — dizia daí a pouco o pai, olhando sem dúvida para a porta.

E, decorridos alguns momentos, reatava-se a interrompida conversação.

Deste modo soube, pois Gregório, com grande satisfação — o pai repetia e repisava suas explicações, em parte porque fazia tempo que ele mesmo não se tinha ocupado daqueles assuntos, e em parte também porque a mãe demorava em entendê-los — que, apesar da desgraça, ainda lhes restava do antigo esplendor, algum dinheiro; é verdade que muito escasso, mas que fora aumentando alguma coisa desde aquela época, graças aos juros intactos. Além disso, o dinheiro entregue todos os meses por Gregório — ele reservava-se unicamente uma ínfima quantidade — não era inteiramente gasto, e fora por sua vez formando um pequeno capital. Através da porta, Gregório aprovava com a cabeça, contente por esta inesperada previsão e insuspeitado desafogo. É certo que com este dinheiro que sobrava ele podia ter pago pouco a pouco a dívida que seu pai tinha com o chefe, e ter-se visto livre dela muito antes do que acreditara; mas agora as coisas pareciam melhores como o pai as dispusera.

Pois bem, este dinheiro era absolutamente insuficiente para permitir à família viver tranqüila de suas rendas; ao todo, bastaria talvez para um ou, em resumo, dois anos. Para mais tempo, nem pensar nisso! Portanto, era um capitalzinho ao qual na realidade não se devia tocar, e que convinha conservar para um caso de necessidade. O dinheiro para as necessidades diárias não havia remédio senão ganhá-lo. Mas acontecia que o pai, embora estivesse bem de saúde, era já velho e estava há cinco anos sem trabalhar; portanto, pouco podia esperar-se dele: nestes cinco anos que haviam constituído os primeiros ócios de sua laboriosa, mas fracassada existência, tinha ido assimilando muita gordura, e tornara-se excessivamente pesado. Incumbiria à mãe talvez trabalhar, ela que padecia de asma, que se cansava apenas em andar um pouco pela casa, e que um dia sim e outro também tinha que se estender no sofá, com a janela aberta de par em par, porque lhe faltava a respiração? Corresponderia à irmã trabalhar, ela que é ainda uma menina, com seus dezessete anos, e cuja invejável existência tinha consistido, até então, em enfeitar-se, dormir tudo o que o corpo lhe pedia, ajudar nos afazeres domésticos, participar em uma outra diversão modesta, e, especialmente, tocar o violino?

Sempre que a conversação vinha ter a esta necessidade de ganhar dinheiro, Gregório abandonava a porta, e, ruborizado de pena e de vergonha, atirava-se sobre o fresco sofá de couro. Com freqüência passava ali toda a noite, sem poder conciliar o sono, arranhando o couro horas seguidas. Às vezes também dava-se ao excessivo trabalho de empurrar uma cadeira até a janela, e, trepando pelo espaldar, permanecia de pé na cadeira e apoiado na janela, imerso sem dúvida em suas recordações, pois antigamente interessava-lhe sempre olhar por aquela janela.

Paulatinamente as coisas mais próximas desenhavam-se com menos clareza. O hospital de frente, cuja vista maldissera com freqüência, já não o divisava; e, se não soubesse, sem que isso pudesse deixar lugar a dúvidas, que vivia em uma rua tranqüila, embora completamente urbanizada, poderia ter acreditado que sua janela dava para um deserto, no qual se fundiam indistintamente o céu e a terra cinzentas por igual.

Apenas duas vezes pôde perceber a irmã, sempre vigilante, que a cadeira se encontrava junto à janela. E já, ao arrumar o quarto, aproximava ela mesma a cadeira. Ainda mais; deixava abertas as primeiras vidraças duplas.

Se ao menos Gregório pudesse conversar com sua irmã; se lhe tivesse podido agradecer por tudo o que fazia por ele, lhe teriam sido mais leves estes trabalhos que ocasionava, e que deste modo tanto lhe faziam sofrer. Sem dúvida, a irmã fazia tudo o que podia para apagar o que havia de doloroso na situação, e, à medida que transcorria o tempo, ia-o conseguindo melhor, como é natural. Mas também Gregório, à medida que os dias se passavam, via tudo isso com maior clareza.

Agora, a entrada da irmã era para ele algo terrível. Mal se via dentro do quarto, e sem procurar sequer fechar previamente as portas, como antes, para esconder de todos a vista do quarto, corria direto à janela, e abria-a violentamente, como se se encontrasse a ponto de se asfixiar; e até quando o frio era intenso, permanecia ali um instante, respirando com força. Tais carreiras e estrépitos assustavam a Gregório duas vezes por dia. E Gregório, embora certo de que ela lhe teria evitado com prazer esses aborrecimentos, se tivesse sido possível permanecer com as janelas fechadas no quarto, ficava tremendo debaixo do sofá, todo o tempo que durava a visita.

Um dia — já transcorrera um mês desde a metamorfose, e não tinha portanto a irmã nenhum motivo especial para surpreender-se pelo aspecto de Gregório — entrou um pouco mais cedo que de costume, e encontrou-o olhando imóvel pela janela, mas já disposto a assustar-se. Gregório não teria estranhado nem um pouco que sua irmã não entrasse, pois ele, na atitude em que estava, impedia-a de abrir imediatamente a janela. Mas, não só não entrou, porém retrocedeu e fechou a porta: um estranho teria acreditado que Gregório a espreitava para mordê-la. É claro que Gregório se escondeu de pronto sob o sofá, mas teve de esperar até o meio-dia antes de ver retornar a irmã, mais intranqüila que de costume. Isso deu-lhe a entender que sua vista continuava sendo-lhe insuportável, que continuaria sendo, e que ela devia fazer um grande esforço de vontade para não sair também correndo ao divisar a pequena parte do corpo que sobressaía por debaixo do sofá. E, a fim de evitar-lhe também isto, transportou um dia sobre suas costas — trabalho para o qual precisou de quatro horas — uma cortina até o sofá, e a dispôs de modo que o tapasse por completo e que então a irmã não o pudesse ver, por mais que se abaixasse.

Se este arranjo não tivesse parecido conveniente a ela, teria tirado a cortina, pois fácil era compreender que, para Gregório, o isolar-se não constituía nenhum prazer. Mas deixou a cortina tal como estava, e também Gregório, ao erguer sigilosamente com a cabeça uma ponta desta, para ver como a irmã acolhia nova disposição, acreditou reconhecer nela um olhar de gratidão.

Durante as duas primeiras semanas, não puderam os pais decidir-se a entrar para vê-lo. Ele ouviu-os com freqüência elogiar os trabalhos da irmã, quando até então costumavam, pelo contrário, ralhar-lhe, por lhes parecer uma jovem, como se diz, inútil. Mas, com freqüência, ambos, o pai e a mãe, esperavam diante do quarto de Gregório, enquanto a irmã o arrumava, e, quando esta saía, por certo lhes contaria exatamente como estava o quarto, o que Gregório tinha comido, qual havia sido sua atitude, e se se percebia nele alguma melhora.

A mãe, é certo, quis visitar Gregório logo, e então o pai e a irmã detiveram-na com razões que Gregório ouviu com a maior atenção, e aprovou inteiramente. Mais adiante, porém, foi mister impedi-la a isso pela força, e quando exclamava: "Deixem-me entrar para ver Gregório! Pobre filho meu! Não compreendem que eu preciso entrar para vê-lo?" Gregório pensava que talvez lhe conviesse que sua mãe entrasse, é claro que não todos os dias, porém, por exemplo, uma vez por semana; ela era muito mais compreensiva do que a irmã, a qual, apesar de todo o seu valor, não deixava de ser, afinal de contas, apenas uma menina, que talvez apenas por ingenuidade infantil tinha posto sobre os seus ombros tão penosa carga.

Pouco devia tardar em realizar-se o desejo de Gregório em ver sua mãe. Durante o dia, por consideração a seus pais, não aparecia à janela. Mas, pouco podia arrastar-se por aqueles dois metros quadrados de solo. Descansar tranqüilo era-lhe já difícil durante a noite. A comida, muito depressa deixou de lhe produzir a menor alegria, e assim foi tomando, para distrair-se, o costume de subir ziguezagueando pelas paredes e pelo teto. No teto particularmente, era onde mais à vontade se encontrava; aquilo era coisa bastante diversa do que estar deitado no solo: ali respirava-se melhor, o corpo sentia-se agitado por uma ligeira vibração. Mas aconteceu que Gregório, quase feliz, e ao mesmo tempo divertido, desprendeu-se do teto, com grande surpresa sua, e foi-se estatelar contra o solo. Mas, como se pode supor, seu corpo havia adquirido uma resistência muito maior do que antes, e, apesar da força do golpe, não se machucou.

A irmã percebeu imediatamente o novo entretenimento de Gregório — talvez deixasse este ao trepar, aqui e ali, rastro de sua baba —, e imaginou logo facilitar-lhe o mais possível os meios de subir, tirando os móveis que o impediam, e, principalmente, o baú e a mesa de escrever. Mas isto não podia ela sozinha realizar; tampouco se atrevia a pedir ajuda ao pai; e quanto à criada, não devia contar com ela, pois essa mulher, de cerca de sessenta anos, embora se tivesse mostrado muito valente desde a despedida de sua antecessora, tinha suplicado, como especial favor, que lhe fosse permitido manter sempre fechada a porta da cozinha, e não abriria senão quando a chamassem. Portanto, apenas restava o recurso de procurar a mãe, na ausência do pai.

A mãe acorreu dando gritos de alegria. Mas ficou muda no limiar da porta. Como é natural, primeiro certificou-se a irmã de que tudo estava em ordem, e somente depois disso a deixou passar. Gregório tinha-se apressado a descer a cortina mais do que de costume, de modo a formar abundantes pregas. A cortina parecia efetivamente ter sido atirada ali por casualidade. Também evitou desta vez de espiar por baixo; renunciou a ver sua mãe, feliz unicamente de que esta, por fim, tivesse vindo.

— Entra, ele não é visto — disse a irmã, que sem dúvida conduzia a mãe pela mão.

E Gregório ouviu como as duas frágeis mulheres retiravam de seu lugar o velho e muito pesado baú, e como a irmã, sempre corajosa, tomava sobre si a maior parte do trabalho, sem fazer caso das advertências da mãe, que temia que ela se cansasse demais.

A operação durou bastante; verdade é que, ao fim de um quarto de hora, a mãe declarou que mais valia deixar o baú onde estava, em primeiro lugar porque era muito pesado, e não acabariam antes do regresso do pai, e além disso porque, estando no meio do quarto o baú, cortaria a passagem a Gregório, e, enfim, porque não era certo que agradasse a Gregório que se retirassem os móveis. Parecia-lhe exatamente que devia ser o contrário. A vista das paredes nuas oprimia-lhe o coração. Por que não teria Gregório a mesma impressão, já que estava acostumado há muito com os móveis de seu quarto? Quem diz que não se sentiria como abandonado no quarto vazio?

— E não pareceria então — terminou muito triste, quase num sussurro, como se quisesse evitar a Gregório que não sabia exatamente onde se encontrava, até o som de sua voz, pois estava convencido de que não entendia as palavras —, não pareceria então que, ao retirar os móveis, estaríamos indicando que renunciávamos a toda esperança de melhora, e que o abandonávamos sem consideração nenhuma à sua sorte? Eu acredito que o melhor seria deixar o quarto como antes, a fim de que Gregório, ao voltar outra vez para nós, encontre tudo no mesmo estado, e possa esquecer mais facilmente este interregno.

Ao ouvir estas palavras da mãe, compreendeu Gregório que a falta de toda relação humana direta, unida à monotonia da existência que levava entre os seus, devera transtornar sua inteligência naqueles dois meses, pois, de outro modo, não podia se explicar que ele tivesse desejado ver esvaziar o seu quarto.

Desejava ele de verdade que se mudasse aquela sua doce habitação, confortável e disposta com móveis de família, em um deserto no qual tivesse podido, é verdade, subir em todas as direções sem o menor impedimento, mas no qual teria ao mesmo tempo esquecido, rápida e completamente, de sua passada condição humana?

Já estava ele agora muito perto de se esquecer desta, e unicamente tinha-o comovido a voz da mãe, não ouvida há algum tempo. Não, não era preciso retirar nada; tudo tinha de permanecer tal e qual; não era possível prescindir da benéfica influência que os móveis exerciam sobre ele, e, embora estes impedissem seu livre exercício, isso, em todo caso, em lugar de ser um prejuízo, devia ser considerado como uma grande vantagem.

Infelizmente, a irmã não partilhava esta opinião, e, como se tinha acostumado — é certo que não sem motivo — a atuar como perito diante dos pais em tudo quanto se referisse a Gregório, bastou-lhe a idéia exposta pela mãe, para insistir e declarar que, não somente deviam ser retirados dali o baú e a mesa, nos quais a princípio tinha unicamente pensado, porém também todos os outros móveis, exceção feita do indispensável sofá.

É claro que a isso não a impeliam unicamente sua teimosia infantil, e aquela confiança em si mesma, tão repentina quão dificilmente adquirida nos últimos tempos; também tinha observado que Gregório, além de necessitar muito espaço para arrastar-se e subir, não utilizava os móveis para coisa alguma, e talvez também, com aquele entusiasmo próprio das jovens de sua idade, desejoso sempre de uma ocasião que lhe permitisse exercitar-se, deixou-se levar secretamente pelo desejo de aumentar o que havia de pavoroso na situação de Gregório, a fim de poder fazer por ele mais ainda do que até agora fazia. E é que em um quarto no qual Gregório tivesse aparecido completamente só entre as paredes desnudas, certamente não se atreveria a entrar nenhum ser humano além de Grete.

Não foi possível, pois, à mãe, fazê-la desistir de seu projeto, e como naquele quarto sentia um grande desassossego, não demorou em calar-se e em ajudar à irmã, com todas suas forças, a tirar o baú. Bem, do cofre, em caso necessário, Gregório podia prescindir; mas a mesa tinha de ficar ali. Mal haviam abandonado o quarto as duas mulheres, levando o cofre, ao qual se agarravam gemendo, tirou Gregório a cabeça de sob o sofá para ver o modo de intervir com a maior consideração e todas as precauções possíveis. Infelizmente, a mãe foi a primeira a voltar, enquanto Grete, na sala ao lado, continuava agarrada ao cofre, balançando-o de um lado para outro, embora sem conseguir mudá-lo de lugar. A mãe não estava acostumada à vista de Gregório; podia ter adoecido ao vê-lo de repente; assim é que Gregório, assustado, retrocedeu a toda velocidade, até o outro extremo do sofá; mas muito tarde pôde evitar que a cortina que o ocultava se agitasse um pouco, o que bastou para chamar a atenção da mãe. Esta parou de chofre, ficou um pouco indecisa, e voltou para junto de Grete.

Embora Gregório repetisse continuamente a si mesmo que certamente não havia de acontecer nada de extraordinário, e que somente alguns móveis seriam mudados de lugar, não pôde deixar de impressioná-lo, como ele mesmo o reconheceu muito breve, aquele ir e vir das mulheres, as chamadas que uma à outra se dirigiam, o riscar dos móveis no solo, em uma palavra, aquela confusão que reinava ao seu redor, e, encolhendo quanto pôde a cabeça e as pernas, colando o ventre contra o solo, teve de se confessar, já sem contemplações de nenhuma espécie, que não lhe seria possível suportá-lo por muito tempo.

Esvaziavam o seu quarto, tiravam-lhe quanto ele amava: já tinham levado o baú em que ele guardava a serra e as demais ferramentas; já moviam aquela mesa firmemente plantada no solo, e na qual, quando estudava a carreira comercial, quando fazia seu curso, e inclusive quando ia à escola, tinha escrito seus trabalhos... Sim; não tinha nem um minuto a perder para inteirar-se das boas intenções das duas mulheres, cuja existência, além do mais, quase tinha esquecido, pois, rendidas pela fadiga, trabalhavam em silêncio, e apenas se percebia o rumor de seus passos cansados.

E assim foi que — no mesmo instante em que as mulheres, na sala contígua, se recostavam levemente na mesa escrivaninha para tomar fôlego — assim foi que ele saiu de repente de seu esconderijo, mudando até quatro vezes a direção de sua marcha. Não sabia na verdade a que acudir primeiro. Nisto, chamou-lhe a atenção, na parede já nua, o retrato da mulher envolta em peles. Subiu precipitadamente até ali, e agarrou-se ao vidro, cujo contato acalmou o ardor de seu ventre. Ao menos esta estampa que ele tapava agora por completo, não lha tirariam. E voltou a cabeça para a porta do refeitório, para observar as mulheres quando estas entrassem.

A verdade é que estas não se tinham concedido muita trégua. Já estavam ali de novo, rodeando Grete à mãe com o braço, e quase sustentando-a.

— Bem, e agora, que levamos? — disse Grete olhando ao redor.

Nisto seus olhares cruzaram-se com os de Gregório, colado à parede. Grete conseguiu dominar-se, é certo que unicamente devido à presença da mãe, inclinou-se para esta, para esconder-lhe a vista do que havia ao seu redor, e, aturdida e trêmula:

— Vem — disse — não parece à senhora que é melhor irmos um instante ao refeitório?

Para Gregório, a intenção de Grete não deixava lugar a dúvidas; queria pôr a salvo a mãe, e, depois, jogá-lo abaixo da parede. Bem, pois que tentasse fazê-lo! Ele continuava agarrado à sua estampa, e não cederia. Preferia saltar sobre o rosto de Grete.

Mas as palavras de Grete apenas tinham conseguido inquietar a mãe. Esta se pôs de lado; divisou aquela gigantesca mancha escura sobre o florido papel da parede, e, antes mesmo de poder inteirar-se de que aquilo era Gregório, gritou com voz aguda:

— Ai, meu Deus! Ai, meu Deus!

E desmaiou no sofá, com os braços estendidos, como se todas as suas forças a abandonassem, ficando ali sem movimento.

— Atenção, Gregório! — gritou a irmã com o punho erguido e olhar cheio de energia.

Eram estas as primeiras palavras que lhe dirigia diretamente desde a metamorfose. Passou à sala contígua, em busca de algo que dar à mãe para fazê-la voltar a si.

Gregório teria desejado ajudá-la — para salvar o quadro havia ainda tempo —, mas se achava colado ao vidro, e teve de se desprender dele violentamente. Depois do que, precipitou-se também na sala contígua, como se lhe fosse possível, como outrora, dar algum conselho à irmã. Mas, teve de se contentar em permanecer quieto atrás dela.

Ela, entretanto, remexia entre diversos frascos; ao voltar-se, assustou-se, deixou cair ao solo uma garrafa, que se quebrou, e um fragmento feriu Gregório na face, enchendo-a de um líquido corrosivo. Mas Grete, sem se deter, apanhou quantos frascos pudesse levar, e entrou no quarto de Gregório, fechando atrás de si a porta com o pé. Gregório achou-se, pois, completamente separado da mãe, a qual, por culpa dele, achava-se talvez em transe de morte. E ele não podia abrir a porta se não queria expulsar dali a irmã, cuja presença, junto à mãe, era necessária; e, portanto, não lhe restava outro remédio senão esperar!

E, assaltado por remorsos e inquietude, começou a subir por todas as paredes, todos os móveis, e por todo o teto, e, finalmente, quando já a sala começava a dar voltas ao seu redor, deixou-se cair com desespero sobre a mesa.

Assim transcorreram alguns instantes. Gregório jazia extenuado; tudo em redor silenciava, o que era talvez bom sinal. Nisto, chamaram à porta. A criada estava como sempre fechada em sua cozinha, e Grete teve de sair para abrir. Era o pai.

— Que aconteceu?

Estas foram suas primeiras palavras. O aspecto de Grete tinha-lhe revelado tudo. Grete escondeu o rosto no peito do pai, e, com voz surda, declarou:

— Mamãe desmaiou, mas já está melhor. Gregório escapou-se.

— Esperava por isso — disse o pai —. Sempre disse a vocês, mas vocês, mulheres, nunca querem fazer caso.

Gregório compreendeu que o pai, ao ouvir as notícias que Grete lhe dava de estalo, tinha entendido mal, e imaginava, sem dúvida, que ele cometera algum ato de violência. Precisava portanto apaziguar o pai, pois não tinha nem tempo nem meios para esclarecer o que acontecera.. Precipitou-se para a porta de seu quarto, colando-se contra ela, para que o pai, quando entrasse, percebesse que Gregório tinha intenção de regressar imediatamente ao seu quarto, e de que, não só não era preciso empurrá-lo para dentro, porém bastava abrir-lhe a porta para que logo desaparecesse.

Mas o estado de ânimo do pai não era o mais adequado para perceber estas sutilezas.

— Ai! — gritou, ao entrar, com um tom ao mesmo tempo furioso e triunfante. Gregório afastou a cabeça da porta, e ergueu-a para seu pai. Ainda não se tinha apresentado a este em seu novo estado. É verdade também que, nos últimos tempos, ocupado inteiramente em estabelecer seu novo sistema de arrastar-se por onde quisesse, tinha deixado de se preocupar como antes pelo que aconteceria no resto da casa; e que, portanto, devia ter-se preparado para encontrar as coisas muito modificadas.

Mas, e apesar de tudo, era aquele realmente o seu pai? Era este aquele homem que, antigamente, quando

Gregório se preparava para empreender uma viagem de negócios, permanecia cansado na cama? Aquele mesmo homem que, ao regressar à casa recebia-o em camisola, imerso em sua poltrona, e que, por não estar em condições de se levantar, contentava-se em erguer os braços em sinal de alegria? Aquele mesmo homem que, nos raros passeios dados em comum, alguns domingos, ou nas festas principais, entre Gregório e a mãe, cujo passo já por si mesmo era lento, mas que então encurtava-se ainda mais, avançava envolto em sua velha capa, apoiando-se cuidadosamente no seu bastão, e que costumava deter-se cada vez que queria dizer algo, obrigando aos outros a fazer círculo em torno dele?

Mas não, agora apresentava-se firme e direito, com um severo uniforme azul com botões dourados, como os que costumam usar os empregados dos Bancos. Sobre a rigidez do pescoço alto, esparramava-se a papada; sob as grossas sobrancelhas, os olhos negros despediam um olhar atento e loução, e o cabelo branco, sempre despenteado até então, aparecia brilhante e dividido por um risco primorosamente feito.

Atirou sobre o sofá o gorro que ostentava um monograma dourado — provavelmente o de algum Banco — e, traçando uma curva, cruzou toda a sala, dirigindo-se com rosto severo para Gregório, com as mãos nos bolsos da calça, e as barras de sua longa blusa do uniforme recolhidas para trás. Ele mesmo não sabia o que ia fazer; mas ergueu os pés a uma altura desacostumada, e Gregório ficou assombrado pelas gigantescas proporções de suas solas. Contudo, esta atitude não o aborreceu, pois já sabia, desde o primeiro dia de sua nova vida, que ao pai a maior severidade parecia-lhe pouca com respeito ao filho. Pôs-se a correr, pois, diante de seu progenitor, detendo-se quando este se detinha, e empreendendo nova carreira quando via o pai fazer um movimento.

Assim deram várias vezes a volta à sala, sem chegar a nada de positivo. Ainda mais, sem que isto, devido às longas pausas, tivesse o aspecto de uma perseguição. Por isso mesmo, Gregório preferiu não se afastar logo do solo; temia, principalmente, que o pai tomasse sua fuga pelas paredes ou pelo teto como um refinamento de maldade.

Mas Gregório não demorou muito em compreender que aquelas carreiras não podiam se prolongar, pois, enquanto seu pai dava um passo, ele tinha de realizar uma infinidade de movimentos, e sua respiração se tornava anelante. É bem verdade, que tampouco em seu estado anterior podia confiar muito em seus pulmões.

Cambaleou um pouco, tentando concentrar todas as suas forças para empreender novamente a fuga. Mal podia manter os olhos abertos; em seu açodamento, não pensava em outra salvação possível senão a que lhe proporcionasse continuar correndo, e já quase se tinha esquecido de que as paredes se lhe ofereciam completamente livres; ainda que é certo que estavam cheias de móveis esmeradamente talhados, que ameaçavam por todos os lados com seus ângulos e seus bicos.

Nisto, algo destramente lançado caiu bem ao seu lado, e rodou diante dele; era uma maçã, à qual logo se seguiu outra. Gregório, amedrontado, não se moveu; era inútil continuar correndo, pois o pai tinha resolvido bombardeá-lo. Tinha enchido os seus bolsos com o conteúdo da fruteira que estava sobre o aparador, e atirava uma maçã atrás de outra, embora sem conseguir pelo momento acertar no alvo.

As maçãs vermelhas rodavam pelo solo, como eletrizadas, tropeçando umas nas outras. Uma delas, atirada com mais habilidade, roçou a espádua de Gregório, mas deslizou por ela sem causar-lhe dano. Em troca, a seguinte, assestou-lhe um golpe certeiro, e, ainda tentando escapar-se, como se aquela intolerável dor pudesse desvanecer-se ao mudar de sítio, pareceu a Gregório que o cravavam onde estava, e permaneceu ali esparramado, perdendo a noção de quanto acontecia em torno.

Seu olhar posterior inteirou-o ainda de como a porta de seu quarto se abria com violência, e pôde ver também a mãe correndo em combinação — pois Grete tinha-a desnudado para fazê-la voltar de seu desmaio — diante da irmã que gritava; depois à mãe precipitando-se para o pai, perdendo no trajeto uma depois da outra as saias desabotoadas, e por fim, depois de tropeçar nestas, chegar até onde o pai estava, abraçar-se estreitamente a ele...

E Gregório, com a vista já nublada, ouviu por último como sua mãe, com as mãos cruzadas na nuca do pai, lhe suplicava que perdoasse a vida ao filho.

Aquela grave ferida, da qual demorou mais de um mês para se curar — ninguém se atreveu a tirar-lhe a maçã, que assim ficou encravada em sua carne, como visível testemunho do acontecido —, pareceu recordar, inclusive ao pai, que Gregório, apesar de sua triste e repulsiva forma atual, era um membro da família, ao qual não se devia tratar como a um inimigo, porém, pelo contrário, respeitá-lo, e que era um dever elementar da família sobrepor-se à repugnância e resignar-se. Resignar-se e nada mais.

Gregório, por sua vez, mesmo quando devido à sua ferida tivesse perdido, talvez para sempre, o livre jogo de seus movimentos; mesmo quando precisasse agora, como um ancião paralisado, de vários e intermináveis minutos para cruzar o seu quarto — subir pela parede, nem pensar nisso —, Gregório teve naquele agravamento de seu estado, uma compensação que lhe pareceu muito suficiente: pela tarde, a porta do refeitório, na qual tinha já fixo seu olhar desde uma ou duas horas antes, a porta do refeitório se abria, e ele, deitado em seu quarto, em trevas, invisível para os outros, podia contemplar toda a família em torno da mesa iluminada, e ouvir suas conversações, como quem diz com aquiescência geral; ou seja já de um modo muito diferente. Está claro que as tais conversações não eram, nem por sombra, aquelas palestras animadas de outros tempos, que Gregório recordava nos estreitos aposentos das hospedarias, e nas quais pensava com ardente entusiasmo ao atirar-se fatigado sobre a úmida roupa de cama estranha. Agora, a maioria das vezes, a vigília transcorria monótona e triste. Pouco depois de cear, o pai dormia em sua poltrona, e a mãe e a irmã recomendavam-se uma à outra silêncio. A mãe, inclinada muito para perto da luz, costurava roupa branca fina para uma loja, e a irmã, que se tinha colocado num emprego, estudava às noites estenografia e francês, a fim de conseguir talvez com o tempo um posto melhor do que o atual. De quando em quando, o pai despertava, e, como se não percebesse que dormira, dizia à mãe: "Como costuras hoje também!" E voltava logo a dormir, enquanto a mãe e a irmã, muito cansadas, trocavam um sorriso.

    O pai negava-se obstinadamente a tirar, mesmo em casa, o seu uniforme de criado. E, enquanto a blusa, já inútil, pendia do cabide, dormia perfeitamente uniformizado, como se quisesse encontrar-se sempre disposto a prestar serviço, ou esperasse até ouvir em sua casa a voz de algum de seus chefes. Com o que o uniforme, que desde o princípio já não era novo, perdeu rapidamente sua limpeza, apesar do cuidado da mãe a da irmã. E Gregório, com freqüência, passava horas inteiras com o olhar posto nesse traje lustroso, cheio de lampejos, mas com os botões dourados sempre reluzentes, dentro do qual o velho dormia muito mal acomodado, se bem que tranqüilo.

Ao soar as dez horas, a mãe tentava despertar o pai, exortando-o docemente a ir para a cama, querendo convencê-lo de que aquilo não era dormir de verdade, coisa que ele tanto necessitava, pois já às seis tinha de começar o seu serviço. Mas o pai, com a obstinação que se tinha apossado dele desde que era empregado, persistia em querer permanecer mais tempo à mesa, não obstante dormir ali invariavelmente, e dar grande trabalho convencê-lo a trocar a poltrona pela cama. Apesar de todos os raciocínios da mãe e da irmã, ele continuava ali com os olhos fechados, dando lentas cabeçadas a cada quinze minutos, e não se levantava. A mãe sacudia-o pela manga, dizendo-lhe ao ouvido palavras carinhosas; a irmã abandonava sua tarefa para ajudá-la. Mas de nada servia isto, pois o pai imergia mais fundo na poltrona, e não abria os olhos até que as duas mulheres o seguravam por baixo dos braços. Então olhava para uma e para outra, e costumava exclamar:

— Ora, se isto é vida! Este é o sossego de meus últimos anos!

E penosamente, como se a sua fosse a carga mais pesada, punha-se de pé, apoiando-se na mãe e na irmã, deixava-se acompanhar deste modo até a porta, indicava-lhes ali com o gesto que já não precisava delas, e continuava sozinho o seu caminho, enquanto a mãe atirava rapidamente seus instrumentos de costura e a irmã suas penas, para correr atrás dele e continuar ajudando-o.

Quem, naquela família cansada, desfeita pelo trabalho, teria podido dedicar a Gregório algum tempo senão o estritamente necessário? O mobiliário da casa reduziu-se cada vez mais. A criada foi despedida, sendo ela substituída nos trabalhos mais pesados por uma assistente, uma espécie de gigante ossudo, com um nimbo de cabelos brancos em redor da cabeça, que vinha um instante pela manhã, e outro pela tarde, sendo a mãe que teve de somar, ao seu já nada pequeno trabalho de costura, todos os demais afazeres. Tiveram de vender também diversas alfaias que a família possuía, e que, em outros tempos, tinham brilhado para satisfação da mãe e da irmã em festa e reuniões. Assim o verificou Gregório à noite, pela conversação a respeito do resultado da venda. Mas o maior motivo de queixa consistia sempre na impossibilidade de deixar aquele apartamento, já demasiado grande nas atuais circunstâncias, pois não havia nenhuma maneira de mudar Gregório. Mas ele bem compreendia que não era o verdadeiro obstáculo para a mudança, já que podia ser facilmente transportado em um caixão, contanto que tivesse um par de buracos por onde respirar. Não, o que detinha principalmente a família, naquele transe da mudança, era o desespero que lhe infundia o ter de concretizar a idéia de que tinha sido açoitada por uma desgraça, inaudita até então em todo o círculo de seus parentes e conhecidos.

Tiveram de beber até as fezes o cálice que o mundo impõe aos desventurados: o pai tinha de ir buscar o desjejum de humilde empregado de Banco; a mãe, sacrificar-se com roupas de estranhos; a irmã, correr daqui para lá atrás do balcão, conforme os clientes exigiam. Mas as forças da família já estavam esgotadas. E Gregório sentia renovar-se a dor da ferida que tinha nas costas, quando a mãe e a irmã, depois de fazer deitar o pai, voltavam ao refeitório, e abandonavam o trabalho para sentarem-se muito próximas uma da outra, quase face a face: A mãe apontava para o quarto de Gregório e dizia:

— Grete, fecha essa porta.

E Gregório achava-se de novo imerso na escuridão, enquanto, na sala ao lado, as mulheres confundiam suas lágrimas, ou permaneciam olhando fixamente para a mesa com os olhos secos.

As noites e os dias de Gregório deslizavam sem que o sono tivesse parte neles. Às vezes, costumava pensar que ia abrir-se a porta de seu quarto, e que ele ia encarregar-se de novo, como antes, dos assuntos da família. Por sua mente tornaram a cruzar, depois de longo tempo, o chefe e o gerente, o empregado e o aprendiz, aquele criado tão empertigado, dois ou três amigos que tinha em outros estabelecimentos, uma camareira de uma hospedaria de província, e uma lembrança amada e passageira: a de uma caixeira de uma casa de chapéus, a quem formalmente pretendera, mas sem muito empenho...

Todas estas pessoas apareciam-lhe confundidas com outras estranhas há tempo esquecidas; mas nenhuma podia prestar-lhe ajuda, nem a ele nem ao seus. Eram todas inexequíveis, e sentia-se aliviado quando conseguia desfazer sua lembrança. E, depois, perdia também o humor de preocupar-se pela sua família, e apenas sentia em relação a ela a irritação produzida pela pouca atenção que se lhe dispensava. Não lhe ocorria pensar em nada que lhe apetecesse; porém, forjava planos para chegar até a despensa, e apoderar-se, mesmo sem fome, do que em todo caso lhe pertencia de direito. A irmã não se preocupava já em imaginar o que mais havia de lhe agradar; antes de partir para seu trabalho, pela manhã e à tarde, empurrava com o pé qualquer comida para o interior do quarto, e depois, ao retornar, sem reparar sequer se Gregório apenas tinha experimentado a comida — o que era o mais freqüente — ou se nem sequer a tinha tocado, recolhia os restos com uma vassourada. A arrumação do quarto, que sempre se fazia à noite, não podia também ser mais rápida. As paredes estavam cobertas de sujeira e o pó e o lixo amontoavam-se nos cantos.

Nos primeiros tempos, quando a irmã entrava, Gregório colocava-se exatamente no canto em que a sujeira era mais patente. Mas agora, podia permanecer ali semanas inteiras sem que por isso a irmã se aplicasse mais, pois via a sujeira tão bem quanto ele, mas estava pelo visto decidida a deixá-la. Com uma suscetibilidade completamente nova nela, mas que se tinha estendido a toda a família, não admitia que nenhuma outra pessoa interviesse na arrumação do quarto. Um dia, a mãe quis limpar bem o quarto de Gregório, tarefa que somente pôde realizar com vários baldes de água — e verdade é que a umidade não prejudicou Gregório, que jazia amargurado e imóvel debaixo do sofá —, mas o castigo não se fez esperar; mal percebeu a irmã, ao retornar à tarde, a mudança operada no quarto, sentiu-se ofendida no mais íntimo de seu ser, precipitou-se no refeitório, e, sem reparar na atitude suplicante da mãe, rompeu eu uma crise de lágrimas que sobressaltou aos pais pelo que tinha de cstranha e desconsoladora. Por fim os pais — o pai assustado tinha dado um balanço em sua poltrona — se tranqüilizaram; o pai, à direita da mãe, reprovava-lhe não ter cedido inteiramente à irmã o cuidado do quarto de Gregório; a irmã, à esquerda, assegurava aos gritos que já não lhe seria possível encarregar-se daquela limpeza. Entretanto, a mãe queria levar ao leito o pai que não podia conter sua excitação; a irmã, sacudida pelos soluços, dava socos na mesa com suas mãozinhas, e Gregório assobiava de raiva, porque nenhuma se tinha lembrado de fechar a porta e de evitar-lhe o tormento daquele espetáculo e daquele vexame.

Mas se a irmã, extenuada pelo trabalho, encontrava-se já cansada de cuidar de Gregório como antes, a mãe não devia de modo algum substituí-la, nem Gregório tinha motivo de sentir-se abandonado, pois aí estava a criada. Esta viúva, muito avançada em anos, e a quem sua ossuda constituição devia ter permitido resistir às maiores amarguras no curso de sua dilatada existência, não sentia para com Gregório nenhuma repulsa propriamente dita. Sem que se pudesse atribuir o fato a um desejo de curiosidade, abriu um dia a porta do quarto de Gregório, e, à vista deste, que em sua surpresa, e ainda que ninguém o perseguisse, começou a correr de um lado para outro, permaneceu imutável, com as mãos cruzadas sobre o abdomen.

Desse dia em diante, nunca se esquecia de entreabrir, de tarde e de manhã, furtivamente a porta, para contemplar a Gregório. A princípio, inclusive o chamava, com palavras que sem dúvida acreditava carinhosas, como: "Vem aqui, pedaço de bicho! Veja só esse pedaço de bicho!"

A estas chamadas, Gregório não só não respondia, porém continuava imóvel em seu canto, como se nem sequer se tivesse aberto a porta. Teria aproveitado muito mais ordenar-se a essa criada que limpasse diariamente seu quarto, em vez de aparecer para importuná-lo a seus olhos, sem proveito nenhum!

Uma manhã cedo — enquanto a chuva, talvez núncia da primavera próxima, açoitava furiosamente as vidraças — a criada começou outra vez os seus manejos, e Gregório irritou-se a tal ponto que se voltou contra ela, lenta e debilmente, é certo, mas na disposição de atacar. Mas ela, em vez de assustar-se, levantou simplesmente para o alto uma cadeira que estava junto à porta, e permaneceu nesta atitude, com a boca aberta completamente, como demonstrando claramente seu propósito de não fechá-la até que descarregasse sobre a espádua de Gregório a cadeira que tinha na mão.

— Então, não vamos adiante? — perguntou ao ver que Gregório retrocedia. E, tranqüilamente, tornou a colocar a cadeira no canto.

Gregório quase não comia. Ao passar junto aos alimentos que tinha à disposição, tomava algum bocado a título de amostra, guardava-o na boca durante horas, e quase sempre tornava a cuspi-lo. A pricípio, pensou que sua falta de apetite era efeito sem dúvida da melancolia em que o imergia o estado de seu quarto; mas, exatamente se habituou muito depressa ao novo aspecto deste. Tinham ido se acostumando a colocar ali as coisas que estorvavam em outro lugar, as quais eram muitas, pois um dos quartos da casa tinha sido cedido a três hóspedes. Estes três senhores, muito formais — os três usavam barba, segundo comprovou Gregório certa vez pela fresta da porta — procuravam fazer com que reinasse a ordem mais escrupulosa, não somente em seu próprio quarto, porém em toda a casa e em tudo nela, posto que nela viviam, e muito especialmente na cozinha. Trastes inúteis, e muito menos coisas sujas, não as suportavam.

Além do mais, tinham trazido com eles a maior parte de seu mobiliário, o que tornava desnecessárias várias coisas impossíveis de serem vendidas, mas que tampouco se queriam jogar fora. E todas estas coisas iam parar no quarto de Gregório, do mesmo modo que o colhedor de cinzas e o caixão de lixo. Aquilo que não devia ser utilizado no momento, a criada, que nisto se dava muita pressa, atirava-o no quarto de Gregório, o qual, por sorte, na maioria das vezes, apenas conseguia divisar o objeto em questão e a mão que o esgrimia. Talvez a criada tivesse intenção de voltar em busca daquelas coisas quando tivesse tempo e ocasião, ou de atirá-las fora todas de uma vez, mas o fato é que permaneciam ali onde tinham sido atiradas no princípio. A menos que Gregório se revolvesse contra o traste e o pusesse em movimento, impelido a isso primeiro porque este não lhe deixava já lugar livre para arrastar-se e depois com verdadeiro afinco, mesmo se depois de tais passeios ficava horrivelmente triste e fatigado, sem vontade de se mover durante horas inteiras.

Os hóspedes, alguns dias, ceavam em casa, no refeitório comum, com o que a porta que dava para esta sala permanecia também fechada algumas noites; mas, a Gregório isto já lhe importava muito pouco, pois, inclusive algumas noites em que a porta estava aberta, não tinha aproveitado esta conjuntura, porém que se tinha retirado, sem que a família o percebesse, para o canto mais escuro de seu quarto.

Mas aconteceu um dia que a criada deixou um pouco virada a porta que dava para o refeitório, e que esta permaneceu de igual maneira quando os hóspedes entraram à noite, e acenderam a luz. Sentaram-se à mesa, nos lugares outrora ocupados pelo pai, a mãe e Gregório, desdobraram os guardanapos, e empunharam garfo e faca. No mesmo instante apareceu na porta a mãe com uma terrina de carne, seguida da irmã que trazia uma terrina com uma pilha de batatas.

Da comida elevava-se uma nuvem de fumaça. Os hóspedes inclinaram-se sobre as terrinas colocadas diante deles, como se quisessem experimentá-las antes de se servirem; e, com efeito, o que se encontrava sentado no meio, e parecia o mais autorizado dos três, cortou um pedaço de carne na própria terrina, sem dúvida para comprovar que estava bastante tenra, e que não era mister devolvê-la à cozinha. Exteriorizou sua satisfação, e a mãe e a irmã, que tinham observado em suspenso a operação, respiraram e sorriram.

Entretanto, a família comia na cozinha. Apesar do que o pai, antes de se dirigir para esta, entrava na sala de refeições, para uma saudação geral e, gorro na mão, dava a volta à mesa. Os hóspedes punham-se de pé, e murmuravam algo para si mesmos. Depois, já sozinhos, comiam quase em silêncio.

Era estranho para Gregório perceber sempre, entre os diferentes ruídos da comida, o que os dentes faziam ao mastigar, como se quisessem demonstrar a Gregório que, para comer, precisam-se dentes, e que a mais formosa mandíbula, virgem de dentes, de nada pode servir. — "Pois eu tenho também apetite — dizia-se Gregório preocupado —. Mas não são estas as coisas que me apetecem... Como comem estes hóspedes! E eu, enquanto isso, morrendo!"

Naquela mesma noite — Gregório não recordava ter ouvido o violino em todo aquele tempo — ouviu tocar na cozinha. Os hóspedes já tinham acabado de cear. O que estava no meio tinha tirado um jornal e dado uma folha a cada um dos outros dois, e os três liam e fumavam recostados para trás. Ao ouvir o violino, ficou fixa sua atenção na música; levantaram-se e, nas pontas dos pés, foram até a porta do vestíbulo, junto à qual permaneceram imóvel, apertados um contra o outro. Sem dúvida foram ouvidos da cozinha, pois o pai perguntou:
— Talvez aos senhores desagrade a música?
E acrescentou:
— Nesse caso, pode cessar de imediato.
— Ao contrário — assegurou o senhor de mais autoridade —. Não quereria entrar a senhorita e tocar aqui? Seria muito mais cômodo e agradável.
— Claro, não faltava mais nada! — respondeu o pai, como se fosse ele mesmo o violinista.

Os hóspedes tornaram ao interior do refeitório, e esperaram. Muito rapidamente, chegou o pai com a estante, depois a mãe com os papéis de música, e por fim a irmã com o violino. A irmã dispôs tudo tranqüilamente para começar a tocar. Enquanto os pais, que nunca haviam tido quartos alugados, e que por isso mesmo extremavam-se em cortesia para com os hóspedes, não se atreviam a sentar-se em suas próprias poltronas. O pai permaneceu apoiado na porta, com a mão direita metida entre os botões da libré fechada; mas, à mãe, um dos hóspedes lhe oferecia uma poltrona, e se sentou-se em um canto afastado, pois não moveu o assento do local em que aquele senhor o tinha casualmente colocado.

Começou a irmã a tocar, e o pai e a mãe, cada um de seu lugar, seguiam todos os movimentos de suas mãos. Gregório, atraído pela música, atreveu-se a avançar um pouco, e encontrou-se com a cabeça no refeitório. Quase não o surpreendia a escassa consideração que tinha pelos demais nos últimos tempos, e, contudo, antes, essa consideração tinha sido exatamente o seu maior orgulho. Porém, agora mais do que nunca, ele tinha motivo para esconder-se, pois, devido ao estado de sujeira de seu quarto, qualquer movimento que fazia erguia ondas de pó à sua volta, e ele mesmo estava coberto de pó e arrastava com ele, na espádua e nos lados, linhas, pêlos e restos de comida. Sua indiferença por todos era muito maior do que quando, como outrora diversas vezes ao dia, podia, deitado sobre a espádua, esfregar-se contra o tapete. E, contudo, apesar do estado em que se encontrava, não sentia o menor pejo em avançar pelo solo imaculado do refeitório.

É verdade que ninguém se preocupava com ele. A família achava-se completamente absorvida pelo violino, e os hóspedes, que logo se tinham colocado, com as mãos nos bolsos da calça, junto à estante, muito próximos desta, com o que todos podiam ir lendo as notas e incomodavam certamente a irmã, não demoraram em se retirar para a janela, onde permaneciam cochichando, com as cabeças inclinadas, e observados pelo pai a quem esta atitude visivelmente preocupava. E é que aquilo parecia dizer bastante claramente que sua ilusão de ouvir música, seleta ou divertida, tinha sido fraudada, que já começavam a se cansar e que apenas por cortesia consentiam que continuassem incomodando-os e perturbando-os em sua santa tranqüilidade. Especialmente o modo que todos tinham de lançar pela boca ou pelo nariz a fumaça de seus cigarros demonstrava grande nervosismo.

E, entretanto, quão bem tocava a irmã! Com o rosto de lado seguia atenta e tristemente lendo no pentagrama. Gregório arrastou-se mais um pouco para diante, e manteve a cabeça colada ao solo esforçando-se por fazer o seu olhar encontrar o olhar da irmã.

Se era uma fera por que a música tanto o impressionava?

Parecia-lhe que se abria diante dele o caminho que devia conduzi-lo até um alimento desconhecido ardentemente desejado. Sim, estava decidido a chegar até a irmã, a puxá-la pela saia, e a fazer-lhe compreender deste modo que devia vir ao seu quarto com o violino, porque ninguém elogiava aqui sua música como ele queria fazê-lo. Dali em diante, não a deixaria mais sair daquele quarto, ao menos enquanto ele vivesse. Pela primeira vez havia de servir-lhe para alguma coisa aquela sua espantosa forma.

Queria estar ao mesmo tempo em todas as portas, pronto a saltar sobre todos os que pretendessem atacá-lo. Mas, era preciso que a irmã permanecesse junto dele, não à força, porém voluntariamente; era preciso que se sentasse junto a ele no sofá, que se inclinasse para ele, e então lhe confiaria ao ouvido que tivera a firme intenção de mandá-la ao Conservatório, e que, se não tivesse acontecido essa desgraça, durante o passado Natal — pois o Natal já passara, não? — assim o teria declarado a todos, sem preocupar-se com nenhuma objeção contrária. E, ao ouvir esta explicação, a irmã, comovida, se poria a chorar, e Gregório a ergueria sobre seus ombros, e a beijaria no pescoço, que, desde que ia ao seu emprego, trazia desnudo, sem cinto nem colar.

"Senhor Samsa" — disse de súbito ao pai o senhor que parecia ser o mais autorizado —. E, sem desperdiçar nenhuma palavra mais, mostrou ao pai estendendo o indicador naquela direção, a Gregório que ia lentamente avançando —. O violino emudeceu imediatamente, e o senhor que parecia ser o mais autorizado, sorriu aos seus amigos, sacudindo a cabeça, e tornou a olhar para Gregório.

Pareceu ao pai que era mais urgente, em vez de expulsar dali a Gregório, tranqüilizar os hóspedes, os quais não se mostravam menos intranqüilos, e pareciam divertir-se mais com a aparição de Gregório que com o violino. Precipitou-se para eles, e estendendo os braços, quis empurrá-los para seu quarto, ao mesmo tempo em que lhes ocultava com seu corpo a vista de Gregório. Eles então, não dissimularam seu asco, embora não fosse possível saber se este obedecia à atitude do pai, ou ao inteirar-se naquele momento de que tinham convivido, sem o suspeitar, com um ser daquela espécie.

Pediram explicações ao pai, ergueram por sua vez os braços para o céu, puxaram pela barba com gesto inquieto, e não retrocederam senão muito lentamente até seu quarto.

Enquanto isso, a irmã conseguira superar a impressão que lhe causara a princípio ver-se bruscamente interrompida. Ficou um instante com os braços caídos, segurando com indolência o arco e o violino, e o olhar fixo no papel de música, como se ainda tocasse. E de súbito explodiu: deitou o instrumento nos braços da mãe, que continuava sentada em sua poltrona, meio sufocada pelo dificultoso trabalho de seus pulmões, e precipitou-se para o quarto contíguo, ao que os hóspedes, empurrados pelo pai, iam-se aproximando já mais rapidamente. Com grande agilidade, afastou e fez voar para o alto cobertas e travesseiros; e, mesmo antes que os senhores penetrassem em seu quarto, já terminara de arrumar-lhes as camas, e tinha-se escapulido.

O pai achava-se a tal ponto dominado pela sua obstinação, que se esquecia até do mais elementar respeito devido aos hóspedes, e continuava empurrando-os freneticamente. Até que, já no limiar, aquele que parecia ser o mais autorizado entre os três deu uma patada no solo, e com voz troante, deteve-o com as seguintes palavras:

— Participo-lhes — e erguia a mão ao dizer isto, e procurava com o olhar também à mãe e à irmã —, participo-lhes que, em vista das repugnantes circunstâncias que nesta casa e família existem — e ao chegar aqui cuspiu com força no solo —, neste mesmo momento despeço-me. Está claro que não pagarei coisa alguma pelos dias que vivi aqui, antes, pelo contrário, hei de refletir se não posso exigir alguma indenização do senhor, a qual, não duvide disso, seria muito fácil de justificar.

Calou-se, e olhou à sua volta como esperando algo. E efetivamente, seus dois amigos corroboraram no mesmo instante a afirmativa, acrescentando por sua conta:

— Também nós nos despedimos agora mesmo.

·Depois disto, o que parecia autorizado a falar em nome dos três segurou a maçaneta e fechou a porta com um golpe. O pai, com passo vacilante, tateando com as mãos, dirigiu-se para sua poltrona, e deixou-se cair nela. Parecia dispor-se a tirar sua costumeira soneca de todas as noites, mas a profunda inclinação de sua cabeça, caída como sem peso, demonstrava que não dormia.

Durante todo este tempo, Gregório tinha permanecido calado, imóvel no mesmo local em que o tinham surpreendido os hóspedes. O desencanto causado pelo fracasso de seu plano, e talvez também a fraqueza produzida pela fome, tornavam-lhe impossível o menor movimento. Não sem razão, temia ver estalar sobre si, dentro de pouco tempo, uma tormenta geral, e esperava. Nem mesmo se sobressaltou com o ruído do violino, que escorregou do colo da mãe sob o impulso do tremor de seus dedos.

— Queridos pais — disse a irmã, dando, à maneira de introdução, um forte soco sobre a mesa —, isto não pode continuar assim. Se vocês não compreendem, eu percebo isso. Diante deste monstro, não quero nem mesmo pronunciar o nome de meu irmão; e, portanto, apenas direi isto: é forçoso tentar livrar-nos dele. Fizemos o que era humanamente possível para cuidar dele e

tolerá-lo, e não creio que ninguém possa portanto fazer-nos a menor censura.
— Tens mil vezes razão — disse então o pai.
A mãe, que ainda não podia respirar à vontade, começou a tossir surdamente, com a mão no peito e os olhos descompostos como os de uma louca.
A irmã correu para ela e segurou-lhe a fronte.
As palavras da irmã pareceram induzir o pai a concretizar ainda mais seu pensamento. Tinha-se erguido na poltrona, brincava com seu gorro de criado por entre os pratos, que ainda permaneciam sobre a mesa de refeição dos hóspedes, e, de quando em quando, dirigia um olhar para Gregório impassível.
— É preciso que tentemos nos desfazer dele — repetiu por fim a irmã ao pai; pois a mãe, com sua tosse não podia ouvir nada —. Isto acabará matando a vocês dois, estou vendo isso. Quando temos de trabalhar tanto quanto trabalhamos, não é possível sofrer mais, ainda, em casa, estes tormentos. Eu também não posso mais.
E começou a chorar com tal força, que suas lágrimas caíram sobre o rosto da mãe, a qual as limpou mecanicamente com a mão.
— Minha filha — disse então o pai com compaixão e surpreendente lucidez — E que vamos fazer?
Mas a irmã contentou-se em encolher os ombros, como para demonstrar a perplexidade que se tinha apoderado dela enquanto chorava, e que tão grande contraste fazia com sua anterior decisão.
— Se ao menos ele nos compreendesse — disse o pai em tom meio interrogativo.
Mas a irmã, sem deixar de chorar, agitou energicamente a mão, indicando com isso que não se devia nem pensar em semelhante coisa.
— Se ao menos nos compreendesse — insistiu o pai fechando os olhos, como para dar a entender que ele também se encontrava convencido da impossibilidade desta suposição —, talvez pudéssemos então chegar a um acordo com ele. Mas, nestas condições...
— É preciso que ele se vá — disse a irmã —. Este é o único meio, pai. Basta que procures desfazer a idéia de que se trata de Gregório. O tê-lo acreditado durante tanto tempo é na realidade a origem de nossa desgraça. Como pode isto ser Gregório? Se assim fosse, já há tempos teria compreendido que não é possível que alguns

seres humanos vivam em comunhão com semelhante bicho. E, a ele mesmo, teria ocorrido partir. Teríamos perdido o irmão, mas poderíamos continuar vivendo, e sua memória perduraria eternamente entre nós. Enquanto que assim, este animal nos persegue, expulsa aos hóspedes, e mostra claramente que quer apoderar-se de toda a casa e deixar-nos na rua. Olha, pai — pôs-se a gritar de repente —, já principia de novo!

E, com um terror que pareceu incompreensível a Gregório, a irmã abandonou inclusive à mãe, afastou-se da poltrona, como se preferisse sacrificar à mãe antes do que permanecer nas proximidades de Gregório, e correu a refugiar-se atrás do pai o qual, excitado também por esta atitude sua, pôs-se também em pé, estendendo os braços diante da irmã com um gesto de proteção.

Mas, o fato é que não tinha ocorrido a Gregório de modo algum querer assustar ninguém, muito menos à sua irmã. A única coisa que fizera fora começar a dar volta, para retornar ao seu quarto, e isto foi sem dúvida o que sobressaltou aos outros, pois, devido ao seu estado doentio, para realizar aquele movimento tinha de ajudar-se com a cabeça, erguendo-a e tornando a apoiá-lo no solo diversas vezes. Deteve-se e olhou à sua volta. Parecia ter sido adivinhada sua boa intenção: aquilo tinha sido apenas um susto momentâneo.

Agora todos o fitavam tristes e pensativos. A mãe estava na poltrona, com as pernas estendidas diante de si, muito juntas uma contra a outra, e os olhos quase semicerrando-se de cansaço. O pai e a irmã achavam-se sentados um ao lado do outro, e a irmã rodeava com seu braço o pescoço do pai.

— Bem, talvez possa já mover-me — pensou Gregório, começando de novo seu penoso esforço. Não podia conter seu resfolegar e, de vez em quando, tinha de deter-se para descansar. Mas ninguém o apressava; era deixado em inteira liberdade. Quando completou a volta, iniciou logo a marcha de regresso em linha reta. Assombrou-o a grande distância que o separava de seu quarto; não chegava a compreender como em seu atual estado de fraqueza, tinha podido, momentos antes, fazer esse mesmo caminho quase sem perceber. Com a única preocupação de se arrastar o mais rapidamente possível, mal reparou em que nenhum membro da **família** o azucrinava com palavras ou gritos.

Ao chegar ao umbral, voltou porém a cabeça, embora apenas a meio, pois sentia certa rigidez no pescoço, e pôde ver que nada mudara às suas costas. Unicamente a irmã se tinha posto de pé.

E seu último olhar foi para a mãe, que por fim adormecera.

Mal se achou dentro de seu quarto sentiu fechar-se rapidamente a porta, e passarem o pestilo e a chave. O brusco ruído que isto produziu assustou-o de tal modo, que as patas se lhe dobraram. A irmã era quem tinha tanta pressa. Permanecera em pé, como espreitando o momento de poder precipitar-se e fechá-lo. Gregório não tinha percebido a aproximação dela.

— Por fim! — ela exclamou dirigindo-se aos pais, ao mesmo tempo que dava volta à chave na fechadura.

— E agora? — perguntou-se Gregório olhando à sua volta na escuridão.

Muito depressa teve de se convencer que lhe era impossível mover-se, de modo absoluto. Isto não o assombrou: pelo contrário, não lhe parecia natural ter podido caminhar como o fazia até então, com aquelas patinhas tão finas. Além do mais, sentia-se relativamente à vontade. É certo que todo o corpo lhe doía; mas parecia-lhe que estas dores se iam enfraquecendo sempre mais, e pensava que por fim terminariam. Mas notava já a maçã podre que tinha na espádua, e a inflamação recoberta de branco pelo pó. Pensava com emoção e carinho nos seus. Achava-se, se era possível, ainda mais firmemente convencido do que sua irmã, de que tinha de desaparecer.

E em tal estado de aprazível meditação e insensibilidade, permaneceu até que o relógio da igreja deu as três horas da madrugada. Ainda pôde viver aquele começo de madrugada que despontava por trás das vidraças. Depois, contra sua vontade, sua cabeça tombou por completo, e seu focinho despediu debilmente seu último alento.

Na manhã seguinte, quando a criada entrou — batia tanto as portas que, quando chegava, era já impossível ficar na cama, apesar das infinitas vezes que lhe tinham pedido que adotasse outras maneiras — para fazer a Gregório a breve visita do costume, não encontrou nele, a princípio, nada de particular. Supôs que permanecia assim imóvel com toda intenção, para fazer-se de aborrecido, pois considerava-o capaz do mais completo discernimento. Casualmente, levava na mão o espanador, e quis com ele fazer mossa a Gregório, ainda na porta.

Ao ver que também com isto nada conseguia, irritou-se por sua vez, começou a puxá-lo, e apenas depois que o empurrou sem encontrar nenhuma resistência, observou-o atentamente, e, compreendendo logo o que acontecera, abriu desmesuradamente os olhos e deixou escapar um assobio de surpresa. Mas, não perdeu muito tempo, porém, abrindo bruscamente a porta da alcova, pôs-se a gritar na escuridão.

— Ei, vocês, vejam, arrebentou! Aí está o que se chama arrebentado!

O senhor e a senhora Samsa ergueram-se no leito matrimonial. Custou-lhes grande trabalho livrarem-se do susto, e demoraram bastante a compreender o que desse modo lhes anunciava a criada. Mas logo que o compreenderam, desceram logo da cama, cada qual de seu lado, e com a maior rapidez possível. O senhor Samsa deitou a colcha sobre os ombros; a senhora Samsa ia apenas coberta com sua camisola de dormir, e assim penetraram no quarto de Gregório.

Enquanto isso, tinha-se aberto também a porta da sala de refeições, onde Grete dormia desde a chegada dos hóspedes. Grete estava completamente vestida, como se não tivesse dormido durante toda a noite, coisa que parecia confirmar a palidez de seu rosto.

— Morto? — disse a senhora Samsa, olhando interrogativamente para a criada, não obstante poder comprovar tudo por si mesma, e inclusive averiguá-lo sem necessidade de nenhuma comprovação.

— É o que lhe digo — respondeu a criada, empurrando ainda um bom trecho com o escovão o cadáver de Gregório, como para provar a veracidade de suas palavras.

A senhora Samsa fez um movimento como para detê-la, mas não a deteve.

— Bem — disse o senhor Samsa —, agora podemos dar graças a Deus.

Benzeu-se, e as três mulheres o imitaram.

Grete não desviava seus olhos do cadáver.

— Olha como estava magro — disse —. É verdade que já há tempos não comia nada. Assim como as comidas entravam, assim voltavam.

O corpo de Gregório aparecia efetivamente reto e seco. Disto, somente se davam conta agora, porque já não o sustentavam suas patinhas, e ninguém afastava dele o olhar.

— Grete, vem um instantinho conosco — disse a senhora Samsa sorrindo melancolicamente.

E Grete, sem deixar de olhar para o cadáver, seguiu seus pais à alcova.

A criada fechou a porta, e abriu a janela de par em par. Era ainda muito cedo, mas o ar tinha já, em seu frescor, certa frieza. Estava-se exatamente em fins de março.

Os três hóspedes saíram de seu quarto e procuraram com a vista sua refeição matinal. Tinham-se esquecido deles.

— E o desjejum? — perguntou à criada com mau humor o senhor que parecia ser o mais autorizado dos três.

Mas a criada, pondo o indicador diante da boca dele, convidou silenciosamente, com sinais enérgicos, aos senhores a entrarem no quarto de Gregório.

Entraram, pois, e ali estiveram, no quarto inundado de claridade, em redor do cadáver de Gregório, com expressão desdenhosa e as mãos metidas nos bolsos de seus coletes um tanto roídos.

Então, abriu-se a porta da alcova, e apareceu o senhor Samsa, metido em sua libré, levando pelo braço a sua mulher e pelo outro sua filha. Todos tinham sinais de ter chorado um pouco, e Grete escondia de vez em quando o rosto contra o braço do pai.

— Deixem imediatamente minha casa, os senhores — disse o senhor Samsa, apontando para a porta, mas sem soltar as mulheres.

— Que pretende o senhor dizer com isto? — perguntou-lhe o mais autorizado dos senhores, um tanto desconcertado, e sorrindo com timidez.

Os outros dois tinham as mãos cruzadas às costas, e roçavam-nas sem cessar uma contra a outra, como se esperassem satisfeitos uma disputa, cujo resultado devia ser-lhes favorável.

— Pretendo dar a entender exatamente o que digo — respondeu o senhor Samsa, avançando com seus dois acompanhantes em uma linha direta para o hóspede.

Este permaneceu um instante calado e calmo, com o olhar fixo no solo, como se seus pensamentos se fossem organizando em uma nova disposição dentro de sua mente.

— Nesse caso, vamo-nos — disse por fim, olhando o senhor Samsa, como se uma força repentina o impelisse a pedir-lhe autorização inclusive para isto.

O senhor Samsa contentou-se em abrir muito os olhos e inclinar repetidas vezes breve e afirmativamente a cabeça.

Depois disto, o hóspede encaminhou-se com grandes passadas ao vestíbulo. Fazia já um momento que seus dois companheiros ouviam sem roçar as mãos, e agora sairam pisando nos calcanhares e dando saltos, como se temessem que o senhor Samsa chegasse antes que eles ao vestíbulo, e se interpusesse entre eles e seu guia.

No vestíbulo, os três apanharam seus respectivos chapéus da chapeleira, tiraram seus respectivos bastões do cabideiro, inclinaram-se em silêncio, e deixaram a casa.

Com uma desconfiança que nada justificava, que logo se demonstrou, o senhor Samsa e as duas mulheres sairam, de bruços sobre o patamar, olharam como aqueles três senhores lenta, mas ininterruptamente, desciam a longa escada, desaparecendo ao chegar à volta que esta dava em cada andar, e reaparecendo alguns segundos depois.

À medida que iam descendo, decrescia o interesse que por eles sentia a família Samsa, e, ao cruzar-se com eles primeiro, e continuar subindo depois, o empregado de um açougue, que segurava orgulhosamente seu cesto na cabeça, o senhor Samsa e as mulheres abandonaram a sacada, e, aliviados de um verdadeiro peso, entraram outra vez em casa.

Decidiram dedicar aquele dia ao descanso e a pessear: não somente tinham bem ganha esta trégua em seu trabalho, porém até lhes era indispensável. Sentaram-se, pois, à mesa, e escreveram três cartas desculpando-se: o senhor Samsa a seu chefe, a senhora Samsa ao dono da loja, e Grete ao seu gerente.

Quando estavam ocupados com estes afazeres, entrou a criada para dizer que se ia, pois já tinha terminado seu trabalho da manhã. Os três continuaram escrevendo sem lhe prestar atenção, contentando-se em fazer

um sinal afirmativo com a cabeça. Mas, ao ver que ela não resolvia partir, ergueram os olhos com aborrecimento.
— Que está acontecendo? — perguntou o senhor Samsa.

A criada permanecia sorridente no limiar, como se tivesse que comunicar à família uma felicíssima notícia, mas indicando com sua atitude que somente o faria depois de ter sido convenientemente interrogada. A peninha posta direita em seu chapéu, e que já incomodava ao senhor Samsa desde o momento em que tinha entrado aquela mulher ao seu serviço, bamboleava-se em todas as direções.

— Bem, vamos a ver, que deseja? — perguntou a senhora Samsa, que era a pessoa a quem mais a criada respeitava.

— Pois — respondeu esta, e o riso não a deixava prosseguir —, é que os senhores já não têm por que se preocuparem com a maneira como vão se defazer desse traste aí ao lado. Já está tudo arrumado.

A senhora Samsa e Grete inclinaram-se outra vez sobre suas cartas, como para seguir escrevendo; e o senhor Samsa, percebendo que a criada se dispunha a contar tudo minuciosamente, deteve-a, estendendo com energia a mão para ela.

A criada, ao ver que não lhe permitiam contar o que tinha preparado, lembrou-se de que tinha muita pressa.

— Fiquem com Deus! — disse, visivelmente ofendida.

Deu meia volta com grande irritação, e abandonou a casa batendo a porta de modo terrível.

— Esta noite despeço-a — disse o senhor Samsa.

Mas não recebeu resposta, nem de sua mulher nem de sua filha, pois a criada parecia ter voltado a perturbar aquela tranqüilidade que acabavam agora de recuperar.

A mãe e a filha levantaram-se e dirigiram-se para a janela, diante da qual permaneceram abraçadas. O senhor Samsa fez girar sua poltrona naquela direção, e esteve observando-as um instante tranqüilamente. Depois:

— Bem — disse —, venham já. Esqueçam já de uma vez as coisas passadas. Tenham também um pouco de consideração comigo.

As duas mulheres obedeceram-no de imediato, correram para ele, acariciaram-no, e acabaram de escrever.

Depois, sairam os três juntos, coisa que não tinha acontecido desde muitos meses, e tomaram o bonde para ir respirar o ar livre de fora. O bonde, no qual eram os únicos viajantes, achava-se inundado da luz cálida do sol. Comodamente recostados em seus assentos, foram trocando impressões a respeito do porvir, e viram que, bem pensadas as coisas, ele não se apresentava com tons escuros pois suas três colocações — sobre as quais não se tinham ainda interrogado claramente uns aos outros — eram muito boas e, especialmente, permitiam abrigar para mais adiante grandes esperanças.

O que no momento mais haveria de melhorar a situação, seria mudar de casa. Desejavam uma casa menor e mais barata, e, especialmente, melhor situada e mais prática do que a atual, que tinha sido escolhida por Gregório.

E, enquanto assim conversavam, perceberam quase simultaneamente, o senhor e a senhora Samsa, de que sua filha, que apesar de todos os cuidados, perdesse a cor nos últimos tempos, tinha-se desenvolvido e convertido em uma linda jovem cheia de vida. Sem trocar já palavra, entendendo-se quase instintivamente com olhares, disseram-se um ao outro que já era tempo de encontrar um bom marido para ela.

E quando, ao chegar ao término da viagem, a filha se ergueu em primeiro lugar, e estirou suas formas juvenis, pareceu que confirmava com isso os novos sonhos e sadias intenções dos pais.

JOSEFINA, A CANTORA
OU
A CIDADE DOS RATOS

Nossa cantora chama-se Josefina. Quem não a ouviu, não conhece o poder do canto. Não existe ninguém a quem seu canto não arrebate, prova de seu valor, já que em geral nossa raça não aprecia a música. A quietude é nossa música preferida; nossa vida é dura, e embora tentássemos esquecer as preocupações cotidianas não poderíamos nunca elevar-nos a coisas tão distantes de nossa vida habitual como a música. Mas não nos queixamos demasiado; nem sequer nos queixamos; consideramos que nossa máxima virtude é certa astúcia prática, que em verdade nos é sumamente indispensável, e com essa sorridente astúcia costumemos consolar-nos de tudo, mesmo quando alguma vez sentíssemos — o que não acontece nunca — a nostalgia da felicidade que talvez a música produz. Apenas Josefina é uma exceção; agrada-lhe a música, e além disso sabe comunicá-la; é a única; com seu desaparecimento desaparecerá também a música — quem sabe até quando — de nossas vidas.
    Muitas vezes perguntei-me o que aconntece realmente com essa música. Somos totalmente amusicais; como compreendemos então o canto de Josefina, ou antes, já que Josefina nega nossa compreensão, acreditamos compreendê-lo? A resposta mais simples seria que a beleza do referido canto é tão grande que nem o espírito mais tolo pode resistir a ela; mas essa resposta é insatisfatória. Se assim fosse realmente, ao ouvir esse canto deveríamos experimentar, antes de tudo e em todos os casos, a sensação do extraordinário, a sensação de que nessa garganta ressoa algo que não ouvíramos nunca, e que tampouco somos capazes de ouvir, e que talvez Josefina e somente ela nos faculta ouvir. Na realidade, não

é esta minha opinião, não sinto isso e não notei que os demais o sentissem. Em círculos íntimos, não titubeamos em confessar-nos que, como canto, o canto de Josefina não é nada extraordinário.

Para começar, é canto? Apesar de nossa amusicalidade, possuímos tradições de canto; na antiguidade, o canto existiu entre nós; as lendas mencionam isso, e até se conservam canções, que por certo já ninguém pode cantar. Portanto, temos certa idéia do que é o canto, e é evidente que o canto de Josefina não corresponde a essa idéia. É então canto? Não será talvez um mero chiado? Todos sabemos que o chiado é a aptidão artística de nosso povo, ou antes, não uma aptidão, porém uma característica expressão vital. Todos chiamos, mas a ninguém ocorre que chiar seja uma arte, chiamos sem dar importância a isso, até sem percebermos, e muitos de nós nem sequer sabem que chiar é uma de nossas características. Portanto, se fosse certo que Josefina não canta, porém chia, e que talvez, como eu acredito, pelo menos, seu chiado não ultrapassa os limites de um chiado comum — até é possível que suas forças nem sequer cheguem para um chiado comum, quando um mero trabalhador da terra pode chiar todo o dia, enquanto trabalha, sem se cansar —; se tudo isto fosse certo, então ficariam imediatamente refutadas as pretensões artísticas de Josefina, mas ainda faltaria resolver o enigma de seu imenso efeito.

Porque, afinal de contas, o que ela emite é um simples chiado. Se alguém se coloca bem distante e a escuta, ou ainda melhor, se para pôr à prova seu discernimento, procura reconhecer a voz de Josefina quando esta canta em meio de outras vozes, apenas distingue, sem deixar margem a dúvidas, um vulgar chiado, que no melhor dos casos mal se diferencia pela sua delicadeza ou sua fraqueza. E contudo, se não está diante dela, já não ouve um simples chiado; para compreender sua arte é necessário não somente ouvi-la, porém também vê-la. Mesmo quando apenas fosse nosso chiado cotidiano, encontramo-nos antes de tudo com a peculiaridade de alguém que se prepara solenemente para executar um ato cotidiano. Descascar uma noz não é realmente uma arte, e em conseqüência ninguém se atreveria a congregar um auditório para entretê-lo descascando nozes. Mas se o faz e consegue seu desideratum, então já não se trata meramente de descascar nozes. Ou talvez se trate meramente de cascar nozes, mas então descobrimos que nos despreocupamos totalmente da referida arte porque o dominávamos demais, e este novo descascador de nozes mostra-nos pela primeira vez a essência real da arte, a ponto que poderia convir-lhe, para um maior efeito, ser um pouco menos hábil em descascar nozes do que a maioria de nós.

Talvez aconteça o mesmo com o canto de Josefina; admiramos nela o que não admiramos em nós; por outra parte, ela está neste sentido totalmente de acordo conosco. Eu me achava presente uma vez que alguém, como com freqüência acontece, se referiu ao chiado popular, tão difundido, e na verdade referiu-se muito timidamente, mas para Josefina era mais do que suficiente. Não vi nunca um sorriso tão sarcástico e arrogante como o seu nesse momento; ela, que é a personificação da perfeita delicadeza, e até se destaca pela sua delicadeza entre nosso povo, tão rico em finos tipos femininos, chegou a parecer nesse instante francamente vulgar; mas sua grande sensibilidade lhe permitiu aperceber-se, e dominou-se. De todos os modos, nega toda relação entre sua arte e o chiado. Somente sente desprezo para os que são de opinião contrária, e provavelmente ódio inconfessado. Isto não é simples vaidade, porque os referidos opositores, entre os quais de certo modo me encontro, não a admiram certamente menos do que a multidão, mas Josefina não se conforma com a mera admiração, quer ser admirada exatamente da maneira que ela prescreve; a simples admiração não lhe importa. E quando se está diante dela, compreendemo-la; a oposição apenas é possível de longe; quando se está diante dela, sabe-se; o que chia não são chiados.

Como chiar é um de nossos hábitos inconscientes, poderia supor-se que também no auditório de Josefina se ouvem chiados; encanta-nos sua arte, e quando estamos encantados, chiamos; mas seu auditório não chia, guarda um silêncio total; como se nos tornássemos partícipes da anelada calma, da qual nosso chiar nos afastaria, calamo-nos. Seu canto não extasia, ou não será antes o solene silêncio que envolve sua débil vozinha? Aconteceu uma vez que uma tola criaturinha começou também a chiar, com toda inocência, enquanto Josefina cantava. Pois bem, era exatamente o mesmo que Josefina nos fazia ouvir; diante de nós, seus chiados cada vez mais débeis, apesar de todos os ensaios, em meio do público, o chiado infantil e involuntário; teria sido impossível assinalar uma diferença; e contudo assobiamos e ciciamos imediatamente à intrusa, embora era na realidade totalmente desnecessário, porque esta se teria retirado de todos os modos arrastando-se de terror e vergonha, enquanto Josefina lançava seu chiado triunfal e em um completo êxtase estendia os braços e esticava o pescoço até mais não poder.

Por outra parte, sempre acontece assim, qualquer ninharia, qualquer contingência, qualquer contrariedade, um rangido do pavimento, um ranger de dentes, um defeito da iluminação lhe servem de pretexto para realçar o efeito de seu canto; acredita cantar contudo para ouvidos surdos; aprovação e aplauso não lhe faltam, mas sim verdadeira compreensão, segundo ela, e há tempo que se resignou à incompreensão. Por isso lhe agradavam tanto as interrupções; qualquer circunstância exterior que se oponha à pureza de seu canto, que possa ser vencida com pouco esforço, ou até sem esforço, simplesmente afrontá-la, pode contribuir para despertar a multidão, e para ensinar-lhe, se não a compreensão, pelo menos um supersticioso respeito.

Se assim lhe servem as ninharias, quanto mais as grandes contingências! Nossa vida é muito inquieta, cada dia nos traz novas surpresas, temores, esperanças e sustos, que o indivíduo isolado não poderia suportar se não contasse dia e noite, sempre, com o apoio de seus camaradas; mas ainda assim seria bastante difícil; muitas vezes milhares de espáduas cambaleiam sob uma carga destinada a um só. Então Josefina considera que chegou sua hora. Ergue-se, delicada criatura; seu peito vibra angustiosamente, como se tivesse concentrado todas suas forças no canto, como se se tivesse despojado de tudo o que nela não é diretamente necessário ao canto, toda força, toda manifestação de vida quase, como se se tivesse desnudado, abandonado, entregue totalmente à proteção dos anjos guardiães, como se em seu total arrebatamento na música um só hálito frio pudesse matá-la. Mas justamente quando assim aparece os que nos dizemos oponentes costumamos comentar:

— Nem sequer pode chiar; tem que se esforçar tão horrivelmente não para cantar (não falemos de cantar), senão para obter algo vagamente parecido ao chiado habitual do país.

Assim comentamos, mas esta impressão, como disse inevitável, é contudo fugaz, e rapidamente desaparece. Súbito, também nós nos submergimos no sentimento da multidão, que em cálida proximidade escuta, contendo o alento.

E para reunir em torno dela esta multidão de gente de nosso povo, um povo quase sempre em movimento, que corre para aqui e para lá por motivos nem sempre muito claros, basta a Josefina geralmente deitar a cabecinha para trás, entreabrir a boca, virar os olhos para cima, e adotar em geral a posição que anuncia sua intenção de cantar. Pode fazer isto onde queira, não é preciso que seja um lugar visível de longe, qualquer canto escondido e escolhido ao acaso segundo o capricho do momento, lhe serve. A notícia de que vai cantar difunde-se imediatamente, e logo acorrem procissões inteiras. É claro que às vezes surgem inconvenientes, porque Josefina canta de preferência em tempos de agitação; múltiplas preocupações e perigos obrigam-nos a seguir caminhos divergentes, apesar da melhor boa-vontade não podemos nos reunir tão depressa como Josefina desejaria, e vê-se obrigada a esperar certo tempo, sem abandonar sua atitude grandiosa, e sem auditório suficiente; então se torna francamente furiosa, bate o solo com a pata, maldiz de modo muito pouco virginal; até chega a morder. Mas nem mesmo semelhante conduta prejudica sua reputação; em lugar de conter suas exageradas pretensões, todos se esforçam em satisfazê-las; enviam-se mensageiros para convocar mais público; oculta-se-lhe esta circunstância; por todos os caminhos dos arredores vêem-se sentinelas postadas, que fazem sinais aos concorrentes para que se apressem; isto continua até reunir-se um auditório tolerável.

Que impele o povo a incomodar-se tanto por causa de Josefina? Problema tão difícil de resolver como o do canto de Josefina, e estreitamente relacionado com ele. Poder-se-ia suprimi-lo, e incluí-lo totalmente no segundo problema mencionado, se fosse possível assegurar que em consideração a seu canto o povo é incondicionalmente ligado a Josefina. Mas este não é o caso; nosso povo desconhece quase a adesão incondicional; nosso povo, que ama especialmente a astúcia inócua, o sussurro infantil e a prosa inocente e superficial, esse povo não pode em caso algum entregar-se incondicionalmente, e Josefina sabe disso muito bem, e justamente contra isso combate com todo o vigor de sua débil garganta.

Por certo, não devemos exagerar as conseqüências destas considerações tão gerais; o povo é ligado a Josefina, mas não o é incondicionalmente. Por exemplo, não seriam capazes de rir-se dela. Chega a admitir que muitos aspectos de Josefina são risíveis; e o riso é por si uma de nossas características constantes; apesar de todas as misérias de nossa existência, o riso moderado é de certo modo nosso companheiro habitual; mas de Josefina não nos rimos. Com freqüência tenho a impressão de que o povo concebe sua relação com Josefina como se este ser frágil, indefeso, e de certo modo notável (segundo ela, notável pelo seu poder lírico), lhe estivesse confiado, e ele devesse cuidar dela; o motivo não é claro para ninguém, mas o fato parece indiscutível. Mas ninguém se ri do que lhe hão confiado; rir-se seria faltar ao dever; a máxima malícia de que às vezes são capazes os maliciosos ao falar de Josefina é esta: "O riso cessa para nós quando vemos Josefina".

Assim cuida o povo de Josefina, como o pai cuida da criança que lhe estende sua mãozinha, não se sabe bem se para pedir ou para exigir. Poderia acreditar-se que nosso povo não é capaz de desempenhar essas funções paternais, mas na realidade, e pelo menos neste caso, as desempenha admiravelmente; nenhum indivíduo isolado poderia fazer o que faz nesse sentido a totalidade do povo. Por certo, a diferença de forças entre o povo e o indivíduo é tão extraordinária, que basta que atraia o protegido ao calor de sua proximidade, para que este esteja suficientemente protegido. Mas ninguém se atreve a falar destes assuntos com Josefina. "Escarneço de vossa proteção", diz nesses casos. Sim, sim, escarneça, pensamos. E na realidade, sua rebelião não implica uma resistência, antes é mera puerilidade e gratidão infantil, e o dever de um pai é ignorá-las.

Mas há algo nas relações entre o povo e Josefina que é mais difícil de explicar ainda. E é isto, Josefina não só não acredita que o povo a protege, acredita que ela é quem protege o povo. Pensa que seu canto nos salva nas crises políticas ou econômicas, nada menos, e quando não afasta a desgraça, pelo menos inspira-nos forças para suportá-la. Ela não o diz, nem explícita nem implicitamente, porque é verdade que fala pouco, cala-se entre os charlatães, mas o dizem as chispas de seus olhos, e proclama-o sua boca fechada (em nosso povo, poucos podem ter a boca fechada; ela pode).

A cada má notícia — e há dias em que as más notícias abundam, incluindo as falsas e meio verdadeiras — ela ergue-se, porque geralmente está estendida no solo, cansada; ergue-se, estica o pescoço e procura abarcar com o olhar o seu rebanho, como o pastor diante da tormenta. Sabe-se que também os pequenos costumam aduzir pretensões análogas, em sua irreprimível e impetuosa puerilidade, mas em Josefina não são tão infundadas como neles. É verdade que não nos salva, nem nos infunde nenhuma força especial; é fácil adotar o papel de salvador de nosso povo, acostumado ao sofrimento, temerário, de rápidas decisões, conhecedor do rosto da morte, apenas aparentemente tímido nessa atmosfera de audácia que sem cessar o rodeia, e além disso tão fecundo como arriscado; é fácil, digo, considerar-se *a posteriori* o salvador deste povo que sempre soube de algum modo salvar-se a si mesmo, mesmo a custo de sacrifícios que estremecem de espanto o historiador (ainda que em geral descuidamos por completo o estudo da história). É contudo também é verdade que nas situações angustiosas escutamos melhor que em outras ocasiões a voz de Josefina. As ameaças suspensas sobre nós tornam-nos mais silenciosos, mais humildes, mais dóceis à dominação de Josefina; com gosto reunimo-nos, com gosto apinhamo-nos, especialmente porque a ocasião tem tão pouco a ver com nossa torturante preocupação; é como se bebêssemos apressadamente — sim, é preciso dar-se pressa, com muita freqüência Josefina esquece-se desta circunstância — um copo comum de paz antes da batalha. É menos um concerto de canto do que uma assembléia popular, e na verdade, uma assembléia onde excetuando o débil chiado de Josefina impera um absoluto silêncio; a hora é muito séria para desperdiçá-la em conversas.

Uma relação deste tipo, naturalmente, não satisfaz a Josefina. Apesar de sua inquietude e seu nervosismo, conseqüências do indefinido de sua posição, há muitas coisas que não vê, cega pela sua presunção, e sem maior esforço pode conseguir-se que passe por alto muitas outras; um enxame de aduladores ocupa-se constantemente disto, rendendo um verdadeiro serviço público; mas cantar em um canto de uma assembléia popular, desapercebida, secundariamente, ainda que em si mesmo não fosse desonroso, ela não o consentiria jamais, e preferiria negar-nos o dom de seu canto. Mas isto não é necessário, porque sua arte não passa inadvertida. Mesmo no fundo estamos preocupados por coisas muito diferentes, e o silêncio reina não somente porque ela canta, e muitos nem mesmo olham, e preferem enterrar o rosto na pele do vizinho, e Josefina parece portanto esforçar-se inutilmente em seu cenário, há algo contudo em seu canto — e isto não se pode negar — que nos comove. Esses chiados que lança enquanto todos estão entregues ao silêncio, chegam-nos como uma mensagem do povo inteiro a cada um de nós; o tênue chiado de Josefina em meio desses momentos de graves decisões é quase como a miserável existência de nosso povo em meio do tumulto do mundo hostil. Josefina impõe-se, com seu fio de voz, com seu fio de técnica se impõe e nos chega à alma; faz-nos bem pensar nisso. Nesses momentos, não suportaríamos uma verdadeira artista do canto, supondo que houvesse alguma entre nós, e unanimemente nos afastaríamos da insensatez de tal concerto. Que Josefina não descubra jamais que a ouvimos justamente porque não é uma grande cantora. Algum pressentimento disto há de ter, porque se não, com que motivo negaria tão apaixonadamente que a escutamos? Mas continua cantando do mesmo modo, procurando afastar com chiados esse pressentimento.

Mas há outras coisas que poderiam consolá-la: apesar de tudo, é provável que a escutemos do mesmo modo que se escuta uma artista do canto; provoca emoções que uma artista famosa procuraria em vão provocar entre nós, e que somente são possíveis justamente pela pobreza de seus meios. Isto se relaciona sobretudo com nosso modo de viver.

Nosso povo desconhece a juventude, mal conhece uma mínima infância. É certo que regularmente aparecem projetos nos quais se outorga aos pequenos uma liberdade especial, uma proteção especial; nos quais seu direito a certa negligência, a certo espírito inocente de travessura, a um pouco de diversão, e reconhecido, e se fomenta seu exercício; quando esses projetos se apresentam, todos os aprovam, nada aprovariam com mais agrado, mas tampouco existe nada que a realidade de nossa vida permita menos cumprir; aprovam-se os projetos, tenta-se sua aplicação, mas logo tudo volta a ser o que antes era. Nossa vida é tal, que um pequeno mal pode correr um pouco e distinguir outro tanto do mundo que o rodeia, já deve ganhar a vida como um adulto; as zonas em que por razões econômicas devemos viver dispersos são muito extensas, nossos inimigos são muitos, os perigos que nos espreitam em todos os lados, incalculáveis; não podemos afastar os pequenos da luta pela existência, fazê-lo significaria para eles uma morte prematura. A estas melancólicas considerações acrescenta-se outra que não é nada melancólica: a fecundidade de nossa raça. Uma geração — e cada uma é mais numerosa ainda que a anterior — é imediatamente substituída pela seguinte; os pequenos não têm tempo de ser infantes. Outros povos podem criar cuidadosamente seus pequenos, podem edificar escolas para esses pequenos, e dessas escolas surgem diariamente torrentes de pequenos, o futuro da raça, mas durante muito tempo esses pequenos que dia após dia saem das escolas são os mesmos. Nós não temos escolas, mas de nosso povo surgem com brevíssimos intervalos inumeráveis multidões de pequenos, alegremente balbuciando ou pipilando, porque ainda não sabem chiar, rodando ou brincando impelidos pelo ímpeto geral, porque ainda não sabem correr, levando tudo estupidamente pela frente, porque ainda não podem ver, nossos pequenos! E não como os pequenos dessas escolas, sempre os mesmos, não; sempre, sempre diferentes, sem fim, sem interrupção, mal aparece um pequeno, já deixa de ser pequeno, porque se apinham atrás dele os novos rostos de pequenos, impossíveis de serem diferenciados por causa de sua quantidade e sua pressa, rosados de felicidade. Verdadeiramente, por mais formosa que seja essa abundância, e por mais que no-la invejem os outros, com razão, não podemos de modo algum proporcionar a nossos pequenos uma verdadeira infância. E isto traz conseqüências. Uma espécie de inesgotável e inarraigada infância caracteriza nosso povo; em oposição direta com o melhor que temos, nosso infalível sentido comum, conduzimo-nos muitas vezes da maneira mais insensata, e exatamente com a mesma insensatez dos pequenos, loucamente, prodigamente, grandiosamente, frivolamente, e tudo pelo prazer de alguma diversão trivial. E embora nossa alegria naturalmente já não pode atingir a intensidade da alegria infantil, algo desta sem dúvida sobrevive. E também Josefina soube aproveitar desde o primeiro momento esta puerilidade de nosso povo. Mas nosso povo não somente é pueril, em certo sentido também é prematuramente senil, a meninice e a velhice não são em nós como nos outros. Não temos juventude, somos imediatamente adultos, e depois somos adultos muito tempo, e certo cansaço e certa desesperança originados por essa circunstância nos marcam com sinais visíveis, apesar da resistência e a capacidade de esperança que nos caracterizam. Isto também se relaciona certamente com nossa amusicalidade, somos muito velhos para a música, suas emoções, seus êxtases não concordam com nossa insensibilidade; cansados, desdenhamo-la; conformamo-nos com nosso chiado; de vez em quando, basta-nos. Quem sabe se não haverá talentos musicais entre nós; mas se existissem, o caráter de nossa gente os anularia antes que começassem a se desenvolver. Em troca, Josefina pode chiar tudo o que queira, ou cantar, ou o que queira chamar a isso, não nos incomoda, aceitamo-lo bem, podemos suportá-lo perfeitamente; se algum sinal de música existe em seu canto, está reduzido à sua mínima expressão; assim conservamos certa tradição musical, sem incomodar-nos na menor coisa.

Mas Josefina representa algo mais para este povo tão definido. Em seus concertos, especialmente durante as épocas difíceis, apenas os muitos jovens se interessam pela cantora como tal, apenas eles a olham com espanto, olham como estira para fora os lábios, como expele o ar entre seus bonitos dentes dianteiros, e como desfalece de pura admiração diante dos sons que ela mesma obtem, e aproveita esses desmaios para elevar-se a novas e cada vez mais incríveis perfeições; mas a verdadeira massa do povo — é fácil percebê-lo — recolhe-se aos seus próprios pensamentos. Aqui, nos breves intervalos entre as lutas, o povo sonha; como se os membros de cada indivíduo se distendessem, como se por uma vez o sofredor pudesse estender-se e repousar no vasto e cálido leito do povo. E em meio desses sonhos ressoa intermitente o chiado de Josefina; ela chama-o canto precioso, nós, gaguejamento; mas de todos os modos, este é seu lugar apropriado, mais do que em qualquer outra parte; quase nunca encontrará a música momento mais adequado. Alguma coisa ali está de nossa pobre e breve infância, algo de uma felicidade perdida que não pode encontrar-se mais, mas também algo de nossa vida ativa cotidiana, de suas pequenas alegrias, incompreensíveis e contudo incontidas e impossíveis de esquecer. E tudo isto expresso não mediante sons grossos, mas suaves, murmurantes, confidenciais, às vezes um pouco roucos. Naturalmente, são chiados. Por que não? O chiado é a fala de nosso povo, apenas que muitos chiam toda a vida e não sabem, mas aqui o chiado se livra dos grilhões da vida cotidiana e ao mesmo tempo nos livra, durante um breve instante. Juro que não quereríamos faltar a este concertos.

Mas daqui à pretensão de Josefina, que desse modo nos infunde novas forças e etcetera e etcetera, há um bom trecho. Pelo menos para as pessoas normais, não para seus aduladores.

— Como poderia ser de outro modo? — dizem com a mais descarada arrogância —, como se poderia explicar senão essas enormes concorrências, especialmente em momentos de perigo direto e iminente, que muitas vezes até chegaram a entorpecer as medidas requeridas para afastar a tempo o referido perigo?

Pois bem, isto é lamentavelmente certo, mas não se deveria contar como um dos títulos de honra de Josefina, sobretudo se se considera que quando o inimigo surpreendia e disseminava as referidas assembléias, e muitos dos nossos perdiam a vida, Josefina, a culpada de tudo, sim, que talvez tivesse atraído o inimigo com seus chiados, sempre aparecia escondida no lugarzinho mais seguro, e era sempre a primeira a escapar silenciosa e velozmente, protegida pela sua escolta. Contudo, no fundo, todos o sabem, e não obstante acorrem apressadamente onde e quando Josefina se lembre de tornar a cantar. Daqui se poderia deduzir que Josefina está praticamente acima da lei, que pode fazer tudo o que queira, mesmo quando represente um perigo para a comunidade, e que tudo se lhe perdoa. Se assim fosse, as pretensões de Josefina seriam então perfeitamente compreensíveis, se, nessa liberdade que o povo lhe permite, nessa isenção que a ninguém mais se concede e que está essencialmente contra a lei, se pudesse ver um reconhecimento da incompreensão que Josefina aduz, como se a gente se maravilhasse impotente diante de sua arte, não se sentisse digna dela, e procurasse compensar a tristeza que a dita incompreensão provoca em Josefina mediante um sacrifício verdadeiramente desesperado, e decidisse que assim como a arte dela está acima de seu entendimento, assim também sua pessoa e seus desejos estão acima de sua jurisdição. Pois bem, isto é absolutamente falso; talvez o povo, individualmente, se renda muito depressa diante de Josefina, mas em conjunto, assim como não se rende incondicionalmente diante de ninguém, tampouco se rende diante de Josefina.

Desde há muito tempo, talvez desde o começo de sua carreira artística, Josefina luta por obter a isenção de todo trabalho, em consideração a seu canto; evitar-se--lhe-iam assim as preocupações relativas ao pão de cada dia, e tudo o que nossa luta pela existência implica, para transferi-lo — aparentemente — à comunidade. Um fácil entusiasta — e houve alguns entre nós — poderia meramente deduzir deste pedido insólito, e da atitude espiritual que semelhante pedido implica, a íntima justiça do mesmo. Mas nosso povo deduz outras conclusões, e declina tranquilamente a exigência. Nem tampouco se preocupa demais em refutar suas implicações básicas. Josefina aduz, por exemplo, que o esforço do trabalho prejudica sua voz, que na realidade o esforço do trabalho não é nada ao lado do esforço de cantar, mas que lhe impede descansar suficientemente depois do canto e readquirir forças para novas canções, e portanto se vê obrigada a esgotar-se completamente, e nessas condições não pode alcançar nunca o cume de suas possibilidades. A gente ouve-a e não lhe faz caso. Esta gente, tão fácil de comover às vezes, outras vezes não se deixa comover por nada. A negativa é em certas ocasiões tão límpida, que até Josefina se humilha, parece submeter-se, trabalha como deve, canta o melhor que pode, mas somente durante algum tempo, e depois reinicia o ataque com novas forças (porque neste sentido suas forças são inexauríveis).

Pois bem, é evidente que Josefina não pretende na realidade o que diz pretender. É razoável, não foge ao trabalho; de qualquer modo entre nós a preguiça é desconhecida, e além disso se lhe concedessem o que pede certamente continuaria vivendo como antes, o trabalho não seria um obstáculo para o canto, e afinal de contas, seu canto não melhoraria grande coisa; na realidade o que ela pretende é simplesmente um reconhecimento público, franco, permanente e superior a tudo o que é conhecido até agora, de sua arte. Mas ainda que tudo o mais parece ao seu alcance, este reconhecimento foge dela persistentemente. Talvez deveria dirigir seu ataque desde o primeiro momento em outra direção, talvez ela mesma perceba agora o seu erro, mas já não pode voltar atrás, porque voltar atrás significaria trair-se a si mesma; agora precisa resignar-se a vencer ou morrer.

Se realmente tivesse inimigos, como diz, poderia divertir-se muito com o simples espetáculo desta luta, sem mover um dedo. Mas não tem nenhum inimigo, e embora aqui e ali não faltasse nunca quem a criticasse, esta luta não diverte ninguém. Justamente porque neste caso nosso povo adota uma atitude fria e judiciosa, o que muito raramente acontece entre nós; e ainda que se aprove dita atitude, a simples idéia de que alguma vez o povo possa adotá-la conosco, destrói toda alegria. O importante, seja na recusa como no pedido, não é a questão em si, porém o fato de que o povo seja capaz de se opor tão implacavelmente a um companheiro, e tanto mais implacavelmente quanto mais paternalmente o protege em outros sentidos; e ainda mais do que paternalmente: servilmente.

Suponhamos que em vez do povo se tratasse de um indivíduo; poder-se-ia acreditar que este indivíduo foi cedendo diante da vontade de Josefina, sem cessar de alimentar um ardente desejo de pôr fim algum dia à sua submissão; que se sacrificou sobre-humanamente porque acreditou que apesar de tudo haveria um limite para sua capacidade de sacrifício; sim, sacrificou-se mais do que o necessário, apenas para acelerar o processo, apenas para ser mais do que Josefina e incitá-la a desejos sempre renovados, até obrigá-la a superar todo limite com esta última exigência; e opor finalmente sua negativa, lacônica, porque desde há muito estava preparada. Pois bem, a situação não é esta em absoluto, o povo não precisa dessas astúcias, além do mais seu respeito por Josefina é genuíno e comprovado, e a exigência de Josefina é de todo modo exagerada a tal ponto que uma simples criança lhe teria predito o resultado; contudo, devido à idéia que Josefina se formou do assunto, poderia acontecer que também intervissem estas considerações, para acrescentar uma amargura a mais à dor da recusa. Mas sejam quais sejam suas considerações, não lhe impedem prosseguir a luta. Esta luta chegou a intensificar-se nos últimos tempos; até agora foi somente verbal, mas já começa a empregar outros meios, para ela mais eficazes, mas em nossa opinião mais perigosos.

Muitos acreditam que Josefina força sua insistência porque se sente envelhecer, porque sua voz se enfraquece, e portanto parece-lhe que chegou o momento de travar a derradeira batalha e conseguir o reconhecimento. Eu não o creio. Josefina não seria Josefina, se isto fosse certo. Para ela não existem velhice nem debilitamento da voz. Se algo exige, não o exige impelida por circunstâncias exteriores, porém obrigada por uma lógica interna. Aspira à mais alta coroa, não porque momentaneamente pareça menos acessível, porém porque é a mais alta; se dependesse dela, quereria uma mais alta ainda.

Este desprezo pelas dificuldades eternas não a impede de todos os modos de utilizar os métodos mais ruins. Para ela, seu direito é inapelável; então, que importa como o impõe? Especialmente porque neste mundo, tal como ela o vê, os métodos lícitos estão destinados ao fracasso. Talvez por isso transferiu a luta por seus direitos do campo da música a outro campo que não lhe interessa tanto. Seus partidários fizeram saber de sua parte que ela se considera absolutamente capaz de cantar de tal modo que importe um verdadeiro prazer a todo mundo, qualquer que seja seu nível social, até a mais remota oposição; um verdadeiro prazer não no sentido da gente, que declara ter experimentado sempre prazer diante do canto de Josefina, porém um prazer no sentido em que Josefina deseja. Não obstante, acrescenta ela, como não pode falsificar o elevado nem cortejar o vulgar, vê-se obrigada a continuar sendo tal como é. Mas no que se refere à sua campanha de libertação do trabalho, o assunto muda; é claro que é um campanha a favor da música, mas como já não emprega ali diretamente a arma preciosa de sua voz, qualquer meio é portanto válido. Assim se difundiu por exemplo o rumor de que se não aceitam sua exigência, Josefina está decidida a abreviar as partes de *coloratura*. Eu não entendo nada de *coloratura*, e não percebi a menor *coloratura* em seus cantos. Não obstante, Josefina ameaça abreviar as *coloraturas*, não suprimi-las por enquanto, porém simplesmente abreviá-las. É possível que tenha cumprido sua ameaça, mas pelo menos para mim não se percebe a menor diferença em seu canto. O povo em sua totalidade escutou-a como de costume, sem fazer nenhuma referência a *coloraturas* e tampouco mudou sua atitude a respeito da exigência da Josefina. Contudo, é indubitável que a mentalidade de Josefina, como sua figura, é com freqüência de uma graça esquisita. É assim por exemplo que depois daquele concerto, como se sua decisão sobre as *coloraturas* tivesse sido por demais severa ou muito apressada para o povo, anunciou que no concerto seguinte voltaria a cantar completas todas as partes de *coloratura*. Mas depois do concerto seguinte voltou a mudar de idéia, suprimiria definitivamente as grandes árias de *coloratura*, e até que não se decidissem favoravelmente em seu pleito, não voltaria a cantá-las. Pois bem, a gente ouviu todos esses anúncios, decisões e contra-decisões sem dar-lhe a menor importância, como um adulto meditativo que fecha seus ouvidos diante do falatório de uma criança, fundamentalmente bem intencionado, mas inacessível.

De qualquer maneira, Josefina não se dá por vencida. É assim que há pouco pretendeu ter-se ferido num pé, enquanto trabalhava, o que a impossibilitava cantar de pé; como não podia cantar senão de pé, ver-se-ia obrigada a abreviar as suas canções. Ainda claudica e precisa o apoio de seus partidários, ninguém acredita que se tenha ferido realmente. Mesmo admitindo a extraordinária delicadeza de seu corpinho, não deixamos de ser um povo de operários, e Josefina pertence a esse povo; se cada vez que nos machucássemos, fôssemos coxear, o povo inteiro coxearia incessantemente. Mas ainda que se fazendo transportar como uma inválida, embora se mostre em público neste patético estado mais do que o habitual, a gente ouve seus concertos tão agradecida e tão encantada como antes, mas não se preocupa muito com o fato de ela ter abreviado as canções.

Como não pode continuar coxeando eternamente, imagina outra coisa, alega cansaço, mau humor, fraqueza. Ao concerto acrescenta-se agora o teatro. Vemos os partidários de Josefina, que a seguem e suplicam-lhe e imploram-lhe que cante. Ela gostaria de agradá-los, mas não pode. Consolam-na, adulam-na, quase a levam em maca até o lugar previamente escolhido onde se supõe que há de cantar. Finalmente, prorrompendo em lágrimas inexplicáveis, ela cede, mas quando evidentemente exausta se dispõe e cantar, cansada, com os braços não já estendidos como outrora, porém flácidos e caídos junto ao corpo, o que produz a impressão de que talvez sejam um pouco curtos; exatamente quando vai começar, não, é realmente impossível, um movimento enfastiado de cabeça no-lo anuncia, e desmaia diante de nossos olhos. Depois, apesar de tudo, repõe-se e canta, em meu entender mais ou menos como de costume; talvez, se se tem ouvido para os mais finos matizes da expressão, descobre um pouco mais de sentimento que de costume, o que é de se agradecer. E ao terminar está menos cansada do que antes, e com andar firme, se se pode designar assim seus passinhos, afasta-se recusando a ajuda de seus admiradores, e contemplando com olhos gelados à multidão que lhe abre passagem respeitosamente.

Assim acontecia há alguns dias; mas a última novidade é outra: no momento em que devia iniciar um concerto, desapareceu. Não somente procuram-na seus partidários, muitos outros partilham da busca, mas é inútil; Josefina desapareceu, não cantará, nem sequer se poderá adulá-la para que cante, desta vez nos abandonou completamente.

É estranho quão mal essa astuta calcula, tão mal que se pensaria que não calcula nada, e que apenas se deixa levar pelo seu destino, que em nosso mundo não pode ser senão um triste destino. Ela mesma abandona o canto, ela mesma espedaça o poder que chegou a ter sobre os corações. Como pôde obter esse poder, se tão mal conhece esses corações? Oculta-se e não canta, mas o povo, tranqüilo, sem decepção visível, senhoril, uma massa em perfeito equilíbrio, constituída de tal modo que, ainda que as aparências o neguem, apenas pode dar e nunca receber, nem mesmo de Josefina, esse povo continua o seu caminho.

Mas o caminho de Josefina declina. Logo chegará o momento em que seu último chiado soe e se apague para sempre. Ela é apenas um pequeno episódio na eterna história de nosso povo, e este povo superará sua perda. Para nós não será fácil; como faremos para nos reunir em completo silêncio? Na realidade, não eram nossas reuniões também silenciosas quando Josefina estava? Era, afinal de contas, seu chiado notoriamente mais forte e mais vivo do que o será na lembrança? Era porventura em vida de Josefina algo mais do que uma simples recordação? Não terá sido talvez porque em algum sentido era imortal, que a sabedoria do povo apreciou tanto o canto de Josefina?

Talvez nós não percamos muito, afinal de contas; enquanto isso, Josefina, livre já dos trabalhos terrenos, que segundo ela estão contudo destinados aos eleitos, afasta-se jubilosamente em meio da multidão inumerável dos heróis de nosso povo, para entrar muito depressa como todos os seus irmãos, já que desdenhamos a história, na exaltada redenção do esquecimento.

APÊNDICE

CAPÍTULO PRIMEIRO DO LIVRO
RICARDO e SAMUEL
por MAX BROD e FRANZ KAFKA

TRÊS CRÍTICAS

NOTA PRELIMINAR

A primeira publicação deste trecho em "Herderblättern" (Praga, 1912) tinha como introdução a seguinte nota:

Sob o título Ricardo e Samuel — Uma breve viagem através das regiões da Europa Central, incluir-se-ão em um pequeno volume os diários de viagem paralelos de dois amigos de personalidades diferentes.

Samuel é um jovem do mundo, muito seriamente decidido a obter sólidos conhecimentos de Grande Estilo, e um juízo correto sobre todas as questões da vida e da arte, sem tornar-se contudo nem pedante nem estéril. Ricardo não tem nenhuma esfera definida de interesses, deixa-se levar por imprevisíveis sentimentos, e mais ainda, por suas fraquezas, mas dentro de sua reduzida e arbitrária esfera demonstra tanta intensidade e inocente independência, que em nenhum momento chega a ser francamente risível. Quanto a profissão, Samuel é secretário de uma sociedade artística, Ricardo empregado de banco. Samuel dispõe de meios, apenas trabalha porque não suporta sua vida ociosa; Ricardo em troca deve viver de seu trabalho, por outra parte impecável e muito apreciado pelos seus superiores.

Ainda que companheiros de colégio, a viagem aqui descrita é a primeira ocasião em que se encontram juntos durante um período considerável. Apreciam-se bastante, embora se considerem mutuamente incompreensíveis. Esta atração e esta repulsão manifestam-se de diversas maneiras. Descrever-se-á como esta relação se converte primeiro em uma fervorosa intimidade, e depois, após muitos incidentes no perigoso ambiente de Milão e de Paris, se transforma em uma tranqüila e sólida compreensão varonil. A viagem termina quando ambos os amigos resolvem colaborar com seus respectivos talentos em um novo e original empreendimento artístico.

Apresentar os muitos matizes possíveis de uma amizade entre dois homens, e ao mesmo tempo mostrar os países percorridos sob uma dupla luz e ângulos diferentes, com uma atualidade e um significado com freqüência injustamente reservados à descrição de países exóticos, tal é o propósito deste livro.

A PRIMEIRA VIAGEM LONGA EM TREM
(PRAGA-ZURIQUE)

SAMUEL: Partida 26, VIII, 1911; metade do dia, 13 horas e 2 minutos.

RICARDO: Ao ver Samuel, que faz uma breve anotação em seu calendário costumeiro de bolso, ocorre-me novamente a velha e formosa idéia de que cada um de nós faça um diário desta viagem. Comunico-lha. Primeiro, recusa-se, depois consente, dá razões para ambas as atividades, entendo-as em ambos os casos apenas superficialmente, mas não importa, basta que levemos os diários em questão. Agora torna a rir-se de meu caderno de apontamentos, forrado em pano de fio negro, novo, muito grande, quadrado, e que antes parece um caderno de deveres escolares. Prevejo que será difícil e em todo caso incômodo levar este caderno no bolso durante toda a viagem. Mas de qualquer maneira posso comprar um mais prático em Zurique. Samuel tem também uma caneta esferográfica. Pedir-lhe-ei de vez em quando.

SAMUEL: Em uma estação, justamente diante de nossa janelinha, um vagão cheio de camponesas. Sobre o regaço de uma que ri, outra dorme. Desperta, faz-nos um gesto, sugestivamente, em sua sonolência: "Venham". Como se brincasse conosco porque não podemos ir. No compartimento contíguo, uma mulher morena, heróica, completamente imóvel. Com a cabeça muito erguida, olha todo o tempo pela janelinha. Délfica apita.

RICARDO: Mas o que não me agrada, é sua maneira de cumprimentar as camponesas, confiada, falsamente galante, quase pedantesca. Agora o trem se põe em movimento, e Samuel fica sozinho com seu sorriso demasiado amplo e os cumprimentos de seu gorro. Exagerarei? Samuel lê para mim sua primeira anotação, produz em mim uma ótima impressão. Eu devia ter prestado mais atenção às camponesas. O guarda pergunta, bastante vagamente, como se se dirigisse a pessoas que percorrem com freqüência esta linha ferroviária, se alguém quer tomar café em Pilsen. Se alguém aceita, coloca na janelinha um cartão verde para cada café, como faziam antes em Misdrov, quando não havia porto de desembarque, e os barcos içavam bandeirolas de longe para anunciar o número de botes que eram necessários para desembarcar aos passageiros. Samuel não conhece Misdroy. Pena que não fui nunca com ele. Aquela vez era muito formoso. Desta vez também será maravilhoso. A viagem é muito rápida, termina muito depressa; o desejo que tenho agora de fazer viagens longas! Que comparação antiquada a anterior, porque já fazem cinco anos que existe o porto de Misdroy! Café em Pilsen, na estação. Não é obrigatório tomá-lo embora se tenha o cartão, e também o servem sem ele.

SAMUEL: Da estação vemos uma jovem desconhecida que olha pela janelinha de nosso compartimento, mais tarde Dora Lippert. Bonita, de nariz amplo, pouco decote na blusa branca de rendas. Quando a viagem prossegue, primeiro incidente que nos torna amigos: seu grande chapéu, em um forro de papel, voa suavemente do porta-bagagens, e pousa em minha cabeça. Descobrimos que é filha de um oficial transferido para Innsbruck, e que viaja para visitar seus pais, aos quais não viu desde algum tempo. Trabalha em um escritório técnico de Pilsen, durante o dia todo, tem pouco o que fazer, mas gosta disso, está muito satisfeita com sua vida. No escritório chamam-na "nossa franguinha mimada", "nossa pombinha". É a mais jovem, os outros são homens. Oh, é muito divertido o escritório! Trocam os chapéus nos armários, pregam os bolinhos do café na escrivaninha, ou colam a lapiseira de alguém sobre o pano da mesa. Também nós temos ocasião da partilhar uma dessas "divinas" brincadeiras. Com efeito, a jovem envia um cartão postal a seus companheiros de escritório, onde lhes diz: "Infelizmente, o que vocês me tinham predito aconteceu. Subi a outro vagão, por engano, e agora me encontro em Zurique. Carinhosas saudações." Devemos mandar esse cartão de Zurique. Espera que sejamos "homens de honra" e que não acrescentemos nada por nossa conta. No escritório, certamente, preocupar--se-ão, telegrafarão, sabe Deus o que farão. É wagneriana, não perde nenhuma representação de óperas de Wagner ("teriam de ver a Kurz outro dia na Isolda"); justamente lendo a correspondência de Wagner com a Wesendonck, leva o livro com ela para Innsbruck; um senhor, naturalmente o que lhe toca todas as partituras para piano, emprestou-lho. Ela, infelizmente, tem pouco talento para o piano, já nos inteiramos disso quando ela trauteou alguns *leit-motiv*. Coleciona o papel prateado dos chocolates, e faz com ele uma grande bola que leva com ela, além do mais. Esta bola está destinada a uma amiga, com propósitos ulteriores desconhecidos. Também junta carteiras de cigarros, certamente destinadas ao enfeite de uma bandeira. A aparição do primeiro guarda bávaro a induz a expressar-nos com ligeireza e grande dogmatismo suas opiniões sobre os militares austríacos, e os militares em geral, bastante contraditórias e ambíguas para a filha de um oficial. Com efeito, não somente considera fracos os militares austríacos, porém também os alemães e todo militar em geral. Mas, não corre à janela do escritório quando desfila uma banda militar? Tampouco, porque não são verdadeiros militares. Sim, sua irmã menor é diferente. Sempre dançando no cassino dos oficiais de Innsbruck. Mas a ela não impressionam os uniformes, e os oficiais menos. Evidentemente, o senhor que lhe empresta as partituras tem em parte a culpa disto, porém também a têm nossos passeios de ida e volta pela estação de Furth, porque lhe parece tão refrescante passear depois da viagem de trem, e acaricia os próprios quadris com a palma das mãos. Ricardo defende o exército, mas muito seriamente. Suas expressões favoritas: divino — com zero cinco de aceleração — tirar voando — esperto — frouxo.

RICARDO: Dora L. tem faces redondas, com abundante penugem ruiva; mas tão pálidas, que seria preciso apertar os dedos contra elas durante longo tempo para conseguir avermelhá-las um pouco. Seu espartilho está mal colocado, a borda superior forma uma ruga na blusa; é preciso voltar os olhos para outra parte.

Alegro-me por estar sentado diante dela, e não ao seu lado, porque não posso falar com alguém que está sentado ao meu lado. Samuel, por exemplo, prefere sentar-se a meu lado; também prefere sentar-se ao lado de Dora. Eu em troca sinto-me como torturado, quando alguém se senta ao meu lado. Afinal de contas, não se tem o olhar preparado para ver o interlocutor, é necessário primeiramente voltar os olhos. Contudo, especialmente quando o trem se move, o fato de estar sentado à frente de Dora e Samuel obriga-me de vez em quando a perder parte de sua conversação; não se pode gozar de todas as vantagens de uma vez. Em troca, já os vi permanecerem calados, apenas um instante, naturalmente; por certo, não por minha culpa.

Admiro-a; é tão musical. Samuel em troca parece sorrir ironicamente quando ela entoa algo em voz baixa. Talvez não o faça muito corretamente, mas de qualquer modo, não é admirável que uma jovem que vive sozinha em uma grande cidade se interesse tão profundamente pela música? Alugou um piano e levou-o ao seu quarto, que também é alugado. É preciso imaginar-se uma transação tão complicada como o transporte de um piano (Fortepiano!), que às vezes representa dores de cabeça para uma família inteira, e esta frágil moça. Quanta independência e resolução implica esse simples fato!

Pergunto-lhe como vive. Vive com duas amigas, à noite uma delas compra a ceia em um armazém, divertem-se muito juntas e riem-se bastante. Enquanto escuto, percebo de súbito que tudo isto acontece à luz do lampião, o que me parece notável, mas não digo nada. Evidentemente, pouco lhe importa a falta de luz, porque com uma energia como a sua certamente poderia obter da dona da casa melhor iluminação, se a encontrasse alguma vez.

Como no decorrer da conversação tem que nos mostrar tudo o que leva na malinha, vemos também um vidro de remédio, com algo horrível e amarelo em seu interior. Então inteiramo-nos de que não está muito bem de saúde, que esteve enferma durante muito tempo. E depois continuou sempre muito fraca. Naquela circunstância, o próprio chefe lhe aconselhou (são todos tão atenciosos com ela) que somente trabalhasse meio dia no escritório. Agora está melhor, mas ainda tem que tomar este específico, à base de ferro. Eu faço-lhe sentir que conviria atirá-lo pela janelinha. Ela concorda imediatamente comigo (o líquido tem um gosto horrível), mas não posso conseguir que me leve a sério, por mais que eu, inclinando-me para ela mais do que nunca, lhe explico minhas convicções muito claras sobre a necessidade de um tratamento natural para o organismo humano, e tudo com a honesta intenção de ser-lhe útil ou pelo menos de salvar de um perigo a esta jovenzinha sem experiência, e é assim que pelo menos durante um instante me sinto como uma espécie de feliz providência para ela. Como não pára de rir, calo-me. Também me desagrada que Samuel, durante toda a minha explicação, meneie a cabeça. Já o conheço. Acredita nos médicos, e considera ridículo todo tratamento natural. Compreendo-o muito bem; nunca precisou de médico, e portanto não se pôs nunca a pensar seriamente no assunto; por exemplo, não pode se pôr no lugar de alguém que tenha de beber esse asqueroso específico. Se eu tivesse estado a sós com a jovem, tê-la-ia convencido logo. Porque se não tenho razão nestas coisas, não a tenho em nada.

Desde o primeiro momento, soube perfeitamente qual era a origem de sua anemia. O escritório. Pode-se levar em brincadeira, como qualquer outra coisa no mundo, a vida de escritório (e esta jovem toma-a honestamente em brincadeira, está completamente iludida), mas não sua essência, suas infelizes conseqüências. Eu sei por experiência o que digo. Imaginem, então, o que será uma jovem sentada diante de sua escrivaninha, nem sequer suas saias estão feitas para isso, como haverão de se deformarem, tocando todo o tempo, durante horas, sobre um duro· assento de madeira. E do mesmo modo, essas redondas nádegas estarão oprimidas, e também o peito contra a borda da escrivaninha. Exagero? Contudo, uma jovem em uma escrivaninha parece-me sempre um espetáculo deprimente.

Samuel chegou já a uma grande intimidade com ela. Até a induziu, o que a mim não me teria ocorrido nunca, a vir conosco ao vagão-restaurante. Entramos no referido vagão, entre passageiros desconhecidos, com um ar incrível de intimidade. É de notar que para fortalecer uma amizade, basta procurar um ambiente novo. Desta vez sento-me ao lado dela, bebemos vinho, nossos braços se tocam, nosso espírito comum de pessoas em férias converte-nos realmente em uma família.

Samuel, apesar de sua viva resistência, multiplicada pela chuva torrencial, obrigou-a a aceitar que aproveitemos a meia hora de parada em Munique para dar um passeio de automóvel. Enquanto ele vai tomar um táxi, ela me diz sob as arcadas da estação, apertando-me o braço: "Por favor, suspendam este passeio. Não posso acompanhá-los. Não resta a menor dúvida. Digo-o a você, porque confio em você. Com seu amigo não se pode falar. É tão louco!" Subimos ao automóvel, para mim tudo isto é bastante desagradável faz-me lembrar demais uma película chamada "A escrava branca", onde a inocente heroína é introduzida como esta em um automóvel por uns desconhecidos, à saída de uma estação, na escuridão, e depois raptada. Samuel, em troca, está de bom humor. Como a estrutrura do automóvel impede-nos a visão de cada edifício apenas vemos com esforço, a parte baixa. É noite. Perspectivas de sótão. Samuel, em troca, deduz fantásticas informações sobre a altura dos castelos e das igrejas. Como Dora em seu canto escuro insiste em silenciar, e eu temo muito uma cena de lágrimas, Samuel acaba desanimando e pergunta-lhe, em meu entender demasiado convencionalmente: "Como? Suponho que não estará aborrecida comigo, senhorita! Desgostei-a em alguma coisa?", e assim sucessivamente. Ela retruca: "Já que estou aqui não quero estragar-lhes a diversão. Mas não deviam ter-me obrigado. Quando digo *não,* não me faltam razões. Não devia acompanhá-los." "Por quê?", pergunta ele. "Não posso dizê-lo. Você mesmo teria de compreender que não fica bem para uma jovem passear assim de noite com dois senhores. Mas não é só isso. Considere que estou noiva..." Adivinhamos, cada um por nossa conta, com silencioso respeito, que isto tem algo que ver com o senhor wagneriano. Bem, eu não tenho que censurar-me nada, mas de qualquer modo procuro animá-la. Também Samuel, que até agora a tratou com um pouco de condescendência, parece arrependido, e reduz-se a falar somente da viagem. O motorista, a nosso pedido, proclama os nomes da invisíveis maravilhas que nos cercam. Os pneumáticos rumorejam sobre o asfalto molhado, como um aparelho cinematográfico. Novamente "A Escrava Branca". Essas ruas longas, vazias, molhadas, negras. O mais visível são as grandes janelas sem cortinas do restaurante "Quatro anos", que já conhecíamos como o lugar mais elegante de Munique. Reverência de um criado de libré diante de uma mesa cheia de gente. Ao passar por um monumento, que temos a luminosa idéia de anunciar como o famoso monumento a Wagner, Dora demonstra algum interesse. Concede-nos determo-nos um pouco junto ao Monumento à Liberdade, com suas fontes que manam sob a chuva. Uma ponte sobre o rio Isar, mal adivinhado. Formosas mansões senhoriais ao longo do Jardim Inglês. Ludwigstrasse, a igreja dos Teatinos, Feldherrnhalle, a cervejaria Pschorr. Não sei o que se passa comigo; não reconheço nada, embora já tivesse estado diversas vezes em Munique. A porta de Sendlinger. A estação, à qual eu desejava ansiosamente (sobretudo por causa de Dora) chegar a tempo. É assim que como mola perfeitamente calculada atravessamos zumbindo a cidade em vinte minutos exatos, pelo taxímetro.

Escoltamos nossa Dora, como se fôssemos seus parentes de Munique, até um vagão rápido para Innsbruck, onde uma senhora vestida de negro, mais temível do que nós, lhe oferece sua proteção para a noite. Apenas agora compreendo que pode confiar-se tranqüilamente a nós uma garota.

SAMUEL: O caso Dora foi um completo fracasso. Quanto mais progredia, pior se tornava. Eu tinha a intenção de interromper a viagem em Munique, e passar ali a noite. Até a ceia, mais ou menos à altura de Regensburg, pareceu-me que não haveria inconveniente. Procurei cientificar Ricardo disso, mediante algumas palavras que lhe escrevi em um cartão. Parece não as ter lido; apenas pensou em esconder o cartão. Afinal, não me importa nada, a insípida mulherinha não valia muito. Mas Ricardo fez grandes espaventos, com seus cerimoniosos conselhos e suas galantarias. Isso incitou-a a multiplicar suas tolas faceirices, que sobretudo no automóvel me pareceram insuportáveis. Ao despedir-se, como era de se esperar, tornou-se ridiculamente sentimental; Ricardo, que naturalmente levava a valise dela, comportou-se como se ela lhe tivesse outorgado imerecidos favores; invadiu-me uma penosa sensação. Para dizê-lo em poucas palavras: as mulheres que viajam sozinhas, ou que de qualquer modo desejam ser consideradas independentes, não devem recair na habitual e hoje talvez antiquada fraqueza da faceirice, atraindo de repente e de repente repelindo, e procurando obter alguma vantagem na confusão subseqüente. Essa atitude é fácil de desmascarar, e a gente se alegra logo em fazer-se repelir muito mais distante do que ela provavelmente teria querido.

Entramos no compartimento, onde para sobressalto de Ricardo tínhamos abandonado nossa equipagem. Ricardo faz seus habituais preparativos para dormir; enrola sua coberta como almofada, e deixa pender seu sobretudo como uma cortina sobre sua cara. Gosto de comprovar que pelo menos quando trata de seu sono, não lhe importa nada o dos outros, por exemplo apaga a luz sem me perguntar nada, ainda que saiba que eu não consigo dormir no trem. Estende-se sobre o seu banco, como se tivesse mais direito sobre ele do que os outros passageiros. Dorme imediatamente, como um santo. E contudo, o indivíduo queixa-se todo o tempo de sua insônia.

Além de nós, viajam no compartimento dois jovens franceses (estudantes em Genebra). Um deles, de cabelo preto, ri durante todo o tempo, ainda do fato de que Ricardo não lhe deixe lugar para sentar-se (tão deitado está); depois, aproveitando um instante em que Ricardo se levanta e pede aos presentes que não fumem tanto, recupera uma parte do leito de Ricardo. Estas pequenas disputas entre pessoas de diferente idioma são mudas, e portanto muito mais intranscendentes, sem desculpas e sem censuras. Os franceses procuram encurtar a noite passando-se mutuamente uma lata de biscoitos ou embrulhando cigarros ou saindo a cada instante ao corredor, chamando-se, tornando a entrar. Em Lindau (eles dizem "Lendó"), riem-se alegremente do guarda austríaco, e bastante forte, tendo em conta a hora avançada. Os guardas de um país estrangeiro parecem irresistivelmente cômicos, como nos pareceu o bávaro de Furth, com sua enorme valise vermelha que batia em seus tornozelos. Uma longa e persistente visão do lago de Constança, liso e iluminado pelas luzes do trem, até as distantes luzes da margem oposta, escura e neblinosa. Um antigo poema escolar acorre à minha memória: *O cavaleiro sobre o lago de Constança*. Passo um bom momento procurando recordá-lo. Entram três suíços aos empurrões. Um deles fuma. Outro, que permanece depois que os dois primeiros descem, é a princípio inexistente, mas pela manhã adquire forma. Pôs fim às disputas entre Ricardo e o francês moreno, decidindo que nenhum dos dois tem razão, e sentando-se rigidamente entre ambos durante todo o resto da noite, com o cajado de montanhês entre as pernas. Ricardo demonstra que também pode dormir sentado.

Suíça assombra-me porque suas casas elevam-se isoladas, com um aspecto portanto de sólida e enfática independência, em todas as pequenas cidades e povoadozinhos da linha ferroviária. Em St. Gall não estão agrupadas em ruas. Talvez seja uma prova do bom individualismo alemão, alentado pelas desigualdades do terreno. As casas, com suas persianas verde-escuro e muito verde nos alpendres e nas varandas, parecem antes mansões particulares. E contudo albergam uma firma comercial, apenas uma, porque a família e o negócio parecem inseparáveis. Esta idéia de instalar negócios nas casas particulares, recorda-me bastante a novela de R. Walsers "O Ajudante."

Hoje é domingo, 27 de agosto; são cinco horas da manhã. Todas as janelas estão ainda fechadas, tudo dorme. Constantemente, a sensação de que nós, encerrados neste trem, estamos respirando o único ar malsão em muitos quilômetros ao redor, enquanto a paisagem se desenrola e se revela de uma maneira natural, que somente pode ser observada corretamente de um trem noturno, à luz de uma lâmpada constantemente acesa. A princípio, as escuras montanhas comprimem-no como um vale extraordinariamente apertado entre elas e o trem, mais tarde a névoa matutina o ilumina brancamente, como através de quebra-luzes de iluminação indireta; os prados aparecem paulatinamente, frescos, como se nunca os tivessem tocado, verdes de sebe, o que me assombra muito neste ano de seca; finalmente, o sol que sobe faz empalidecer o pasto, em uma lenta transformação. As arvores, com pesadas e grandes estalactites, que descem ao longo do tronco, até o próprio pé da árvore.

Formas como estas vêem-se com freqüência nos quadros dos pintores suíços; até agora eu tinha acreditado que elas eram estilizações.

Uma mãe com suas crianças inicia o passeio dominical, pelo nítido caminho. Isto me recorda Gottfried Keller, que foi criado pela sua mãe.

Em todos os campos de pastoreio, as cercas divisórias mais cuidadas do mundo; muitas estão feitas com madeiras cinzentas, afiadas nas pontas como lápis; com freqüência esses troncos estão partidos em dois. Assim partíanos quando meninos os lápis, para retirar o grafite. Cercas como estas nunca as tinha visto. Deste modo, cada país nos oferece algo novo em sua vida diária, e levado pelo prazer destas impressões a gente deve ter cuidado em não passar por alto o extraordinário.

RICARDO: Suíça, nas horas matutinas, abandonada a si mesma. Samuel desperta-me, ostensivamente para mostrar-me uma ponte notável, que já desapareceu antes que eu chegue à janela, e mediante esta ação direta proporciona a si mesmo talvez a primeira forte impressão da Suíça. A princípio, durante muito tempo, vejo-a de um crepúsculo interior como um crepúsculo exterior.

Esta noite dormi desacostumadamente bem, como quase sempre acontece em um trem. Minhas noites de trem são fracamente um trabalho minucioso. Recosto me, a cabeça em último lugar; como preliminar, experimento por momentos diferentes posições, isolo-me de todos os que me rodeiam, por mais que me olhem de todos os ângulos, cobrindo a minha cara com o sobretudo ou com meu gorro de viagem, e pouco a pouco deslizo para o sono, graças ao prazer inicial que a adoção de uma nova posição me proporciona. A princípio, naturalmente, a escuridão é uma boa ajuda, porém mais tarde se torna quase supérflua. A conversação também pode prosseguir, embora a imagem de um adormecido decidido é uma advertência que mesmo o charlatão mais distante não pode ignorar. Porque não existe lugar onde se sintam mais próxima uma da outra as formas mais opostas de vida; uma proximidade direta e surpreendente, e como conseqüência de sua mútua e contínua contemplação, em muito pouco tempo começam a influir-se mutuamente. E embora um adormecido não induza os outros ao sono, obriga-os a fazer menos ruído, ou fomenta sua capacidade de meditação até o ponto de fumar um cigarro, como infelizmente acontece nesta viagem, onde em meio da pura atmosfera de meus tranqüilos sonos tive que inalar nuvens de fumaça de cigarro.

Explico-me da seguinte maneira esta facilidade minha para dormir nos trens: que meu nervosismo, originado de excesso de trabalho, não me deixa geralmente dormir pelo rumor que provoca em meu interior, tão exacerbado de noite por todos os ruídos casuais da vasta casa de apartamentos e da rua, do rodar de todos os veículos que se aproximam, todas as apóstrofes dos ébrios, todos os passos que sobem a escada, até o ponto que minha irritação chega muitas vezes a culpar injustamente a todos estes ruídos exteriores; em troca no trem, a homogeneidade dos ruídos, o jogo das molas do vagão, o roçar das rodas, o choque dos extremos dos trilhos, a vibração de toda a estrutura de madeira, de vidro e de ferro, cria uma espécie de nível como de completa tranqüilidade, que me permite dormir com toda a aparência de um homem são. Esta aparência, naturalmente, não resiste por exemplo a um estridente apito da locomotiva, ou a uma diminuição do ritmo das rodas, ou mais claramente à sensação de entrar em uma estação, que se transmite através de meu sono inteiro como através de todo o trem, até que me acorda. Então ouço sem assombro o anúncio dos nomes de lugares por onde jamais imaginara que passaria, como agora Lindau, Constança, creio que também Romanshorn, e me proporcionam menos prazer do que se apenas tivesse sonhado com eles, ainda mais, apenas me incomodam. Se me acordam quando o trem está em movimento, meu despertar é mais violento, porque é contrário a toda natureza do sono ferroviário. Abro os olhos e dirijo o olhar para a janelinha. Não vejo grande coisa, e o que vejo é apreendido com as preguiçosas faculdades de um sonhador. Contudo, poderia jurar que em algum lugar de Württemberg, como se tivesse conhecido intimamente Württemberg, por volta das duas da madrugada, vi um homem inclinado sobre a varanda do terraço de sua casa de campo. Por trás dele via-se a porta entreaberta de seu escritório iluminado, como se apenas tivesse saído para refrescar as idéias antes de se ir deitar... Na estação de Lindau e nas proximidades, tanto ao entrar como ao sair, ouvi inúmeros cantos dentro da noite; e embora seja fácil em uma viagem como esta, durante a noite de sábado para domingo, recolher longos trechos de abundante vida naturna, que mal perturba levemente o sono, isto faz com que nosso sonho pareça mais profundo e a perturbação exterior muito mais ruidosa. Os guardas, além disso, aos quais vi com freqüência passar correndo diante de minha escura janelinha, e que não pretendiam despertar ninguém, porém cumprir com o seu 'dever, gritavam no vazio da estação, com excesso de voz, uma sílaba do nome do lugar junto ao nosso compartimento, e as outras nos demais. Meus companheiros de viagem sentiam-se impelidos a reconstruir o nome, ou se levantavam para tornar a limpar como sempre a janelinha e ler diretamente o nome em questão; mas logo tornava a cair a minha cabeça sobre a madeira.

De qualquer modo, quando se tem a sorte de poder dormir tão bem como eu nos trens — Samuel passa toda a noite sentado com os olhos abertos, segundo ele — não se deveria despertar até que se chegue ao ponto de destino, em vez de obrigá-lo a interromper de repente seu sono, com o rosto molhado, o corpo suado, o cabelo disperso em todas as direções, com uma veste e uma roupa interior que já suportaram vinte e quatro horas de estrada de ferro sem serem lavadas nem arejadas, acocorado em um canto do compartimento, e forçado a prosseguir viagem nessas condições. Se se tivesse energia suficiente, aboliria o sono; mas em vez disso a gente reduz-se a invejar secretamente às pessoas como Samuel talvez apenas dormiram intermitentemente, mas que por isso puderam prestar mais atenção a si mesmos; que gozaram de plena consciência durante quase toda a viagem e que mantiveram sua percepção clara e impoluta através de todas as opressões do sono, às quais também eles se viram talvez expostos. Com efeito, durante toda a manhã me senti à mercê de Samuel.

Estávamos de pé junto à janelinha, eu apenas para agradá-lo; ele mostrava-me o que se podia ver da Suíça, contava-me o que não tinha visto durante o sono, e eu concordava e me assombrava como ele o desejava. É uma sorte porém que ele ou não entenda esses meus estados ou não os perceba, porque exatamente nesses momentos se mostra mais amável comigo do que quando mais o mereço. Mas eu apenas pensava, com toda a seriedade, na Lippert. Somente posso formar para mim uma opinião verdadeira sobre uma pessoa que conheci há pouco, especialmente se é uma mulher, com muita dificuldade. Com efeito, enquanto a amizade está em vias de formação, prefiro observar-me a mim mesmo, o que me dá muito o que fazer, e é assim que apenas percebo uma parte ridiculamente pequena de tudo o que durante o referido período vagamente senti e imediatamente perdi. Na lembrança, em vez disso, estas amizades adquirem vastos e adoráveis aspectos, já que ali estão caladas, apenas se ocupam com seus próprios assuntos, e graças ao seu completo esquecimento de nossa presença demonstram sua indiferença pela nossa amizade. Mas também havia outro motivo que me fazia recordar Dora, a moça mais recente em minha memória. Esta manhã Samuel não me servia. Aceita como amigo fazer uma viagem comigo, mas isto não significa grande coisa. Isto apenas quer dizer que terei ao meu lado durante todos os dias da viagem a um homem completamente vestido, cujo corpo apenas poderei ver durante o banho, sem ter por outro lado o mais ínfimo desejo desse espetáculo. Samuel, certamente, me permitiria apoiar a cabeça sobre seu peito, se eu quisesse chorar sobre ele, porém realmente, ao ver seu rosto masculino, sua móvel barba pontiaguda, sua boca que de súbito se fecha com firmeza — não preciso prosseguir — como poderiam acorrer aos meus olhos as lágrimas libertadoras?

TRÊS CRÍTICAS

UMA NOVELA DA JUVENTUDE

Félix Sternheim: A história do jovem Osvald.
Hyperionerlag, Hans von Weber, Munique, 1910.

Queira-se ou não, este é um livro que fará felizes aos jovens.

Talvez o leitor, quando começar a ler esta novela de forma espistolar, deva necessariamente sentir-se um pouco alheado, porque não é possível que um leitor incline sua cabeça e com o primeiro impulso se introduza na invariável corrente de um sentimento. E talvez essa situação do leitor seja causa de que a princípio se lhe apareçam sob uma luz meridiana as fraquezas do autor: Uma terminologia pobre, visitada pela sombra de Werther, que fere o ouvido com seu repetido "doce" e seu sempre "querido". Um êxtase incessantemente repetido, cuja plenitude não cede, e que dependendo com freqüência apenas das palavras, cruza sem vida as páginas da obra.

Mas quando o leitor se familiariza, obtém uma posição inexpugnável, cujo solo é o mesmo que o solo da história, e com ela vibra; e não é difícil então descobrir que o autor é quase mais necessário à forma epistolar do que ela a ele. A forma epistolar implica descrever uma rápida vicissitude de um estado permanente, sem que a rápida vicissitude sofra as conseqüências de sua rapidez; implica dar a conhecer um estado permanente mediante um grito, e que a permanência coexista com o grito. Permite demorar o desenvolvimento sem perigo, porque enquanto o homem cujos autorizados transportes nos emocionam escreve suas cartas, nenhum poder poderia atingi-lo, as cortinas estão baixas, e em pleno repouso de todo seu corpo desloca uniformemente sua mão sobre o papel de cartas. Haverá cartas da noite, escritas quase em sonhos; quanto maiores são os olhos, mais depressa se fecham. Haverá duas cartas escritas uma depois da outra a diferentes pessoas, e a segunda com uma cabeça que apenas pensa na primeira. Haverá cartas escritas de tarde, de noite e de manhã, e o rosto da manhã se superpõe ao rosto já irreconhecível recordado pela noite, ainda com a compreensão aos olhos do rosto da tarde. As palavras "Amada, amada Margarida" aparecem escondidas entre duas longas frases, rechaçam-nas por surpresa, e obtêm absoluta liberdade.

E então esquecemo-nos de tudo, da fama, da arte poética, da música, e perdemo-nos, tal como somos, nessa terra estival, onde os campos e os prados "como nos campos da Holanda, estão atravessados por estreitos e escusos canais", onde, cercado de moças adultas, de crianças, de uma mulher experimentada, Osvald enamora-se de Margarida, ao compasso de breves frases faladas. Esta Margarida vive na mais profunda calma da novela; de todos os lados, incessantemente, precipitamo-nos para ela. De vez em quando, até perdemos de vista a Oswald; a ela não, e mesmo através do riso mais estrepitoso de seu pequeno mundo vemo-la como através de uma folhagem. Contudo, mal a vemos, vemos seu rosto singelo, e já estamos tão próximos dela, que não podemos vê-la; mal a sentimos próxima, e já nos afastamos, e vemo-la diminuta, ao longe. "Apoiou sua cabecinha sobre a balaustrada, e a lua iluminou a meio seu rosto."

A admiração por esse verão no coração... quem se atreveria a dizê-la, ou antes quem se atreveria a enunciar a fácil comprovação de que daqui em diante tanto o livro como o herói, o amor, a confiança, todas as coisas formosas, francamente fenecem, enquanto que apenas a arte poética do herói vence, uma circunstância que como conseqüência de sua pouca importância nem sequer é duvidosa. É assim que o leitor, à medida que se aproxima do final, com mais intensidade deseja voltar àquele verão inicial, e finalmente, em vez de seguir o herói à rocha do suicídio, retorna feliz àquele verão, onde gostaria de ficar para sempre.

SOBRE AS ANEDOTAS DE KLEIST

É um espetáculo quando as grandes obras, apesar de uma arbitrária fragmentação, continuam vivendo de sua indivisível essência, talvez chamando extraordinariamente a atenção de nossos tristes olhos. Por isso toda edição isolada, que a estudiosa atenção confina de uma vez por todas em um limite definido, apresenta verdadeiras vantagens, especialmente quando respeita, como esta *Coleção de Anedotas*, de Kleist, uma nova unidade, e aumenta assim formalmente o conjunto das obras de Kleist. Aumenta-o, mesmo quando já conheçamos todas estas anedotas, o que para felicidade de muitos não é o caso. O conhecedor poderá naturalmente esclarecer por que muitas destas anedotas faltam nas diversas edições completas, mesmo na Tempelausgabe; o não conhecedor não o compreenderá, e por isso mesmo preferirá com mais intensidade este novo texto que a Rowohlt Verlag, em impressão clara e sóbria encadernação (de passagem, parece-nos notável o papel levemente colorido) oferece-lhe pela insignificância de dois marcos.

HYPERION

Em parte por obrigação, e em parte por decisão própria, a revista *Hyperion* encerra o seu trabalho, e seus doze brancos números, grandes como lousas de pedra, aqui terminam. Sua menção recorda-nos diretamente os Almanaques Hyperion de 1910 e 1911, em torno dos quais espreita o público como em torno das entretidas relíquias de um morto importuno. O verdadeiro editor era Franz Blei, esse homem tão digno de admiração, cuja atividade e sobretudo cuja variedade de talentos conduziram à mais séria literatura, onde contudo não se pode conformar e permanecer, já que com transformada energia se dedica à fundação de revistas. O impressor era Hans von Weber, cuja impressora se viu a princípio escurecida totalmente pela invasão de *Hyperion*, mas que hoje, sem se afastar para as vias laterais da literatura, sem irradiar tampouco programas vulgares, chegou a ser uma das impressoras alemãs mais admiradas.

O propósito destes fundadores de *Hyperion* era encher com a referida revista esse vazio no mundo das revistas, que primeiro conhecera a revista *Pan*, que depois tratou de encher *Insel*, e que a partir daí parecia desabitado. Assim começa o erro de *Hyperion*; pode-se dizer que nenhuma revista literária errou com mais nobreza. Em sua época *Pan* produziu na Alemanha um benéfico assombro que se ramificava em mil formas, reunindo e fazendo com que alentassem entre si as possibilidades ainda desconhecidas porém essencialmente contemporâneas; *Insel* introduziu-se mediante a adulação onde mais se sentia sua superficial necessidade, uma necessidade diferente, embora de menor categoria; mas *Hyperion* não preenchia nenhuma necessidade. Devia ser uma ampla e viva representação para aqueles que vivem nas fronteiras da Literatura; mas a este não lhes pareceu apropriada, e fundamentalmente não a desejavam. Aqueles cuja natureza os afasta da vulgaridade, não podem sem detrimento aparecer em uma revista, onde em meio das obras dos outros se sentem como colocados diante da luz de candieiros, e mais isolados ainda do que já o são naturalmente; não necessitam além disso de nenhuma proteção, porque a incompreensão não pode feri-los enquanto permanecem na obscuridade, e o amor encontra-os em todas as partes; tampouco necessitam nenhum alento que lhes dê forças, porque se querem continuar sendo verdadeiros, apenas devem consumir suas próprias forças, de modo que não se pode ajudá-los sem prejudicá-los previamente. Ao abster-se contudo *Hyperion* destas possibilidades das outras revistas, a de representar, a de assinalar, a de proteger, a de dar forças, não podia evitar certas penosas conseqüências: Uma exposição literária tão múltipla como a de *Hyperion*, atrai poderosamente, e sem possibilidade de defesa, o fictício; por isso acontecia que, mesmo em *Hyperion* encontrando lugar o que havia de melhor na literatura e na arte em geral, não constituiu nunca, de modo algum, uma voz conjunta e definida, e em todo caso nenhum proveito notável alcançou a ninguém fora dos limites da própria revista. Todas estas considerações, contudo, não significam que tenha sido menor a felicidade que durante dois anos implicou a referida revista, já que o encanto da experiência, bárbaro na medida em que todo heroísmo é bárbaro, relegava o resto ao esquecimento; mas tais considerações feriram profundamente a revista, e como uma censura, se indefinida indiferença do público não tivesse sido prevista, lhe teriam permitido desaparecer. Desaparecer como um espírito para quem termina o ar noturno, e que não foi pouco poderoso, como o são todos os espíritos bons em nossa vida, que ele — sem perguntar formalmente se lhe era permitido — com nova confusão quis ordenar. Mas por isso mesmo não desaparecerá sua recordação, porque nas gerações seguintes não haverá ninguém que tenha a força de vontade, o vigor, a capacidade de sacrifício e a corajosa suficiência de reiniciar uma empresa semelhante; e por isso mesmo começa já a inesquecida *Hyperion* a anular todas as hostilidades, e dentro de dez ou vinte anos será simplesmente um tesouro bibliográfico.

A presente edição de A COLÔNIA PENAL de Franz Kafka é o volume número 7 da coleção Obras de Franz Kafka. Capa Cláudio Martins. Impresso na Líthera Maciel Ltda., Rua Simão Antônio, 1.070 - Contagem, para Editora Itatiaia, à Rua São Geraldo, 67 - Belo Horizonte. No catálogo geral leva o número 947/7B. ISBN:85-319-0343-2.